TRANZLATY

Language is for everyone

Jazyk je pro každého

Life's Secret
Tajemství života

Once upon a time there was a king.
Byl jednou jeden král.
This King had married two Queens.
Tento král se oženil se dvěma královnami.
The two queens were called Duo and Suo.
Dvě královny se jmenovaly Duo a Suo.
Both of the queens were childless.
Obě královny byly bezdětné.
One day a Faquir came to the palace gate.
Jednoho dne přišel k bráně paláce fakýr.
The Faquir had come to ask for alms.
Fakír přišel prosit o almužnu.
Queen Suo went to the door.
Královna Suo šla ke dveřím.
And she gave him a handful of rice.
A dala mu hrst rýže.
The mendicant asked her a question.
Žebrač jí položil otázku.
"Do you have any children?"
„Máte nějaké děti?"
The queen had no children.
Královna neměla žádné děti.
"I wish had children, but I have none"
„Přála bych si mít děti, ale žádné nemám"
The holy man refused to take alms from her.
Svatý muž od ní odmítl přijmout almužnu.
In these times there were different traditions.
V těchto dobách existovaly různé tradice.
And the people believed many different things.
A lidé věřili mnoha různým věcem.
Don't take charity from the hands of a childless woman.
Neberte almužnu z rukou bezdětné ženy.
Such hands were ceremonially unclean.
Takové ruce byly ceremoniálně nečisté.

The mendicant offered her a drug.

Žebrač jí nabídl drogu.

This drug was to remove her barrenness.

Tento lék měl odstranit její neplodnost.

She expressed her willingness to take the drug.

Vyjádřila ochotu drogu užít.

The mendicant told her how to take the drug.

Žebrač jí řekl, jak má drogu užívat.

"This is the potion you must swallow"

„Tohle je lektvar, který musíš spolknout."

"Prepare the juice of a pomegranate flower"

„Připravte si šťávu z květu granátového jablka"

"Swallow the drug with the juice"

„Spolkněte drogu se šťávou"

"If you do this, you will soon have a son"

„Jestli to uděláš, brzy budeš mít syna."

"Your son will be exceedingly handsome"

„Váš syn bude nesmírně hezký"

"His complexion will be beautiful"

„Jeho pleť bude krásná"

"He will have the colour of pomegranate flowers"

„Bude mít barvu květů granátového jablka"

"And you shall call him Dalim Kumar"

„A budeš ho nazývat Dalim Kumar"

"But he will also have enemies"

„Ale bude mít i nepřátele"

"They will try to take your son's life"

„Pokusí se vzít vašemu synovi život"

"But there is a secret to his life"

„Ale jeho život má jedno tajemství"

"And I will tell you this secret"

„A já ti prozradím toto tajemství"

"In front of your palace is a pond"

„Před tvým palácem je rybník"

"In that pond there is a big Boal fish"

„V tom rybníku je velká ryba Boal."

"Your son's life is connected to that fish"

„Život vašeho syna je spjat s tou rybou.“
"In the heart of the fish is a small box"
„V srdci ryby je malá krabička“
"This small box is made of wood"
„Tato malá krabička je vyrobena ze dřeva.“
"In the box of wood is a necklace of gold"
„V dřevěné schránce je zlatý náhrdelník“
"That necklace is the life of your son"
„Ten náhrdelník je život tvého syna.“
The mendicant gave her the drugs.
Žebrač jí dal drogy.
And they said their farewells.
A oni se rozloučili.

Soon all in the palace whispered of an heir.
Brzy se v paláci všichni šeptali o dědici.
Great was the joy of the King.
Králova radost byla veliká.
He had visions of an heir to the throne.
Měl vize následníka trůnu.
A never-ending succession of powerful monarchs.
Nekonečná posloupnost mocných panovníků.
He dreamt of how they perpetuated his dynasty.
Snil o tom, jak udrží jeho dynastii.
These ideas floated before his mind.
Tyto myšlenky se mu honily hlavou.
It made him the happiest he had ever been.
Díky tomu byl nejšťastnější, jaký kdy byl.
Many ceremonies were performed for the occasion.
K této příležitosti se konalo mnoho obřadů.
The people of the kingdom played loud music.
Lidé v království hráli hlasitou hudbu.
The birth of a prince was a truly special event.
Narození prince byla skutečně zvláštní událostí.
Soon queen Suo gave birth to a son.
Královna Suo brzy porodila syna.
He was more beautiful than anyone had imagined.

Byl krásnější, než si kdokoli dokázal představit.
The King saw his son's face.
Král uviděl tvář svého syna.
And his heart leaped with joy.
A jeho srdce poskočilo radostí.
Soon the child ate his first rice.
Dítě brzy snědlo svou první rýži.
Mukhe bhaat was celebrated with great joy.
Mukhe bhaat byl oslavován s velkou radostí.
And the whole kingdom was filled with gladness.
A celé království se naplnilo radostí.

Dalim Kumar grew up to be a fine boy.
Z Dalima Kumara vyrostl hodný chlapec.
There was one activity he particularly liked.
Byla jedna činnost, kterou měl obzvlášť rád.
He loved playing with the pigeons.
Miloval hraní s holuby.
However, the pigeons often flew to Queen Duo.
Holubi však často létali ke Queen Duo.
Nobody knows why they did this.
Nikdo neví, proč to udělali.
And they flew into her apartment.
A vletěli do jejího bytu.
So Dalim Kumar often met Queen Duo.
Dalim Kumar se tedy často setkával s Queen Duo.
At first, she happily gave the pigeons back.
Zpočátku holuby s radostí vracela.
But later she wasn't as willing to return the pigeons.
Ale později už nebyla tak ochotná holuby vrátit.
She gave the pigeons up with some reluctance.
Holubů se vzdala s jistou neochotou.
She felt she could use this to her advantage.
Cítila, že by toho mohla využít ve svůj prospěch.
She naturally hated the child.
Přirozeně to dítě nenáviděla.
Since Dalim's birth the king had neglected her.

Od Dalimova narození ji král zanedbával.
And the King idolized the mother of Dalim.
A král zbožňoval Dalimovu matku.
Somehow, she had heard of the mendicant.
Nějak se o tom žebrákovi doslechla.
She heard he had given queen Suo a medicine.
Slyšela, že dal královně Suo lék.
She had also heard about what he had said.
Také slyšela o tom, co říkal.
There was a secret to the prince's life.
Princův život skrýval tajemství.
She had heard his life was bound to something.
Slyšela, že jeho život je s něčím spjat.
But she did not know what his life was bound to.
Ale nevěděla, s čím je jeho život spojen.
She was determined to get the secret.
Byla odhodlaná získat tajemství.

Of course, the pigeons came back to her.
Holubi se k ní samozřejmě vrátili.
And the pigeons flew into her room again.
A holubi jí znovu vletěli do pokoje.
This time she refused to give the pigeons back.
Tentokrát holuby odmítla vrátit.
"I won't just give you your pigeon back"
„Nedám ti jen tak zpátky tvého holuba"
"First, you have to tell me something"
„Nejdřív mi musíš něco říct"
"What do you want, aunty?" the boy asked.
„Co chceš, teto?" zeptal se chlapec.
"Oh, my darling, do not worry"
„Ach, můj drahý, neboj se"
"It's just a small thing I want"
„Je to jen malá věc, kterou chci"
"I want to know where your life is hidden"
„Chci vědět, kde je skryt tvůj život"
The boy was very confused by this.

Chlapce to velmi zmátlo.

"What is that, aunty?"

„Co to je, teto?“

"Where can my life be, except in me?"

„Kde může být můj život, než ve mně?“

"No, child, that is not what I meant"

„Ne, dítě, to jsem nemyslel/a.“

"A holy mendicant told your mother a secret"

„Jeden svatý žebrák sdělil tvé matce tajemství.“

"Your life is bound up with something"

„Tvůj život je s něčím spjat“

"I wish to know what that thing is"

„Chci vědět, co to je .“

The boy was confused by what she said.

Chlapce to, co řekla, zmátlo.

"I never heard of any such thing"

„Nikdy jsem o ničem takovém neslyšel/a“

But Queen Duo insisted it was true.

Ale Queen Duo trvala na tom, že je to pravda.

"Promise to find out from your mother"

„Slib mi, že se to dozvíš od své matky.“

"Ask her where your life is hidden"

„Zeptej se jí, kde je skryt tvůj život“

"Then I will let you have the pigeons"

„Tak ti dám ty holuby.“

"Otherwise, I will keep the pigeons"

„Jinak si holuby nechám.“

The boy wanted his pigeons back.

Chlapec chtěl své holuby zpátky.

So he agreed to get the information.

Takže souhlasil, že informace získá.

But first she made him promise.

Ale nejdřív ho donutila něco slíbit.

"Promise me you won't tell your mother"

„Slib mi, že to neřekneš své matce.“

And the boy promised not to tell her.

A chlapec slíbil, že jí to neřekne.

Folk Tales of Bengal
Lidové pohádky z Bengálska

"I promise I won't tell my mum"
„Slibuji, že to neřeknu mámě."
Queen Duo freed the prince's pigeons.
Královna Duo osvobodila princovy holuby.
Dalim was overjoyed to have his birds again.
Dalim měl velkou radost, že má zase své ptáky.
And he forgot the entire conversation.
A zapomněl na celý rozhovor.

The next day Dalim was playing again.
Druhý den Dalim znovu hrál.
You can imagine what happened again.
Dokážete si představit, co se zase stalo.
The pigeons flew to Queen Duo's apartment.
Holubi letěli do bytu královny Duo.
And they flew into her room again.
A znovu vletěli do jejího pokoje.
Dalim went in to his stepmother's apartment.
Dalim vešel do bytu své nevlastní matky.
And he asked her for the pigeons.
A požádal ji o holuby.
Of course she asked him for the information.
Samozřejmě se ho na informace zeptala.
Dalim could not tell her where his life was hidden.
Dalim jí nemohl říct, kde se skrývá jeho život.
"I promise I will ask her today"
„Slibuji, že se jí dnes zeptám."
"But please can I have my pigeons"
„Ale prosím, můžu si vzít své holuby?"
She didn't give the pigeons back so quickly.
Tak rychle holuby nevrátila.
But, in the end, he got his pigeons again.
Ale nakonec své holuby zase dostal.

After playing, Dalim went to his mother.
Poté, co si Dalim zahrál, šel ke své matce.
"Mamma, please tell me where my life is hidden"

„Mami, prosím, řekni mi, kde je skrytý můj život."

"What do you mean, child?" asked the mother.

„Co tím myslíš, dítě?" zeptala se matka.

She was astonished at the question.

Otázka ji ohromila.

Why would her child ask her this?

Proč by se jí na to její dítě ptalo?

"Yes, mamma," replied the child.

„Ano, mami," odpovědělo dítě.

"I have heard of a holy mendicant"

„Slyšel jsem o svatém žebrákovi"

"He told you something about my life"

„Řekl ti něco o mém životě"

"He said my life is hidden in something"

„Řekl, že můj život je v něčem skrytý."

"Tell me what that thing is"

„Řekni mi, co je to za věc"

"My child, my darling, my treasure"

„Mé dítě, můj miláčku, můj poklad"

"My golden moon," his mother pleaded.

„Můj zlatý měsíc," prosila ho matka.

"Do not ask such a question"

„Neptej se na takovou otázku"

"Cover my enemies' mouths with ashes"

„Posypte ústa mých nepřátel popelem"

"Let my Dalim live forever," she begged.

„Ať můj Dalim žije navěky," prosila.

But the child insisted knowing the secret.

Ale dítě trvalo na tom, že tajemství zná.

He refused to eat or drink until he knew.

Odmítal jíst a pít, dokud to nevěděl.

Queen Suo had no choice but to tell him.

Královna Suo neměla jinou možnosť, než mu to říct.

Eventually she told him the secret of his life.

Nakonec mu prozradila tajemství jeho života.

The next day Dalim was playing again.

Druhý den Dalim znovu hrál.
You can imagine where the pigeons flew.
Dokážete si představit, kam holubi letěli.
Dalim chased after the birds into the apartment.
Dalim se za ptáky rozběhl do bytu.
His stepmother told him many sweet words.
Jeho nevlastní matka mu řekla mnoho milých slov.
And finally, she got his secret from him.
A konečně se jí podařilo prozradit jeho tajemství.
She wasted no time to start her wicked plan.
Neztrácela čas a začala se svým zlomyslným plánem.
And she gave orders to her servants.
A dala svým služebníkům rozkazy.
"Get some dried stalk from the hemp plant"
„Sežeňte si sušené stonky z rostliny konopí."
"Make sure the stalks are very brittle"
„Ujistěte se, že stonky jsou velmi křehké"
Brittle hemp stalks make a cracking sound.
Křehké konopné stonky vydávají praskavý zvuk.
The sound is similar to the cracking of joints.
Zvuk je podobný praskání kloubů.
And it sounds like the bones of old people.
A zní to jako kosti starých lidí.
She put the brittle hemp stalks under her bed.
Křehké konopné stébla dala pod postel.
And then she lied on her bed.
A pak si lehla na postel.
She wanted to test the hemp stalks.
Chtěla otestovat konopné stonky.
The stalks cracked just as much as she wanted.
Stonky praskaly přesně tak, jak si přála.
She was satisfied with how her plan was going.
Byla spokojená s tím, jak se jí plán vyvíjel.
She gave more orders to her servants.
Dala svým služebníkům další rozkazy.
"Tell the King I am very ill"
„Řekněte králi, že jsem velmi nemocný"

"He must come to see me immediately"
„Musí za mnou okamžitě přijít."
The king did not love this queen.
Král tuto královnu nemiloval.
But he still had a duty to care for her.
Ale stále měl povinnost se o ni starat.
If she was ill, he had to look after her.
Pokud byla nemocná, musel se o ni starat.
The King came to her bedroom.
Král přišel do její ložnice.
She rolled on the bed in pain.
V bolesti se převalila na posteli.
The King heard the cracking of her bones.
Král slyšel praskání jejích kostí.
He ordered his best physician to attend her.
Nařídil svému nejlepšímu lékaři, aby se o ni postaral.
But the queen had thought of this.
Ale královna na to myslela.
She had already spoken with the physician.
Už mluvila s lékařem.
"There is only one remedy," he told the king.
„Existuje jen jeden lék," řekl králi.
"There's a pond in front of the palace"
„Před palácem je rybník"
"In the pond there's a large Boal fish"
„V rybníku je velká ryba Boal."
"The remedy is in that fish"
„Lék je v té rybě"
So the king let the physician catch the fish.
Král tedy nechal lékaře chytit rybu.
Meanwhile Dalim was busy playing.
Mezitím Dalim pilně hrál.
He knew nothing of his aunt's illness.
O nemoci své tety nevěděl nic.
The fish was taken out the water.
Ryba byla vytažena z vody.
Dalim fell to the ground immediately.

okamžitě spadl na zem .
He flopped around on the floor.
Převaloval se po podlaze.
And he could not breathe.
A nemohl dýchat.
The guards immediately noticed.
Stráže si toho okamžitě všimly.
Dalim was taken to his mother's room.
Dalima odvedli do pokoje jeho matky.
And the King was informed of his son.
A král byl o svém synovi informován.
He couldn't believe his son's illness.
Nemohl uvěřit synově nemoci.
The fish was taken to Queen Duo.
Ryba byla odvezena do Queen Duo.
Queen Duo was being saved.
Královna Duo byla zachraňována.
At the same time Dalim was dying.
Zároveň Dalim umíral.
The fish was cut open.
Ryba byla rozřezána.
And they found the wooden box.
A našli dřevěnou bednu.
In the box lay a necklace of gold.
V krabičce ležel zlatý náhrdelník.
Queen Duo put on the necklace.
Královské duo si nasadilo náhrdelník.
And Dalim died at the very same moment.
A Dalim zemřel v tu samou chvíli.

News of the tragedy reached the king.
Zpráva o tragédii dorazila až ke králi.
He was plunged into an ocean of grief.
Byl ponořen do oceánu smutku.
News of Queen Duo's recovery did not help.
Zprávy o uzdravení královny Duo nepomohly.
He wept painful and bitter tears.

Plakal bolestnými a hořkými slzami.
No one thought he would recover.
Nikdo si nemyslel, že se uzdraví.
He could not bear to bury his son.
Nedokázal snést pohřbít svého syna.
Nor did he allow his body to be burned.
Ani nedovolil, aby jeho tělo bylo spáleno.
He could not accept that his son had died.
Nedokázal se smířit s tím, že mu zemřel syn.
His death was so sudden and senseless.
Jeho smrt byla tak náhlá a nesmyslná.
He had the dead body moved to a garden-houses.
Nechal mrtvé tělo přemístit do zahradního domku.
This garden-house was in the suburbs.
Tento zahradní domek stál na předměstí.
Here his son was laid in state.
Zde byl jeho syn slavnostně pohřben.
All sorts of provisions were put there.
Byly tam dány nejrůznější zásoby.
Although everyone knew it was unnecessary.
I když všichni věděli, že je to zbytečné.
The young boy did not need food anymore.
Mladý chlapec už jídlo nepotřeboval.
The house was kept locked day and night.
Dům byl zamčený ve dne v noci.
Dalim had had one very close friend.
Dalim měl jednoho velmi blízkého přítele.
Only this friend was allowed to visit.
Pouze tento přítel měl povolenou návštěvu.
He was the son of the prime minister.
Byl synem premiéra.
He was entrusted with the key of the house.
Byl mu svěřen klíč od domu.
Once a day he could visit his dead friend.
Jednou denně mohl navštívit svého mrtvého přítele.

Queen Suo retired after the loss of her son.

Královna Suo odešla do důchodu po ztrátě syna.
Now the King spent the nights with Queen Duo.
Nyní král trávil noci s královnou Duo.
The Queen wanted to avoid suspicion.
Královna se chtěla vyhnout podezření.
So she took the necklace off at night.
Tak si v noci sundala náhrdelník.
But Dalim's life was tied to the necklace.
Dalimův život byl ale s náhrdelníkem spjat.
And his death was not so simple.
A jeho smrt nebyla tak jednoduchá.
He was dead when the queen wore the necklace.
Byl mrtvý, když královna nosila náhrdelník.
But when she took the necklace off, he returned to life.
Ale když mu sundala náhrdelník, vrátil se k životu.
And so he returned to life every night.
A tak se každou noc vracel k životu.
Every morning she put the necklace on again.
Každé ráno si znovu nasadila náhrdelník.
And so, he died again every morning.
A tak každé ráno znovu umíral.
At night he ate whatever food he liked.
V noci jedl, co se mu zlíbilo.
Because there was plenty of food for him.
Protože pro něj bylo spousta jídla.
He walked around in the premises.
Procházel se po areálu.
And he meditated on the strangeness of his life.
A meditoval o podivnosti svého života.
Dalim's friend only visited him during the day.
Dalimův přítel ho navštěvoval jen přes den.
So he always saw him as a lifeless corpse.
Takže ho vždycky vnímal jako neživou mrtvolu.
But his body never seemed to change.
Ale jeho tělo se zdálo, že se nikdy nezměnilo.
There was no sign of putrefaction.
Nebyly vidět žádné známky hniloby.

The body was lifeless and pale.
Tělo bylo bez života a bledé.
But there were no symptoms of death.
Ale nebyly žádné příznaky smrti.
It all seemed too strange for him.
Všechno mu to připadalo příliš zvláštní.
So he decided to watch the corpse more closely.
Rozhodl se tedy mrtvolu pozorovat blíže.
And he visited his friend at night.
A v noci navštívil svého přítele.
He was astonished at what he saw that night.
Byl ohromen tím, co tu noc viděl.
His dead friend was walking about in the garden.
Jeho mrtvý přítel se procházel po zahradě.
At first he thought Dalim might a ghost.
Nejdřív si myslel, že Dalim je možná duch.
So he went to see if he could touch him.
Šel se tedy podívat, jestli se ho může dotknout.
And then he saw it was really his friend.
A pak viděl, že je to opravdu jeho přítel.
Dalim told his friend everything that had happened.
Dalim vyprávěl svému příteli všechno, co se stalo.
He told him all the circumstances of his death.
Vyprávěl mu všechny okolnosti jeho smrti.
And soon they solved the mystery.
A brzy záhadu vyřešili.
They understood why he revived only at night.
Chápali, proč se probouzí až v noci.
Every night the king came to see Queen Duo.
Každou noc král chodil navštívit královnu Duo.
When the King visited, she took off her necklace.
Když ji navštívil král, sundala si náhrdelník.
The life of the prince depended on the necklace.
Život prince závisel na náhrdelníku.
So the two friends worked on a plan.
Oba přátelé tedy vymysleli plán.
Night after night they consulted together.

Noc co noc se spolu radili.
But they could not think of any feasible scheme.
Ale nedokázali vymyslet žádný proveditelný plán.

Eventually the Gods must have taken pity.
Nakonec se bohové museli slitovat.
And they decided to free Dalim.
A rozhodli se Dalima osvobodit.
But we must understand how the Gods work.
Ale musíme pochopit, jak bohové fungují.
These things are planned long before.
Tyto věci se plánují dlouho dopředu.
The sister of Bidhata-Purusha had had a daughter.
Sestra Bidhata-Purusha měla dceru.
Bidhata-Purusha was a great fortune teller.
Bidhata-Purusha byl skvělý věštec.
He had written something on the child's forehead.
Napsal dítěti něco na čelo.
"This child will marry the dead bridegroom"
„Toto dítě si vezme mrtvého ženicha"
Her mother was very saddened by this.
Její matka z toho byla velmi zarmoucena.
She did not want this destiny for her daughter.
Nechtěla pro svou dceru takový osud.
But she could not argue with him.
Ale nemohla se s ním hádat.
He never changed what he had written.
Nikdy nezměnil to, co napsal.
The child became exceedingly beautiful.
Dítě se stalo nesmírně krásným.
But the mother could not take any pleasure in this.
Ale matka z toho nemohla mít žádnou radost.
Because she knew the destiny of her child.
Protože znala osud svého dítěte.
Eventually the girl came to marriageable age.
Dívka nakonec dosáhla věku vhodného k vdávání.
She had to find a way to avoid her fate.

Musela najít způsob, jak se vyhnout svému osudu.
So the mother fled the country with her child.
Matka tedy s dítětem uprchla ze země.
Perhaps she could avoid her dreadful destiny.
Možná by se tak mohla vyhnout svému hroznému osudu.
But what was written was written.
Ale co bylo napsáno, to bylo napsáno.
And fate cannot be overruled like this.
A osud se takhle nedá převrátit.
Together they journeyed through the land.
Společně putovali krajinou.
You can imagine how fate was working.
Dokážete si představit, jak osud fungoval.
They wandered past Dalim's resting place.
Prošli kolem Dalimova místa odpočinku.
The shade of the evening was approaching.
Blížil se večerní stín.
"Mother, I am thirsty," said her child.
„Mami, mám žízeň," řeklo její dítě.
"Sit at this gate," replied her mother.
„Sedni si u téhle brány," odpověděla matka.
"I will search for water in the village"
„Budu hledat vodu ve vesnici"
The girl was curious about the garden.
Dívka byla zvědavá na zahradu.
And in the garden she saw strange house.
A v zahradě uviděla podivný dům.
She pushed the gate, which opened itself.
Zatlačila na bránu, která se sama otevřela.
When she went in, she saw a beautiful palace.
Když vešla dovnitř, uviděla krásný palác.
But she had an uneasy feeling about the palace.
Ale měla ohledně paláce nepříjemný pocit.
However, the door had shut itself.
Dveře se však samy zavřely.
So she had no way of getting out.
Takže neměla jak se dostat ven.

When night came the prince revived.
Když přišla noc, princ se probudil.
As usual, he walked around in the garden.
Jako obvykle se procházel po zahradě.
But this time he saw a female figure.
Ale tentokrát uviděl ženskou postavu.
The figure was standing near the gate.
Postava stála blízko brány.
Soon he saw that it was a girl.
Brzy uviděl, že je to dívka.
And he saw she was of unsurpassed beauty.
A viděl, že je nepřekonatelné krásy.
"Who are you?" he asked her.
„Kdo jsi?" zeptal se jí.
She told Dalim everything that had happened.
Řekla Dalimovi všechno, co se stalo.
All the details of her little history.
Všechny detaily její krátké historie.
"My uncle is the divine Bidhata-Purusha"
"Můj strýc je božský Bidhata-Purusha"
"He wrote on my forehead at birth"
„Při narození mi napsal na čelo"
"This child will marry the dead bridegroom"
„Toto dítě si vezme mrtvého ženicha"
"My mother did not want that life for me"
„Moje matka pro mě takový život nechtěla"
"So we left our house and city"
„Tak jsme opustili náš dům a město"
"And we wandered through the country"
„A putovali jsme krajinou"
"We had come to the gate of your palace"
„Přišli jsme k bráně tvého paláce"
"After our journey I was thirsty"
„Po naší cestě jsem měl žízeň"
"So my mother went to look for water"
„Takže moje matka šla hledat vodu."

"And now I am standing here before you"
„A teď tu stojím před vámi"
Dalim Kumar knew the meaning of the story.
Dalim Kumar znal význam příběhu.
"I am the dead bridegroom," he told the girl.
„Jsem ten mrtvý ženich," řekl dívce.
"It is me who you will marry"
„Vezmeš si mě."
"Come with me to the house," he asked of her.
„Pojď se mnou do domu," požádal ji.
But the girl wasn't so easily persuaded.
Ale dívka se nedala tak snadno přesvědčit.
"You are standing and speaking to me"
„Stojíš tu a mluvíš se mnou"
"How can you be the dead bridegroom?"
„Jak můžeš být ten mrtvý ženich?"
The prince understood her objection.
Princ její námitku pochopil.
"You will understand it afterwards"
„Pochopíš to potom"
The girl followed the prince into the house.
Dívka následovala prince do domu.
She had been fasting the whole day.
Celý den se postila.
So the prince gave her wonderful food.
Princ jí tedy dal skvělé jídlo.
Meanwhile, the girl's mother had come back.
Mezitím se vrátila matka dívky.
She was standing at the gates of the garden.
Stála u branky zahrady.
But her daughter was not there anymore.
Ale její dcera tam už nebyla.
She cried out for her daughter.
Plakala pro svou dceru.
But she got no reply from her daughter.
Ale od dcery se nedočkala žádné odpovědi.
So she went looking for her in the village.

Tak ji šla hledat do vesnice.

As usual, Dalim's friend came that night.
Jako obvykle, Dalimův přítel přišel ten večer.
Dalim was still entertaining his guest.
Dalim stále bavil svého hosta.
He was not expecting to see a stranger.
Nečekal, že uvidí cizího člověka.
And the girl retold him her story.
A dívka mu svůj příběh převyprávěla.
You can imagine his surprise when she told him.
Dokážete si představit jeho překvapení, když mu to řekla.
He was able to confirm Dalim's story.
Podařilo se mu potvrdit Dalimův příběh.
Soon they had all accepted destiny.
Brzy se všichni smířili s osudem.
That night they fulfilled their fates.
Té noci naplnili svůj osud.
They decided to unite the couple in matrimony.
Rozhodli se spojit pár v manželství.
It was going to be impossible to get a priest.
Sehnat kněze bude nemožné.
So Dalim's friend performed the hymeneal rites.
Dalimův přítel tedy provedl hymeneální obřady.
The friend of the bridegroom left the palace.
Přítel ženicha opustil palác.
The newly-weds had the palace to themselves.
Novomanželé měli palác jen pro sebe.
The happy couple did not sleep much that night.
Šťastný pár toho v noci moc nenaspal.
So it was long after sunrise that they woke up.
Takže se probudili až dlouho po východu slunce.
Of course it was only the young wife that woke up.
Samozřejmě se probudila jen mladá manželka.
The prince had become a cold corpse again.
Princ se opět proměnil v chladnou mrtvolu.
The queen had put on her necklace.

Královna si nasadila náhrdelník.
And life had departed from him again.
A život ho zase opustil.
You can imagine how the young wife felt.
Dokážete si představit, jak se mladá žena cítila.
She shook her husband to try and wake him.
Zatřásla manželem, aby ho probudila.
She kissed him on his cold lips.
Políbila ho na jeho studené rty.
But all her efforts were in vain.
Ale veškeré její úsilí bylo marné.
He was as lifeless as a marble statue.
Byl bez života jako mramorová socha.
The young wife was stricken with horror.
Mladou ženu zachvátil strach.
She smote her breast with her fists.
Bušila se pěstmi do prsou.
She struck her forehead with her palms.
Udeřila se dlaněmi do čela.
And she tore her hair from her head.
A rvala si vlasy z hlavy.
She ran through the garden like a mad woman.
Běžela zahradou jako šílená.
Dalim's friend did not come during the day.
Dalimův přítel během dne nepřišel.
He did not want to see his friend this way.
Nechtěl svého přítele vidět v takovém stavu.
The poor girl did not know what to do.
Chudák dívka nevěděla, co má dělat.
Time could not pass quickly enough.
Čas nemohl ubíhat dostatečně rychle.
The day seemed as long as a year.
Den se zdál dlouhý jako rok.
But the even longest day has its end.
Ale i ten nejdelší den má svůj konec.
The shades of evening were descending.
Večerní stíny se snášely.

Her dead husband was awakened into consciousness.
Její mrtvý manžel se probudil k vědomí.
He rose up from his bed again.
Znovu vstal ze své postele.
And he embraced his new wife.
A objal svou novou ženu.
Again they ate, drank, and became merry.
Znovu jedli, pili a veselili se.
His friend made his usual appearance.
Jeho přítel se objevil jako obvykle.
And the whole night was spent celebrating.
A celá noc se slavila.

They spent the next seven years this way.
Takto strávili následujících sedm let.
During the day Dalim was lifeless.
Přes den byl Dalim bez života.
But at night he came to life.
Ale v noci ožil.
And their life was quite usual.
A jejich život byl docela obyčejný.
The princess gave her husband two lovely boys.
Princezna dala svému manželovi dva krásné chlapce.
They were the exact image of their father.
Byli přesným obrazem svého otce.
Of course the king and Queens did not know.
Král a královna to samozřejmě nevěděli.
They did not know they were grandparents.
Nevěděli, že jsou prarodiče.
And they did not know Dalim was alive.
A nevěděli, že Dalim žije.
To be precise I should say he was alive at night.
Abych byl přesný, měl bych říct, že v noci žil.
They all thought he had long been dead.
Všichni si mysleli, že je už dávno mrtvý.
They assumed his corpse would now be gone.
Předpokládali, že jeho tělo už bude pryč.

But the heart of Dalim s wife was yearning.
Ale srdce Dalimovy ženy toužilo.
She wanted nothing more than her mother-in-law.
Nic nechtěla víc než svou tchyni.
Over the years she had come up with a plan.
Během let přišla s plánem.
Perhaps she could see her mother-in-law.
Možná by mohla vidět svou tchyni.
Maybe they could get hold of the necklace.
Možná by se jim podařilo získat ten náhrdelník.
She asked for the consent of her husband.
Požádala o souhlas svého manžela.
And he allowed her to disguise herself.
A dovolil jí, aby se převlékla.
She took on the appearance of a female barber.
Přijala vzhled holičky.
Like every female barber, she needed equipment.
Jako každá holička potřebovala vybavení.
She took the following tools;
Vzala si následující nástroje;
An iron instrument for preparing finger nails.
Železný nástroj na přípravu nehtů na rukou.
Another iron instrument for scraping the feet.
Další železný nástroj na škrábání nohou.
A piece of burnt jhama brick.
Kus pálené cihly jhama.
For rubbing the soles of the feet.
Pro tření chodidel.
And paint for the edges of the feet.
A natřete okraje chodidel.
She took all her tools with her.
Vzala si s sebou všechno nářadí.
And she stood at the gate of the King's palace.
A stála u brány královského paláce.
I forgot something else she brought.
Zapomněl jsem ještě na něco, co přinesla.
She had come with her two sons.

Přišla se svými dvěma syny.
She spoke with the guards.
Mluvila se strážemi.
"I work as a barber"
„Pracuji jako holič"
"I have come to offer my services"
„Přišel jsem nabídnout své služby"
"I desire to see Queen Suo"
„Toužím vidět královnu Suo"
Queen Suo quickly gave her an interview.
Královna Suo jí rychle poskytla rozhovor.
The queen was quite fond of the two little boys.
Královna měla oba malé chlapce docela ráda.
They strangely reminded her of her own son.
Zvláštně jí připomínali jejího vlastního syna.
And she remembered her lost treasure.
A vzpomněla si na svůj ztracený poklad.
Tears fell profusely from her eyes.
Z očí jí proudem padaly slzy.
She had not the remotest idea who they were.
Neměla ani nejmenší tušení, kdo jsou.
Of course we know who they are.
Samozřejmě víme, kdo to je.
The two little boys are her grandsons.
Ti dva malí chlapci jsou její vnuci.
She spoke to the barber.
Mluvila s holičem.
"My son died when he was young"
„Můj syn zemřel, když byl malý"
"I have given up these vanities"
„Vzdal jsem se těchto marnivostí"
"I stopped having my feet ceremoniously dyed"
„Přestala jsem si nechat slavnostně barvit nohy"
"But I would be glad to see your two fine boys"
„Ale rád bych viděl vaše dva skvělé kluky."
The barber agreed to let Queen Suo see her boys.
Holič souhlasil, že královně Suo dovolí vidět její chlapce.

But she had one question before she went.
Ale než odešla, měla jednu otázku.
"Are there other ladies in the palace?
„Jsou v paláci i jiné dámy?"
"Someone else I could provide my service to"
„Někdo jiný, komu bych mohl/a poskytnout své služby"
She was told there was another queen.
Bylo jí řečeno, že existuje další královna.
And she was also allowed to go to that queen.
A také jí bylo dovoleno jít k té královně.
Queen Duo allowed her to prepare her nails.
Královna Duo jí dovolila připravit si nehty.
And she was allowed to scrape her feet.
A směla si odřít nohy.
She painted her feet with alakta.
Natřela si nohy alaktou.
And the queen was very pleased with her skill.
A královna byla s její dovedností velmi spokojená.
She also enjoyed the sweetness of her disposition.
Také si užívala laskavost své povahy.
So she booked to have more of her services.
Tak si zarezervovala více jejích služeb.
The female barber had come for something else.
Holička si přišla pro něco jiného.
And she quickly noticed the necklace.
A rychle si všimla náhrdelníku.
The necklace was around the Queen's neck.
Náhrdelník visel kolem krku královny.

The day of her second visit had come.
Nastal den její druhé návštěvy.
She gave her eldest son the instructions.
Dala svému nejstaršímu synovi instrukce.
"We are going into the palace again"
„Zase jdeme do paláce."
"When in the palace you have to cry"
„Když jsi v paláci, musíš plakat"

"Say you would like the queen's necklace"

„Řekni, že bys chtěl/a královnin náhrdelník.“

"Don't stop crying until you have her necklace"

„Nepřestávej plakat, dokud nebudeš mít její náhrdelník“

The female barber went to queen Duo's apartment.

Holička šla do bytu královny Duo.

Soon the elder boy started to cry.

Brzy se starší chlapec rozplakal.

The boy acted his role well.

Chlapec se své role zhostil dobře.

Nothing would console the boy.

Nic by chlapce neutěšilo.

"What is wrong?" Queen Duo asked.

„Co se děje ?“ zeptala se královna Duo.

They boy could hardly speak.

Ti chlapci sotva mohli mluvit.

"Your necklace is so beautiful"

„Tvůj náhrdelník je tak krásný“

And he continued to sob.

A on dál vzlykal.

"Can I please hold the necklace?"

„Můžu si prosím podržet ten náhrdelník?“

Queen Duo did not want to let him.

Královna Duo mu to nechtěla dovolit.

"I cannot part with my necklace"

„Nemůžu se rozloučit se svým náhrdelníkem“

"It is my most valuable jewel"

„Je to můj nejcennější klenot“

But the boy did not stop crying.

Ale chlapec nepřestal plakat.

So she took the necklace off her neck.

Tak si sundala náhrdelník z krku.

And she put the necklace into the boy's hand.

A vložila chlapci do ruky náhrdelník.

The boy quickly stopped crying.

Chlapec rychle přestal plakat.

And he held the necklace in his hand.

A v ruce držel náhrdelník.
The female barber had finished her work.
Holičství dokončilo svou práci.
She was packing up her tools.
Balila si nářadí.
And she was about to leave the palace.
A chystala se opustit palác.
So the queen wanted the necklace back.
Královna tedy chtěla náhrdelník zpět.
But the boy would not let her have the necklace.
Ale chlapec jí náhrdelník nedovolil.
His mother attempted to snatch the necklace from him.
Jeho matka se mu pokusila náhrdelník vytrhnout.
But he wept bitterly when she tried.
Ale hořce plakal, když se o to pokusila.
And he cried as if his heart would break.
A plakal, jako by mu mělo puknout srdce.
The female barber politely asked the queen;
Holička se zdvořile zeptala královny;
"Please let the boy take the necklace home"
„Prosím, nechte chlapce vzít si náhrdelník domů."
"He will fall asleep after drinking his milk"
„Usne až po vypití mléka."
"And then I will bring your necklace back"
„A pak ti přinesu zpátky tvůj náhrdelník."
She could see she had no choice.
Viděla, že nemá na výběr.
The boy would not allow her to take the necklace.
Chlapec jí nedovolil vzít si náhrdelník.
So she agreed to the proposal.
Takže s návrhem souhlasila.
"Dalim must now be long dead," she thought.
„Dalim už musí být dávno mrtvý," pomyslela si.
And she had nothing to worry about.
A neměla se čeho bát.

The princess had the prized necklace.

Princezna měla cenný náhrdelník.
The treasure bound to her husband's life.
Poklad svázaný se životem jejího manžela.
She rushed back to the garden-house.
Spěchala zpátky k zahradnímu domku.
And she gave the necklace to Dalim.
A náhrdelník dala Dalimovi.
Dalim had been alive all morning.
Dalim byl celé dopoledne naživu.
It was the first time he saw the sun again.
Bylo to poprvé, co znovu spatřil slunce.
Their joy of his life knew no bounds.
Jejich radost z jeho života neznala mezí.
Their friend advised them to go to the palace.
Jejich přítel jim poradil, aby šli do paláce.
"Go to the palace tomorrow"
„Zítra jdi do paláce."
"Present yourselves to the King and Queen"
„Představte se králi a královně"
"Let them know you're alive and well"
„Dej jim vědět, že jsi naživu a v pořádku"
The couple accepted their friend's advice.
Pár přijal radu svého přítele.
And they prepared everything for their arrival.
A připravili si všechno na jejich příjezd.
An elephant was brought for the prince.
Pro prince byl přinesen slon.
A pair of ponies were brought for the boys.
Pro chlapce přivezli pár poníků.
And there was a grand chaturdala.
A konala se velkolepá chaturdala.
It was furnished with curtains of gold lace.
Byla zařízena závěsy ze zlaté krajky.
Word was sent to the king and the Queen Suo.
Zpráva byla poslána králi a královně Suo.
"Prince Dalim Kumar is alive and well"
„Princ Dalim Kumar je naživu a zdráv."

"And he is coming to visit you"
„A přijde tě navštívit."
"Now he has a wife and two sons"
„Teď má manželku a dva syny "
The King and Queen Suo could hardly believe it.
Král a královna Suo tomu sotva mohli uvěřit.
But they were assured that it was all true.
Ale byli ujištěni, že je to všechno pravda.
Queen Duo quickly realized her predicament.
Královna Duo si rychle uvědomila svou nepříjemnou situaci.
And she became overwhelmed with grief.
A přemohl ji zármutek.
A band of musicians followed the prince.
Prince následovala skupina hudebníků.
Prince Dalim Kumar approached the palace-gate.
Princ Dalim Kumar se blížil k bráně paláce.
The King and Queen Suo went to the gates.
Král a královna Suo šli k branám.
And they welcomed their long-lost son.
A přivítali svého dávno ztraceného syna.
You can imagine how happy they were.
Dokážete si představit, jak byli šťastní.
Dalim told his parents of his death.
Dalim oznámil své smrti rodičům.
He told them of the pond by the palace.
Řekl jim o rybníku u paláce.
And he told them of the fish in the pond.
A vyprávěl jim o rybách v rybníku.
He told them of the wooden box in the fish.
Řekl jim o dřevěné krabičce v rybě.
He told them of the necklace in the wooden box.
Řekl jim o náhrdelníku v dřevěné krabičce.
And he told them the secret of his life.
A prozradil jim tajemství svého života.
He told them how he died each night.
Každou noc jim vyprávěl, jak zemřel.
Of course he also mentioned his new wife.

Samozřejmě se zmínil i o své nové manželce.
The king was inflamed with rage at the news.
Krále ta zpráva rozzlobila.
He ordered Queen Duo into his presence.
Nařídil královně Duo, aby k němu přišla.
A large hole was dug in the ground.
V zemi byla vykopána velká díra.
The hole was as deep as the height of a man.
Díra byla hluboká jako mužská postava.
Queen Duo was made to stand in the hole.
Královské duo muselo stát v díře.
Prickly thorns were heaped around her.
Kolem ní se hromadily pichlavé trny.
The thorns went up to the crown of her head.
Trny jí sahaly až k temeni hlavy.
And in this manner she was buried alive.
A tímto způsobem byla pohřbena zaživa.

<h1 style="text-align:center">Phakir Chand
Pakír Čand</h1>

There was once a king, who had a son.
Byl jednou jeden král, který měl syna.
The king's minister also had a son.
Králův ministr měl také syna.
The two sons loved each other dearly.
Oba synové se měli vroucně rádi.
And they did everything together.
A všechno dělali společně.
The two sons sat and stood up together.
Oba synové se společně posadili a postavili.
They walked together to the same places.
Chodili společně na stejná místa.
They ate their meals together.
Jedli společně.
They slept and got up together.
Společně spali a vstávali.
They spent years in each other's company.
Trávili roky ve vzájemné společnosti.
One day they both felt a new desire.
Jednoho dne oba pocítili novou touhu.
They wanted to see foreign lands.
Chtěli vidět cizí země.
And so they set out on their journey.
A tak se vydali na svou cestu.
One of them was the son of a king.
Jeden z nich byl synem krále.
One of them was the son of his chief minister.
Jeden z nich byl synem jeho hlavního ministra.
So of course they were both quite rich.
Takže samozřejmě byli oba docela bohatí.
But they did not take any servants with them.
Ale žádné služebnictvo si s sebou nevzali.
They went by themselves, on horseback.
Jeli sami, na koních.

The horses were beautiful to look at.
Koně byli nádherní na pohled.
They were Pakshirajes horses.
Byli to koně kmene Pakshirajes.
Such horses are known as the kings of birds.
Takoví koně jsou známí jako králové ptáků.
The two sons rode together for many days.
Oba synové jeli spolu mnoho dní.
They passed through extensive plains.
Procházeli rozsáhlými pláněmi.
And the plains were covered with paddy.
A pláně byly pokryté rýží.
And they passed through strange cities.
A procházeli cizími městy.
And they passed through towns, and villages.
A procházeli městy a vesnicemi.
They passed through treeless deserts.
Procházeli pustými bezlesými poušti.
And they passed through forests.
A procházeli lesy.
And the forests were dense with trees.
A lesy byly hustě porostlé stromy.
These forests were the abode of the tiger.
Tyto lesy byly domovem tygrů.
And the bear also lived in these forests.
A v těchto lesích žil i medvěd.
One evening they were overtaken by the night.
Jednoho večera je dostihla noc.
They had not seen any human habitations.
Neviděli žádná lidská obydlí.
But it was getting darker and darker.
Ale bylo čím dál tmavší.
So they dismounted beneath a lofty tree.
Sesedli tedy z koní pod vznešeným stromem.
They tied their horses to the tree.
Přivázali koně ke stromu.
And then they climbed up the tree.

A pak vylezli na strom.
They covered the branches with thick foliage.
Pokryly větve hustým listím.
So that they could sit on the branches.
Aby si mohli sednout na větve.
The tree had grown near a large body of water.
Strom rostl poblíž velké vodní plochy.
The water was as clear as the eye of a crow.
Voda byla průzračná jako oko vrány.
The two friends made themselves comfortable.
Oba přátelé se pohodlně usadili.
Of course it wasn't very comfortable in a tree.
Samozřejmě to na stromě nebylo moc pohodlné.
But it wasn't uncomfortable in the tree either.
Ale ani na stromě to nebylo nepříjemné.
They had decided to spend the night there.
Rozhodli se tam strávit noc.
They sometimes chatted together in whispers.
Někdy si spolu šeptem povídali.
They felt whispering was better than talking.
Měli pocit, že šeptání je lepší než mluvení.
Because the region seemed very strange to them.
Protože se jim ten kraj zdál velmi zvláštní.
And soon they were falling into a doze.
A brzy upadli do dřímání.
But their attention was suddenly jolted.
Ale jejich pozornost byla náhle stržena.
From the water they heard a noise.
Z vody uslyšeli hluk.
It sounded like the rushing of water.
Znělo to jako šumění vody.
In front of them was a terrible sight!
Před nimi se naskytl hrozný pohled!
A huge serpent came from under the water.
Zpod vody se vynořil obrovský had.
The snake swam ashore and slithered around.
Had plaval ke břehu a plazil se kolem.

But something else attracted their attention.
Ale jejich pozornost upoutalo něco jiného.
The crested hood of the serpent was shining.
Hadí kápě s chocholatým chvostem zářila.
The snake had a brilliant manikya embedded.
Had měl v sobě zabudovanou brilantní manikju.
The jewel shone like a thousand diamonds.
Drahokam se třpytil jako tisíc diamantů.
The crystal lit up the water in the tank.
Krystal rozsvítil vodu v nádrži.
The embankments and trees were irradiated.
Nábřeží a stromy byly ozářeny.
The serpent doffed the jewel from its crest.
Had sundal drahokam ze svého hřebene.
And the serpent threw the jewel on the ground.
A had hodil drahokam na zem.
And then the serpent went in search of food.
A pak se had vydal hledat potravu.
They could not believe what they had seen.
Nemohli uvěřit tomu, co viděli.
They stayed in the safety of the tree.
Zůstali v bezpečí stromu.
But they greatly admired the jewel.
Ale klenot velmi obdivovali.
The ruby shed an ineffable luster.
Rubín vrhal nepopsatelný lesk.
Everything had a magical glow around it.
Všechno kolem sebe zářilo magickou září.
They had never seen anything like it.
Nikdy nic takového neviděli.
Although, they had heard of this treasure.
I když o tomto pokladu slyšeli.
The jewel equaled the treasures of seven kings.
Klenot se rovnal pokladům sedmi králů.
But their admiration soon changed to fear.
Jejich obdiv se ale brzy změnil v strach.
The serpent came to the foot of their tree.

Had přišel k patě jejich stromu.
The serpent had found their horses!
Had našel jejich koně!
The poor horses had been tied to the tree.
Ubozí koně byli přivázaní ke stromu.
The animals had no way of escaping.
Zvířata neměla žádnou možnost utéct.
One by one the serpent ate their horses.
Had jim jednoho po druhém sežral koně.
But the serpent's appetite did not seem satisfied.
Ale hadův apetit se nezdál být ukojený.
They feared they would be the next victims.
Báli se, že budou dalšími oběťmi.
But their fears were soon relieved.
Ale jejich obavy se brzy rozplynuly.
The gigantic cobra had not seen them.
Obrovská kobra je neviděla.
And eventually the snake left again.
A nakonec had zase odešel.
The minister's son saw an opportunity.
Syn ministra v tom viděl příležitost.
This was his chance to take the gem.
Tohle byla jeho šance získat drahokam.
But there was one problem they had.
Ale měli jeden problém.
The jewel shone incredibly bright.
Drahokam zářil neuvěřitelně jasně.
The serpent would know what had happened.
Had bude vědět, co se stalo.
But there was a way to overcome this problem.
Ale existoval způsob, jak tento problém překonat.
And the minister's son knew the solution.
A syn ministra znal řešení.
He had to cover the stone with horse-dung.
Musel kámen pokrýt koňským trusem.
And there was some horse-dung by the tree.
A u stromu byl trochu koňského hnoje.

He quietly came down from the tree.
Tiše slezl ze stromu.
He picked up the horse-dung off the floor.
Sebral z podlahy koňský trus.
And he threw the dung upon the precious stone.
A hodil trus na drahokam.
And then he climbed up into the tree again.
A pak znovu vylezl na strom.
The serpent noticed something had happened.
Had si všiml, že se něco stalo.
The light of the jewel had vanished.
Světlo drahokamu zmizelo.
The serpent rushed back with great fury.
Had se s velkou zuřivostí vrhl zpět.
The serpent returned to where it had left the stone.
Had se vrátil tam, kde předtím nechal kámen.
The serpent let out a frightful hiss at the night.
Had v noci vydal děsivé syčení.
The snake's groans and convulsions were terrible.
Hadí sténání a křeče byly hrozné.
The snake went round and round the jewel.
Had obíhal a obíhal drahokam.
But the stone was covered with horse-dung.
Ale kámen byl pokrytý koňským trusem.
This way the serpent could not see its treasure.
Takto had nemohl vidět svůj poklad.
Finally, the serpent breathed its last breath.
Nakonec had vydechl naposledy.

The two friends did not sleep much that night.
Oba přátelé se té noci moc nevyspali.
In the morning they came down from the tree.
Ráno slezli ze stromu.
They went to where the crest-jewel was.
Šli tam, kde ležel erbový klenot.
The mighty serpent was still laying there.
Mocný had tam stále ležel.

But now the snake's body was perfectly lifeless.
Ale teď bylo hadí tělo dokonale bez života.
The friend of the prince stepped over the dead snake.
Přítel prince překročil mrtvého hada.
And he picked up the dung covered jewel.
A zvedl drahokam pokrytý trusem.
Both of them went to the bank of the water.
Oba šli k břehu vody.
And they washed the precious stone.
A drahý kámen umyli.
Finally, all the dung had been washed off.
Konečně byl všechen trus smyt.
And the jewel shone as brilliantly as before.
A drahokam se zářil stejně jasně jako předtím.
The jewel lit up the entire bed of the tank of water.
Drahokam osvětloval celé dno nádrže s vodou.
Now they could see the innumerable fishes.
Nyní mohli vidět nespočet ryb.
But the light also revealed something else.
Ale světlo odhalilo i něco jiného.
This astonished them more than all the fishes.
To je ohromilo víc než všechny ryby.
In the bottom of the water there was something.
Na dně vody něco bylo.
They could see there were lofty walls.
Viděli tam vysoké zdi.
The walls were from a magnificent palace.
Zdi pocházely z velkolepého paláce.
The prince's friend was feeling venturesome.
Princův přítel se cítil odvážně.
He convinced the king's son to follow him.
Přesvědčil králova syna, aby ho následoval.
And then they wanted to swim to the palace below.
A pak chtěli plavat k paláci dole.
The prince's friend took the jewel in his hand.
Princův přítel vzal drahokam do ruky.
And they both dived into the waters.

A oba se ponořili do vody.
Soon they stood at the gate of the palace.
Brzy stáli u brány paláce.
To their surprise the gate was open.
K jejich překvapení byla brána otevřená.
They saw no being, human or superhuman.
Neviděli žádnou bytost, lidskou ani nadlidskou.
So they decided to venture inside the gate.
Rozhodli se tedy vstoupit dovnitř brány.
Inside the walls there was a beautiful garden.
Uvnitř hradeb se rozkládala krásná zahrada.
In the middle of the garden was a house.
Uprostřed zahrady stál dům.
No one had ever seen so many flowers.
Nikdo nikdy neviděl tolik květin.
There were roses of all imaginable varieties.
Byly tam růže všech myslitelných odrůd.
There were endless numbers of yellow jessamine.
Žlutého jasmínu bylo nekonečné množství.
And there were numerous white bell flowers.
A bylo tam mnoho bílých zvonkových květů.
These flowers were the king of smells.
Tyto květiny byly králem vůní.
The most scented lily of the valley.
Nejvoňavější konvalinka.
There were the flowers from the champaka tree.
Byly tam květiny ze stromu champaka.
And a thousand other sweet-scented flowers.
A tisíc dalších sladce vonících květin.
Acres covered with the delicious jessamine.
Akry pokryté lahodným jasmínem.
All the plants were gemmed with flowers.
Všechny rostliny byly ozdobeny květy.
And all the flowers were in full bloom.
A všechny květiny byly v plném květu.
So the air was loaded with rich perfume.
Vzduch byl tedy prosycen bohatou vůní.

A wilderness of sweet scents everywhere.
Všude divočina sladkých vůní.
They went through this paradise of perfumery.
Prošli tímto rájem parfumerie.
And eventually they reached the house.
A konečně dorazili k domu.
The house was surrounded by lofty trees.
Dům byl obklopen vzrostlými stromy.
Soon they stood at the door of the house.
Zanedlouho stáli u dveří domu.
Now they could see it was a fairy palace.
Teď viděli, že je to palác pohádek.
The walls were of burnished gold.
Stěny byly z leštěného zlata.
Here and there shone diamonds of dazzling hue.
Tu a tam se třpytily diamanty oslnivého odstínu.
But they did not see any beings.
Ale neviděli žádné bytosti.
So they went inside the palace.
Vstoupili tedy do paláce.
The palace was richly furnished.
Palác byl bohatě zařízený.
They went from room to room.
Chodili z místnosti do místnosti.
But they did not see anyone.
Ale nikoho neviděli.
It seemed to be a deserted house.
Vypadalo to, že je to opuštěný dům.
At last, however, they found a special room.
Nakonec však našli speciální místnost.
In this room there was a young lady.
V této místnosti byla mladá dáma.
She was sleeping on a golden bed.
Spala na zlaté posteli.
The young lady was of exquisite beauty.
Mladá dáma byla neobyčejné krásy.
Her complexion was a mixture of red and white.

Její pleť byla směsicí červené a bílé.
She seemed to be about sixteen years of age.
Vypadala, že jí je asi šestnáct let.
The two friends gazed upon her.
Oba přátelé na ni zírali.
They were enchanted by her beauty.
Byli okouzleni její krásou.
But they could not admire her for long.
Ale dlouho ji obdivovat nemohli.
Because the young lady opened her eyes.
Protože mladá dáma otevřela oči.
Her eyes seemed like the eyes of a gazelle.
Její oči vypadaly jako oči gazely.
On seeing the strangers she said;
Když uviděla cizince, řekla;
"How have you come here, ye unfortunate men?"
„Jak jste se sem dostali, vy nešťastníci?"
"Be gone, be gone! I beg of you two"
„Pryč, pryč! Prosím vás dva."
"This is the abode of a mighty serpent"
„Toto je příbytek mocného hada "
"The serpent which has devoured my parents"
„Had, který sežral mé rodiče"
"And my brothers, and all my relatives"
„A moji bratři a všichni moji příbuzní"
"I am the only one that he has spared"
„Jsem jediný, koho ušetřil"
"Flee for your lives while you still can"
„Utíkejte, dokud můžete, abyste si zachránili život"
"Or else the serpent will eat you both"
„Jinak vás had oba sežere."
The prince's friend told her what had happened.
Princův přítel jí řekl, co se stalo.
"The serpent has breathed his last breath"
„Had vydechl naposledy"
"The snake's body lies lifeless on the floor"
„Tělo hada leží bezvládně na podlaze"

"We took the head-jewel of the serpent"
„Vzali jsme si klenot z hlavy hada"
"The jewel's light showed us to the palace.
„Světlo drahokamu nás zavedlo do paláce."
She thanked the strangers for their bravery.
Poděkovala cizincům za jejich statečnost.
"You have freed me from the infernal serpent"
„Osvobodil jsi mě od pekelného hada"
"Please live with me in my palace"
„Prosím, žijte se mnou v mém paláci"
"But please promise never to desert me"
„Ale prosím, slib, že mě nikdy neopustíš."
They gladly accepted the invitation.
Rádi pozvání přijali.
The king's son was smitten with the princess.
Králův syn byl do princezny zamilovaný.
He adored the charms of the peerless princess.
Zbožňoval půvab jedinečné princezny.
And he married her after a short time.
A po krátké době si ji vzal.
There was no priest at the palace.
V paláci nebyl žádný kněz.
So the hymeneal knot was tied by other means.
Hymeneální uzel byl tedy uvázán jinými prostředky.
A simple exchange of garlands of flowers.
Jednoduchá výměna girland květin.
The king's son became inexpressibly happy.
Králův syn se nevýslovně zaradoval.
He delighted in the company of the princess.
Těšil se ze společnosti princezny.
The prince's friend also had a wife.
Princův přítel měl také manželku.
Of course she was living in the upper world.
Samozřejmě žila ve vyšších slojích.
But he participated in his friend's happiness.
Ale podílel se na štěstí svého přítele.
The time they spent together passed merrily.

Čas, který spolu strávili, ubíhal vesele.
But they could not live here forever.
Ale nemohli tu žít věčně.
The prince had to return to his kingdom.
Princ se musel vrátit do svého království.
But he knew the return would require some planning.
Věděl ale, že návrat bude vyžadovat určité plánování.
The occasion would come with a lot of pomp.
Příležitost by přišla s velkou pompou.
There were going to be many ceremonies.
Mělo se konat mnoho obřadů.
Because there was a lot to be celebrated.
Protože bylo co oslavovat.
First the prince's friend was going to go.
Nejdřív měl jít princův přítel.
And then he was going to return with the attendants.
A pak se chystal vrátit s doprovodem.
Horses, and elephants for the happy pair.
Koně a sloni pro šťastný pár.
The prince accompanied his friend.
Princ doprovázel svého přítele.
Together they went back to the surface.
Společně se vrátili na povrch.
And they saw the upper world again.
A znovu spatřili horní svět.
The two friends bid each other adieu.
Oba přátelé se navzájem rozloučili.
The prince returned to his lovely wife.
Princ se vrátil ke své krásné ženě.
Before leaving everything had been organized.
Před odjezdem bylo vše zorganizováno.
The prince's friend arranged his return.
Princův přítel zařídil jeho návrat.
He said when he was going to go the embankment.
Řekl, kdy půjde na nábřeží.
He was going to have the horses that they needed.
Bude mít koně, které potřebovali.

Elephants were going to be there too, and attendants.
Měli tam být i sloni a jejich průvodci.
They were going to wait upon the prince and princess.
Měli čekat na prince a princeznu.
The snake-jewel gave them the rights to this.
Hadí drahokam jim na to dával práva.
The prince's friend went back to his country.
Princův přítel se vrátil do své země.
To prepare for the return of his friend.
Aby se připravil na návrat svého přítele.

One day the prince was sleeping.
Jednoho dne princ spal.
He had just had his midday meal.
Právě měl polední oběd.
The princess had never seen the upper regions.
Princezna nikdy neviděla horní končiny.
She felt the desire to see the upper world.
Cítila touhu spatřit horní svět.
For this she needed the snake-jewel.
K tomu potřebovala hadí drahokam.
Only this could help her through the water.
Jen tohle jí mohlo pomoci překonat vodu.
The jewel was shining its bright light in the room.
Drahokam zářil v místnosti jasným světlem.
She took the snake-jewel into her hand.
Vzala do ruky hadí drahokam.
And then she left the palace and the garden.
A pak opustila palác i zahradu.
She successfully swam to the upper world.
Úspěšně doplavala do horního světa.
No mortal had caught sight of her.
Žádný smrtelník ji nezahlédl.
At the edge of the water were some steps.
Na okraji vody bylo několik schodů.
The steps were for the convenience of bathers.
Schody byly pro pohodlí koupajících se.

And this is also where she sat.
A tady také seděla.
She scrubbed her body with the sand.
Drhla si tělo pískem.
She washed her hair with the fresh water.
Umyla si vlasy čerstvou vodou.
And she played with the water for fun.
A pro zábavu si hrála s vodou.
She walked about on the water's edge.
Procházela se po břehu vody.
And she admired all the scenery around.
A obdivovala veškerou scenérii kolem.
But finally she returned back to her palace.
Nakonec se ale vrátila do svého paláce.
Her husband was still deep in sleep.
Její manžel stále hluboce spal.
But eventually he had slept enough.
Ale nakonec se vyspal dost.
She did not tell him about her adventures.
Nevyprávěla mu o svých dobrodružstvích.
The next day her husband fell asleep again.
Druhý den její manžel znovu usnul.
And again she paid a visit the upper world.
A znovu navštívila horní svět.
And she remained unnoticed by mortal man.
A zůstala nepovšimnuta smrtelným člověkem.
Her success was starting to give her courage.
Její úspěch jí začal dodávat odvahu.
So she repeated her adventure a third time.
Takže své dobrodružství zopakovala potřetí.
The rajah's son was out hunting that day.
Rádžův syn byl ten den na lovu.
He had his tent not far from the water.
Měl stan nedaleko od vody.
His attendants were cooking his meal.
Jeho služebníci mu vařili jídlo.
So, he wandered about along the water.

Tak se toulal podél vody.
Nearby an old woman was gathering sticks.
Nedaleko sbírala stará žena větve.
She was collecting dried branches of trees.
Sbírala suché větve stromů.
She needed the sticks for kindling wood.
Potřebovala klacky na podpal.
This was when the princess came out the water.
V tom okamžiku princezna vyšla z vody.
She gazed around and she saw a man.
Rozhlédla se kolem sebe a uviděla muže.
And then she saw there was also a woman.
A pak uviděla, že tam je i žena.
The princess knew she didn't want to be seen.
Princezna věděla, že nechce být viděna.
So she went back down to her palace.
Vrátila se tedy do svého paláce.
But the rajah's son had caught a glimpse of her.
Ale rádžův syn ji zahlédl.
And the old woman gathering sticks saw her too.
A stará žena, která sbírala větvičky, ji také uviděla.
The rajah's son stood gazing on the waters.
Rádžův syn stál a hleděl na vodu.
He had never seen such a beautiful woman.
Nikdy neviděl tak krásnou ženu.
She seemed to him to be a deva-kanyas.
Připadala mu jako déva-kaňá.
Heavenly goddesses he had read of in old books.
Nebeské bohyně, o kterých četl ve starých knihách.
They are said to visit the upper world.
Říká se, že navštěvují horní svět.
And the upper world is honored to have them.
A vyšší svět je poctěn, že je má.
But it is said to happen only rarely.
Ale prý se to stává jen zřídka.
The way that angels only visit rarely.
Způsob, jakým andělé navštěvují jen zřídka.

He had seen the princess' unearthly beauty.
Viděl princezninu nadpozemskou krásu.
She had made a deep impression on his heart.
Zanechala hluboký dojem v jeho srdci.
Although he had seen her only for a moment.
I když ji viděl jen na chvilku.
But her beauty distracted his mind.
Ale její krása mu zaskočila mysl.
He stood there like a statue, for hours.
Stál tam jako socha, celé hodiny.
All he could do was gaze into the waters.
Jediné, co mohl dělat, bylo zírat do vody.
In the hope of seeing the lovely figure again.
V naději, že tu krásnou postavu znovu uvidím.
But all his time was spent in vain.
Ale veškerý jeho čas byl stráven marně.
The princess did not appear again.
Princezna se už znovu neobjevila.
The rajah's son became mad with love.
Rádžův syn se zbláznil láskou.
He kept muttering, "now here, now gone!"
Neustále mumlal: „Teď tady, teď pryč!"
He refused to leave the water's edge.
Odmítl opustit břeh.
His attendants had to forcibly remove him.
Jeho doprovod ho musel násilím odstranit.
They took him to his father's palace.
Odvedli ho do paláce jeho otce.
But he was in a state of hopeless insanity.
Ale byl ve stavu beznadějného šílenství.
He couldn't be made to speak to anyone.
Nedalo se ho donutit, aby s nikým mluvil.
And he spent his days sobbing heavily.
A trávil dny těžkým vzlykáním.
No others words came out of his mouth.
Z jeho úst nevyšla žádná jiná slova.
"Now here, now gone!"

„Teď tady, teď pryč!"
"Now here, now gone!"
„Teď tady, teď pryč!"
You can imagine the rajah's grief.
Dokážete si představit rádžův zármutek.
"What could have deranged my son's mind?"
„Co mohlo mému synovi narušit mysl?"
"'Now here, now gone,' what does it mean?"
„Co to znamená ‚Teď tady, teď pryč'?"
He could not unravel the words' meaning.
Nedokázal rozluštit význam slov.
His attendants couldn't decipher the words either.
Ani jeho pomocníci nedokázali slova rozluštit.
The land's best physicians were consulted.
Byli konzultováni nejlepší lékaři v zemi.
But their consultation had no effect.
Jejich konzultace ale neměla žádný účinek.
The sons of æsculapius were not able to help.
Synové Aeskulapa nemohli pomoci.
No one could ascertain the cause of the madness.
Nikdo nedokázal zjistit příčinu šílenství.
Without knowing the cause there was no cure.
Bez znalosti příčiny nebyl lék.
The physicians tried to ask the prince.
Lékaři se pokusili zeptat prince.
But all he said was, "now here, now gone!"
Ale řekl jen: „Teď tady, teď pryč!"
The rajah was distracted with grief.
Rádža byl roztržitý zármutkem.
Day and night he worried for his son.
Dnem i nocí se o svého syna bál.
He wished for his son's intellects to return.
Přál si, aby se jeho synovi vrátil rozum.
A proclamation was made in the capital.
V hlavním městě bylo vydáno prohlášení.
Town criers were sent into the city.
Do města byli vysláni městští hlasatelé.

And they beat their drums for attention.
A bubnovali do bubnů, aby upoutali pozornost.
"The rajah's son has lost his mental faculties"
„Radžův syn ztratil své duševní schopnosti"
"The rajah seeks a cure for his son"
„Rajah hledá lék pro svého syna"
"A reward is offered for the cure"
„Za vyléčení je nabídnuta odměna"
"The hand of the rajah's daughter"
„Ruka rádžovy dcery"
"Her hand comes with half his kingdom"
„Její ruka patří s polovinou jeho království."
The drum was beaten around the city.
Buben se tlukl po celém městě.
But no one felt they could touch the drum.
Ale nikdo neměl pocit, že by se mohl bubnu dotknout.
No one knew the cause of his madness.
Nikdo neznal příčinu jeho šílenství.
At last an old woman came forward.
Konečně přišla stará žena.
And she stepped up to touch the drum.
A přistoupila, aby se dotkla bubnu.
"I will discover the cause of his madness"
„Zjistím příčinu jeho šílenství"
"And I will cure him from his disease"
„A já ho vyléčím z jeho nemoci"
She had seen what happened to the boy.
Viděla, co se s chlapcem stalo.
She was at the water's edge that day.
Toho dne byla na břehu vody.
It was her who was gathering up sticks.
Byla to ona, kdo sbíral větvičky.
This woman had a crack-brained son.
Tato žena měla syna s pomateným mozkem.
Her son was named of Phakir-Chand.
Její syn se jmenoval Phakir-Chand.
So she was called Phakir's mother.

Říkalo se jí tedy Phakirova matka.

The woman was brought before the rajah.

Žena byla přivedena před rádžu.

And the following conversation took place.

A proběhl následující rozhovor.

"You are the woman that touched the drum"

„Ty jsi žena, která se dotkla bubnu"

"You know the cause of my son's madness?"

„Víš, proč se můj syn zbláznil?"

"Yes, oh incarnation of justice!"

„Ano, ó, ztělesnění spravedlnosti!"

"I know the cause of your son's madness"

„Znám příčinu šílenství vašeho syna."

"But I will not say the cause of his madness"

„Ale neřeknu příčinu jeho šílenství."

"First I will cure your son of his madness"

„Nejdřív vyléčím tvého syna z jeho šílenství."

"How can I believe you are able to?"

„Jak můžu věřit, že to dokážeš?"

"The best physicians of the land have failed"

„Nejlepší lékaři v zemi selhali"

"You need not now believe, my king"

„Teď už nemusíš věřit, můj králi."

"Wait till I have performed the cure"

„Počkejte, až provedu vyléčení."

"Many an old woman knows many secrets"

„Mnoho starých žen zná mnoho tajemství"

"Secrets wise men are unacquainted with"

„Tajemství, která moudří muži neznají"

"Very well, let me see what you can do"

„Dobře, ukaž, co umíš."

"In what time will you perform the cure?"

„Za jak dlouho provedete vyléčení?"

"It is impossible to fix the time"

„Je nemožné opravit čas"

"Ff course I will begin work immediately"

„Samozřejmě, že ihned začnu pracovat."

"But I need your lordship's assistance"
„Ale potřebuji pomoc Vaší Milosti."
"What help do you require from me?"
„Jakou pomoc ode mě potřebujete?"
"Your lordship will please order a hut"
„Vaše lordstvo, prosím, objedná chatrč."
"Have the hut raised on the embankment of the water"
„Nechte postavit chatrč na vodním břehu"
"Where your son first caught the disease"
„Kde se váš syn poprvé nakazil"
"I mean to live in that hut for a few days"
„Mám v úmyslu v té chatrči pár dní bydlet."
"And please order some of your servants"
„A prosím, přikažte některým ze svých služebníků."
"They have to be in attendance at a distance"
„Musí být přítomni na dálku"
"Tell them to be about a hundred yards away"
„Řekněte jim, ať jsou asi sto metrů odtud."
"That way I can call them over when we need them"
„Takhle si je můžu zavolat, až je budeme potřebovat."
The king had listened attentively.
Král pozorně naslouchal.
"I will order that to be immediately done"
„Nařídím, aby to bylo okamžitě provedeno."
"Do you want anything else?"
„Chceš ještě něco?"
"Those are all the preparations I need"
„To jsou všechny přípravy, které potřebuji."
"But let me remind you of the agreement"
„Ale dovolte mi, abych vám připomněl dohodu."
"You promised the hand of your daughter"
„Slíbil jsi ruku své dcery"
"And you promised half your kingdom"
„A slíbil jsi půlku svého království"
"But I can't marry your daughter"
„Ale nemůžu si vzít vaši dceru."
"Because your daughter has to marry a man"

„Protože si vaše dcera musí vzít muže.“
"But I also have a son of marriageable age"
„Ale mám také syna, který je v věku na vdávání.“
"Allow my son to marry your daughter"
„Dovol mému synovi, aby si vzal tvou dceru.“
"Allow him to have half of your kingdom"
„Dejte mu polovinu svého království.“
The king was agreed with the terms.
Král s podmínkami souhlasil.
"If you find a cure, he marries my daughter"
„Pokud najdeš lék, vezme si mou dceru.“
"And half of my kingdom shall be his"
„A polovina mého království bude jeho“
A temporary hut was quickly erected.
Provizorní chatrč byla rychle postavena.
The hut was built on the embankment of the water.
Chata byla postavena na nábřeží vody.
And Phakir's mother took up her abode.
A Phakirova matka se usadila.
An outpost was also erected at some distance.
V určité vzdálenosti byla také postavena základna.
Because the woman might require some attendance.
Protože žena by mohla potřebovat nějakou péči.
Strict orders were given by Phakir's mother.
Phakirova matka vydala přísné rozkazy.
No one was allowed to go near the water.
Nikdo se nesměl přiblížit k vodě.
Only she was allowed to stay by the water.
Jen ona směla zůstat u vody.

But let us leave Phakir's mother at the water.
Ale nechme Phakírovu matku u vody.
Let us hasten down the subterranean palace.
Pojďme pospěšně dolů do podzemního paláce.
To see what the prince and the princess are doing.
Abychom viděli, co princ a princezna dělají.
The princess did want to go up again.

Princezna se chtěla znovu vydat nahoru.
But she now knew that it would be dangerous.
Ale teď věděla, že to bude nebezpečné.
And she had given up the idea of a fourth visit.
A vzdala se myšlenky na čtvrtou návštěvu.
But women generally have greater curiosity.
Ale ženy obecně mají větší zvědavost.
And the princess was no exception to the rule.
A princezna nebyla výjimkou z pravidla.
One day her husband was asleep.
Jednoho dne její manžel spal.
He always slept after his noonday meal.
Vždycky po polední večeři spal.
She took the snake-jewel in her hand.
Vzala do ruky hadí drahokam.
And she rushed out of the palace.
A spěchala z paláce.
And she came up to the upper world.
A ona se dostala do vyššího světa.
There was an upheaval in the waters.
Ve vodách došlo k rozbouření.
And Phakir's mother was on high alert.
A Phakirova matka byla ve vysoké pohotovosti.
She was hiding in the hut.
Schovala se v chatrči.
And she was looking through the chinks.
A dívala se skrz štěrbiny.
The princess saw no human being nearby.
Princezna neviděla poblíž žádného člověka.
So she came to the bank of the water.
Tak přišla k břehu vody.
Phakir's mother showed herself outside the hut.
Phakirova matka se objevila venku před chatrčí.
And she addressed the princess politely.
A zdvořile oslovila princeznu.
"Come, my child, thou queen of beauty"
„Pojď, mé dítě, královno krásy"

"Come to me, and I will help you to bathe"
„Pojď ke mně a já ti pomůžu se umýt“
So saying, she approached the princess.
S těmito slovy přistoupila k princezně.
The princess saw she was just an old woman.
Princezna viděla, že je to jen stará žena.
So she made no resistance to her offer.
Takže se její nabídce nijak nebránila.
The old woman was washing the princess' hair.
Stařena myla princezně vlasy.
And she noticed the bright jewel in her hand.
A všimla si zářivého drahokamu v její ruce.
"Out the jewel here till you are bathed"
„Vytáhni drahokam, dokud se nevykoupeš“
Now the jewel was in the hands of Phakir's mother.
Nyní byl klenot v rukou Phakirovy matky.
She wrapped the jewel up in a cloth.
Zabalila drahokam do látky.
And she wrapped the cloth around her waist.
A omotala si látku kolem pasu.
Now the princess was unable to escape.
Nyní princezna nemohla uniknout.
And Phakir's mother gave the signal.
A Phakirova matka dala znamení.
The attendants rushed to the water.
Obsluha se vrhla k vodě.
And they took the princess captive.
A princeznu zajali.
The news soon reached the city.
Zpráva se brzy dostala do města.
"Phakir's mother had captured a water-nymph"
„Fakírova matka zajala vodní nymfu“
And the people rejoiced at the news.
A lidé se z té zprávy radovali.
All came to see the"daughter of the immortals"
Všichni přišli vidět „dceru nesmrtelných“
She was brought to the palace.

Byla přivedena do paláce.
And she was brought to the rajah's son.
A byla přivedena k rádžovu synovi.
The rajah's son was still of impaired intellect.
Rádžův syn měl stále intelektuální poruchy.
But that cloud on his brain soon dissipated.
Ale ten mrak v jeho hlavě se brzy rozplynul.
"I have found you! I have found you!"
„Našel jsem tě! Našel jsem tě!"
His eyes had been vacant and lusterless.
Jeho oči byly prázdné a bez lesku.
But now his eyes had the fire of intelligence.
Ale teď jeho oči zazářily inteligencí.
He had almost lost the use of his tongue.
Téměř ztratil schopnost používat jazyk.
"Now here, now gone!" was all he had been able to say.
„Teď tady, teď pryč!" bylo vše, co dokázal říct.
But this sense too was restored.
Ale i tento smysl se obnovil.
The joy of the rajah knew no bounds.
Radost rádže neznala mezí.
There was great festivity in the city.
Ve městě probíhaly velké slavnosti.
The people praised Phakir-Chand's mother.
Lidé chválili Phakir-Chandovu matku.
And everyone soon expected the marriage.
A všichni brzy očekávali svatbu.
The rajah's son was to wed the water-nymph.
Rádžův syn se měl oženit s vodní nymfou.
The princess, however, had made a promise.
Princezna však dala slib.
She told Phakir's mother of her promise.
Řekla o svém slibu Phakirově matce.
"I won't as much as look at another man"
„Na jiného muže se ani nepodívám"
"For one year my vows shall last"
„Jeden rok budou mé sliby platit"

"The marriage cannot happen in that time"
„Svatba se v té době nemůže uskutečnit"
The rajah's son was somewhat disappointed.
Rádžův syn byl poněkud zklamaný.
But he readily agreed to the delay.
Ale s odkladem ochotně souhlasil.
"Delay enhances the sweetness of the pleasure"
„Zpoždění umocňuje sladkost potěšení"
Of course the princess spent her time in sorrow.
Princezna samozřejmě trávila čas v zármutku.
She spent her days and nights sighing.
Trávila dny i noci vzdycháním.
And she lamented her idle curiosity.
A naříkala nad svou planou zvědavostí.
The curiosity that led her to the upper world.
Zvědavost, která ji dovedla do vyššího světa.
The curiosity that separated her from her husband.
Zvědavost, která ji oddělovala od jejího manžela.
She thought of her unfortunate husband.
Myslela na svého nešťastného manžela.
She had left him all alone below the waters.
Nechala ho úplně samotného pod vodou.
And she wept bitter tears each day.
A každý den plakala hořké slzy.
She wished that she could run away.
Přála si, aby mohla utéct.
But that would have been impossible.
Ale to by bylo nemožné.
Because she was immured within walls.
Protože byla zazděna ve zdech.
And there were walls within the walls.
A uvnitř zdí byly zdi.
And what use was getting out the palace?
A k čemu bylo dostat se z paláce?
She couldn't get to her husband anyway.
Stejně se k manželovi nedokázala dostat.
She didn't have the serpent jewel.

Neměla hadí drahokam.
The ladies of the palace tried to comfort her.
Dámy z paláce se ji snažily utěšit.
And Phakir's mother tried to divert her mind.
A Phakirova matka se snažila ji rozptýlit.
But their efforts were in vain.
Ale jejich úsilí bylo marné.
She took pleasure in nothing.
Netěšila se z ničeho.
She hardly spoke to anyone.
Téměř s nikým nemluvila.
She wept throughout the day.
Plakala celý den.
And she wept through the night.
A plakala celou noc.

The year of her vow was drawing to a close.
Rok jejího slibu se blížil ke konci.
But she was still disconsolate.
Ale stále byla zoufalá.
The marriage, however, had to be celebrated.
Svatba se ale musela oslavit.
The rajah consulted the astrologers.
Rádža se poradil s astrology.
The day and the hour had been decided.
Den a hodina byly určeny.
The nuptial knot was to be tied.
Svatební uzel měl být uvázán.
Great preparations were made.
Byly provedeny velké přípravy.
The confectioners were busy day and night.
Cukráři měli pilné ve dne v noci.
They prepared all sorts of sweetmeats.
Připravovali nejrůznější sladkosti.
Milkmen supplied the palace with tanks of curds.
Mlékaři zásobovali palác cisternami tvarohu.
Great quantities of gunpowder were manufactured.

Bylo vyrobeno velké množství střelného prachu.
There were going to be grand fireworks.
Měl se konat velkolepý ohňostroj.
Stages were erected everywhere.
Všude byla postavena pódia.
And musicians were selected to play music.
A hudebníci byli vybráni, aby hráli hudbu.
All the city assumed an air of mirth.
Celé město se rozlilo veselou atmosférou.
All looked forward to the festivities.
Všichni se těšili na slavnosti.

We must return out attention to the minister's son.
Musíme znovu zaměřit naši pozornost na syna pana ministra.
He had left his friend in the subterranean palace.
Nechal svého přítele v podzemním paláci.
And he had gone to his country.
A odjel do své země.
He was bringing horses and elephants.
Přiváděl koně a slony.
And he had with him many attendants.
A měl s sebou mnoho služebníků.
For the return of the king's son.
Za návrat králova syna.
And for the return of his lovely princess.
A za návrat jeho krásné princezny.
So that the ceremony had due pomp.
Aby obřad měl patřičnou pompu.
The preparations took him many months.
Přípravy mu trvaly mnoho měsíců.
But eventually all was prepared.
Ale nakonec bylo vše připraveno.
And the minister's son started on his journey.
A syn ministra se vydal na svou cestu.
He was accompanied by a long train of elephants.
Doprovázel ho dlouhý zástup slonů.
And behind the elephants were horses.

A za slony byli koně.
And all the horses had their own attendants.
A všichni koně měli své vlastní průvodce.
He reached the water ahead of schedule.
K vodě dorazil dříve, než bylo plánováno.
So he had two or three days to spare.
Takže měl dva nebo tři dny volna.
Tents were pitched in the mango slopes.
Stany byly postaveny na svazích s mangovými stromy.
So the men and cattle had accommodation.
Takže muži a dobytek měli ubytování.
The minister's son kept his eyes on the water.
Syn ministra nespouštěl oči z vody.
The sun of the appointed day sank below the horizon.
Slunce stanoveného dne zapadlo za obzor.
But there was no sign of the prince.
Ale po princi nebylo ani stopy.
Nor did the princess come to the surface.
Ani princezna se na povrch nevynořila.
He waited two or three days longer.
Čekal ještě dva nebo tři dny.
Still the prince did not make his appearance.
Princ se stále neobjevil.
What could have happened to his friend?
Co se mohlo stát jeho příteli?
And where was his beautiful wife?
A kde byla jeho krásná žena?
Had another serpent beaten them to death?
Ubil je k smrti nějaký jiný had?
Possibly the mate of the one that had died.
Možná partner toho, co zemřel.
Had they somehow lost the serpent-jewel?
Ztratili snad nějakým způsobem hadí drahokam?
Or had they perhaps visited the upper world?
Nebo snad navštívili horní svět?
And had they been captured in the upper world?
A byli snad zajati v horním světě?

Such were the reflections of the prince's friend.
Takové byly úvahy princova přítele.
The prince's friend was overwhelmed with grief.
Princův přítel byl přemožen zármutkem.
The waters were quite close to the city.
Vody byly docela blízko města.
And often the sound of music could be heard.
A často bylo slyšet zvuk hudby.
He asked passers-by what that music meant.
Ptal se kolemjdoucích, co ta hudba znamená.
He was told about the rajah's son.
Bylo mu řečeno o rádžově synovi.
And he was told of a wonderful young lady.
A bylo mu řečeno o úžasné mladé dámě.
And he was told they were going to marry.
A bylo mu řečeno, že se vezmou.
And he was told more about the wonderful lady.
A bylo mu řečeno více o té úžasné paní.
She had come out of the waters he was waiting by.
Vyšla z vody, u které čekal.
The marriage ceremony was in two days.
Svatební obřad byl za dva dny.
The minister's son made the connection.
Syn ministra si to spojitost udělal.
The wonderful young lady was the wife of his friend.
Ta úžasná mladá dáma byla manželkou jeho přítele.
He resolved, therefore, to go into the city.
Rozhodl se tedy jít do města.
And he was going to find out all he could.
A chtěl zjistit všechno, co mohl.
If he could, he would rescue the princess.
Kdyby mohl, zachránil by princeznu.
He told the attendants to go home.
Řekl obsluhujícím, aby šli domů.
And he told them to take the elephants.
A řekl jim, aby si vzali slony.
And he told them to take the horses.

A řekl jim, aby si vzali koně.
And he himself went to the city.
A sám se vydal do města.
And he took up his abode in the house of a Brahman.
A usadil se v domě jednoho bráhmana.
First, he rested from his journey.
Nejdříve si odpočinul od cesty.
Then the prince's friend had his dinner.
Pak princův přítel povečeřel.
And then he spoke to the Brahman.
A pak promluvil k Brahmanovi.
"Throughout the city there are musicians and bands"
„Po celém městě jsou hudebníci a kapely“
"What is the cause of all the celebrations?
„Co je příčinou všech těch oslav?“
The Brahman was rather surprised.
Brahman byl poněkud překvapen.
"From what part of the world have you come?"
„Z jaké části světa přicházíte?“
"What rock have you been living under?"
„Pod jakou skálou jsi žil?“
"Have you not heard the wonderful news?"
„Neslyšel jsi tu úžasnou zprávu?“
"A young lady of heavenly beauty"
„Mladá dáma nebeské krásy“
"She rose out of the waters"
„Vystoupila z vod“
"And she is going to the son of our rajah"
„A ona jde k synovi našeho rádže.“
The prince's friend wanted to know more.
Princův přítel chtěl vědět víc.
The information could be useful.
Informace by mohly být užitečné.
"I have not heard of this news"
„O této zprávě jsem neslyšel/a“
"I have come from a distant country"
„Přicházím z daleké země“

"The story has not reached us yet"

„Příběh se k nám ještě nedostal"

"Will you kindly tell me the particulars?"

„Mohl byste mi laskavě sdělit podrobnosti?"

The Brahman was happy to relay the story.

Brahman s radostí vyprávěl příběh.

"The rajah's son went out hunting"

„Radžův syn se vydal na lov"

"It must have been about this time last year"

„Muselo to být zhruba v tuto dobu loni."

"They pitched their tents by the waters in the suburbs"

„Postavili si stany u vody na předměstí"

"One day, the rajah's son was walking near the water"

„Jednoho dne se rádžův syn procházel poblíž vody."

"On this day, he saw a young woman"

„Tohoto dne uviděl mladou ženu"

"I have to mention she was of uncommon beauty"

„Musím zmínit, že byla neobvyklé krásy."

"She had risen from the depth of the waters"

„Vystoupila z hlubin vod"

"She gazed about for a minute or two"

„Minutu nebo dvě se rozhlížela kolem sebe"

"And then the beautiful lady disappeared"

„A pak ta krásná dáma zmizela"

"The rajah's son, however, had seen her"

„Radžův syn ji však viděl."

"He had been struck by her heavenly beauty"

„Byl ohromen její nebeskou krásou"

"And so he became desperately enamored by her"

„A tak se do ní zoufale zamiloval."

"Indeed, she had affected him greatly"

„Vskutku, velmi ho ovlivnila"

"And his mental faculties gave way to passion"

„A jeho duševní schopnosti ustoupily vášni"

"He was carried home as a mad man"

„Byl odnesen domů jako šílenec"

"He spoke no words except a few"

„Neřekl ani slovo, kromě několika málo"
"'now here, now gone!' was all he said"
„,Teď tady, teď pryč!' bylo vše, co řekl."
"The rajah sent for all the best physicians"
„Rajah poslal pro všechny nejlepší lékaře"
"They tried to restore his son to reason"
„Snažili se jeho syna přivést k rozumu"
"But the physicians were powerless"
„Ale lékaři byli bezmocní"
"At last the rajah made a proclamation"
„Konečně rádža vydal prohlášení"
"And he had the drum beat around the kingdom"
„A nechal bubnovat po celém království"
"There was a reward for anyone who cured his son"
„Pro každého, kdo uzdraví jeho syna, byla vypsána odměna"
"They would become the rajah's son-in-law"
„Stali by se rádžovými zetěmi"
"And they would get half the kingdom"
„ A dostali by půlku království"
"An old woman answered the call of the drum"
„Stará žena odpověděla na volání bubnu"
"All knew her as Phakir's mother"
„Všichni ji znali jako Phakirovu matku"
"She said she could cure the rajah's son"
„Řekla, že dokáže vyléčit rádžova syna."
"She had a hut built outside the town"
„Nechala si postavit chatrč za městem"
"In the suburbs, next to the waters"
„Na předměstí, u vody"
"An in the hut she took her abode"
„A v chatrči se usadila"
"She also had some huts erected close by"
„Také nechala poblíž postavit několik chatrčí"
"And in those huts attendants waited"
„A v těch chatrčích čekali služebníci"
"In case she might need their help"
„Pro případ, že by potřebovala jejich pomoc"

"It seems the goddess rose from the waters"
„Zdá se, že bohyně vystoupila z vod“
"Phakir's mother and the attendants seized her"
„Fakírova matka a služebníci ji chytili“
"And they carried her in a palki to the palace"
„A odnesli ji v palki do paláce.“
"The rajah's son saw the water-nymph"
„Rádžův syn spatřil vodní nymfu“
"And he was soon restored to his senses"
„A brzy se vzpamatoval.“
"They would have married there and then"
„Vzali by se hned na začátku.“
"But the water goddess had made a vow"
„Ale bohyně vody složila slib“
"She wouldn't look at a man for one year"
„Rok se na muže ani nepodívala“
"The year of the vow is now over"
„Rok slibu je u konce“
"The music is from the rajah's palace"
„Hudba je z rádžova paláce“
"This, in brief, is the story"
„Toto je ve zkratce celý příběh“
The prince's friend could put the story together.
Princův přítel by ten příběh dokázal dát dohromady.
"a truly wonderful story!"
„Opravdu úžasný příběh!“
"So where is Phakir's mother?"
„Tak kde je Phakirova matka?“
"And where is Phakir-Chand himself?"
„A kde je sám Phakir-Chand?“
"Has he received the hand of the rajah's daughter?"
„Dostal ruku rádžovy dcery?“
"And has he received half the kingdom?"
„A dostal snad půlku království?“
The Brahman could also answer these questions.
Brahman mohl také odpovědět na tyto otázky.
"No, they have not married yet"

„Ne, ještě se nevzali"
"And he doesn't yet have half the kingdom"
„A ještě nemá půlku království."
"And, I should say, he is a dimwitted lad"
„A měl bych říct, že je to hloupý kluk."
"In fact, no one knows where the lad is"
„Ve skutečnosti nikdo neví, kde ten kluk je."
"He has been away from home for more than a year"
„Byl pryč z domova už více než rok"
"That is his manner," he explained.
„To je jeho způsob," vysvětlil.
"He stays away for a long time"
„Dlouho se držel pryč"
"And then suddenly he comes home"
„A pak najednou přijde domů"
"And then suddenly he leaves again"
„A pak najednou zase odejde"
"I believe his mother expects him to come soon"
„Myslím, že jeho matka očekává, že brzy přijde."
This was very useful information.
To byla velmi užitečná informace.
"What is he like?" he asked.
„Jaký je?" zeptal se.
"And what does he do when he returns home?"
„A co dělá, až se vrátí domů?"
These questions the Brahman could also answer.
Na tyto otázky mohl odpovědět i Brahman.
"Well, he is about your height"
„No, je zhruba tvé výšky."
"Though he is somewhat younger than you"
„I když je o něco mladší než ty."
"He wears a small piece of cloth round his waist"
„Kolem pasu nosí malý kousek látky."
"And he rubs his body with ashes"
„A tře si tělo popelem"
"He carries the branch of a tree in his hand"
„V ruce nese větev stromu"

"And there is a tune to which he dances"
„A je tu melodie, na kterou tančí“
"He comes to the door of the hut of his mother"
„Přichází ke dveřím chatrče své matky“
"And he sings 'dhoop! dhoop! dhoop!'"
"A zpívá 'hup! dhoop! dhoop!'"
"His articulation is very indistinct"
„Jeho artikulace je velmi nezřetelná“
"'Come, stay with your mother,' she says"
„‚ Pojď, zůstaň u matky,' říká.“
"And he always gives the same answer"
„A on vždycky dává stejnou odpověď“
"'No, I won't remain,' he says unintelligibly"
„‚Ne, nezůstanu,' říká nesrozumitelně.“
"You should hear him when he wants to say yes"
„Měla bys ho slyšet, když chce říct ano“
"To answer in the affirmative he says 'hoom'"
„Na kladnou odpověď říká ‚húm'“
A flood of light entered the prince's friend.
Princova přítele zalila záplava světla.
He now saw very well how matters stood.
Teď už velmi dobře viděl, jak se věci mají.
The princess must have taken the snake-jewel.
Princezna si musela vzít hadí drahokam.
And she must have left the palace alone.
A palác musela opustit sama.
And she was captured without the king's son.
A byla zajata bez králova syna.
Phakir's mother must have the snake-jewel.
Phakirova matka musí mít hadí drahokam.
His friend was still below the water.
Jeho přítel byl stále pod vodou.
The prince had no means of escape.
Princ neměl žádnou možnost úniku.
He could imagine his friends desolate state.
Dokázal si představit zoufalý stav svých přátel.
And he could imagine how hopeless he must be.

A dokázal si představit, jak beznadějný asi musí být.
The prince's friend was filled with grief.
Princův přítel byl naplněn zármutkem.
But that was not cause to give up hope.
Ale to nebyl důvod k tomu, abychom se vzdali naděje.
Perhaps he could rescue his friend.
Možná by mohl zachránit svého přítele.
"I must get the jewel from the old woman"
„Musím získat ten drahokam od staré ženy."
"Can I not do it by personating Phakir-Chand?"
„Nemůžu to udělat tím, že budu napodobovat Phakira-Chanda?"
"His mother is expecting him soon"
„Jeho matka ho brzy čeká."
"Maybe I can rescue the princess the same way"
„Možná bych mohl princeznu zachránit stejným způsobem."

He resolved to act the role of Phakir-Chand.
Rozhodl se hrát roli Phakir-Chanda.
In the morning he left the Brahman's house.
Ráno opustil dům bráhmana.
And he went to the outskirts of the city.
A vydal se na okraj města.
He divested himself of his usual clothing.
Svlékl se ze svého obvyklého oblečení.
Around his waist he put a narrow piece of cloth.
Kolem pasu si dal úzký kus látky.
The cloth scarcely reached his knees.
Látka mu sotva dosahovala ke kolenům.
And he rubbed his body well with ashes.
A pořádně si tělo potřel popelem.
And finally he broke some twigs off a tree.
A nakonec ulomil několik větviček ze stromu.
And thus he was ready to play his role.
A tak byl připraven hrát svou roli.
He went to the door of the hut of Phakir's mother.
Šel ke dveřím chatrče Fakirovy matky.

And he commenced the operation by dancing.
A operaci zahájil tancem.
He danced in a most violent manner.
Tančil velmi násilným způsobem.
And he sung to the tune of"dhoop! dhoop! dhoop!"
A zpíval na melodii "dhoop! dhoop! dhoop!"
The dancing attracted the notice of the old woman.
Tanec upoutal pozornost staré ženy.
The critical moment had come.
Nastal kritický okamžik.
The old woman looked to her door.
Stará žena se podívala ke svým dveřím.
"Phakir-Chand, my son, have you come?"
„Phakír-Čande, synu můj, už jsi přišel?"
"my darling; the gods have become propitious to us"
„Můj drahý, bohové se k nám zachovali příznivě."
Her supposed son uttered the monosyllable, "hoom"
Její údajný syn vyslovil jednoslabičné „húm"
And he danced more violent than before.
A tančil prudčeji než předtím.
And he waved the twig in his hand.
A zamával větvičkou v ruce.
"this time you must not go away"
„Tentokrát nesmíš odejít"
"you must remain with me"
„Musíš zůstat se mnou"
"no, I won't remain," said the prince's friend.
„Ne, nezůstanu," řekl princův přítel.
"remain with me," the mother tried again.
„Zůstaň se mnou," zkusila matka znovu.
"i'll get you married to the rajah's daughter"
„Vdám tě za rádžovu dceru"
"will you marry, Phakir-Chand?"
„Vdáš se, Phakir-Chande?"
The minister's son replied—"hoom, hoom"
Syn ministra odpověděl: „Hum, hum."
And he danced even more like a madman.

A tančil ještě víc jako šílenec.
"will you come with me to the rajah's house?"
„Půjdeš se mnou do rádžova domu?"
"I'll show you a princess of uncommon beauty"
„Ukážu ti princeznu neobvyklé krásy"
"She rose from the waters"
„Vystoupila z vod"
"hoom, hoom," was the answer from his lips.
„Hum, hum," zněla odpověď z jeho úst.
And his feet stomped violently to"dhoop! dhoop!"
A jeho nohy prudce dupaly: „Dúp! Dúp!"
"Do you wish to see a jewel, Phakir?"
„Chceš vidět drahokam, Phakire?"
"The crest jewel of the serpent"
„Herbový klenot hada"
"The treasure of seven kings"
„Poklad sedmi králů"
"hoom, hoom," was the reply.
„Hum, hum," zněla odpověď.
The old woman went back into the hut.
Stará žena se vrátila do chatrče.
And she brought out the snake-jewel.
A vytáhla hadí drahokam.
She put the jewel into the hand of her supposed son.
Vložila drahokam do ruky svého domnělého syna.
The minister's son took the snake-jewel.
Syn ministra si vzal hadí drahokam.
He wrapped the jewel up in the piece of cloth.
Zabalil drahokam do kusu látky.
And he wrapped the cloth around his waist.
A látku si omotal kolem pasu.
Phakir's mother was delighted beyond measure.
Phakirova matka byla nesmírně nadšená.
Her son had come at just the right time.
Její syn přišel v pravý čas.
She went to the rajah's house.
Šla do rádžova domu.

She announced the news of Phakir's appearance.
Oznámila zprávu o Phakirově vystoupení.
And also in order to show Phakir the princess.
A také proto, aby ukázal Phakirovi princeznu.
They were given access to the rajah's palace.
Byl jim umožněn přístup do rádžova paláce.
And all parts of the palace were open to them.
A všechny části paláce jim byly otevřené.
The old woman had saved the rajah's son.
Stařena zachránila rádžova syna.
So she was the most important person in the kingdom.
Byla tedy nejdůležitější osobou v království.
She took her supposed son around the palace.
Vzala svého údajného syna po paláci.
And she took him to the princess' room.
A vzala ho do princeznina pokoje.
Phakir's mother introduced her son to the princess.
Phakirova matka představila svého syna princezně.
You can imagine the princess was not best impressed.
Dokážete si představit, že princezna zrovna nebyla ohromena.
She did not appreciate the company of a madman.
Netěšila se jí společnost šílence.
A madman, half naked, and covered in ash.
Šílenec, napůl nahý a pokrytý popelem.
And he kept dancing in a wild manner.
A dál divoce tančil.

The three had spent the day together.
Ti tři strávili den společně.
It was soon going to be sunset.
Brzy mělo zapadat slunce.
The woman asked her son to come with her.
Žena požádala syna, aby šel s ní.
But the supposed Phakir-Chand refused to comply.
Ale údajný Phakir-Chand odmítl vyhovět.
He said he would stay there that night.
Řekl, že tam tu noc zůstane.

His mother tried to persuade him to come with her.
Jeho matka se ho snažila přesvědčit, aby šel s ní.
But he persisted in his determination.
Ale ve svém odhodlání setrval.
He said he would remain with the princess.
Řekl, že zůstane s princeznou.
Phakir's mother went home without him.
Phakirova matka šla domů bez něj.
And she told the guards to look after her son.
A řekla strážím, aby se o jejího syna postarali.
Eventually all the palace retired to rest.
Nakonec se celý palác uchýlil k odpočinku.
The supposed Phakir spoke to the princess again.
Údajný Phakir znovu promluvil s princeznou.
But this time he spoke in his own voice.
Ale tentokrát mluvil svým vlastním hlasem.
"Princess! do you not recognize me?"
„Princezno! Nepoznáváš mě?"
"I am the prince's friend"
„Jsem princův přítel"
"I am the friend of your princely husband"
„Jsem přítel tvého knížecího manžela."
The princess was astonished for a moment.
Princezna na okamžik ohromila.
"Who? the prince's friend?"
„Kdo? Princův přítel?"
"Oh, my husband's best friend"
„ Ach, nejlepší přítel mého manžela"
"Please rescue me from this terrible captivity"
„Prosím, zachraňte mě z tohoto hrozného zajetí"
"This is worse than death"
„Tohle je horší než smrt"
"All of this is my own fault"
„Tohle všechno je moje vlastní chyba"
"Rescue me, oh please, thou best of friends!"
„Zachraň mě, prosím, ty nejlepší příteli!"
She then burst into tears.

Pak se rozplakala.
The prince's friend spoke again.
Princův přítel znovu promluvil.
"Do not be disconsolate"
„Nebuďte zoufalí"
"I will try my best to rescue you"
„Vynasnažím se tě ze všech sil zachránit"
"I will try to have you out of here tonight"
„Pokusím se tě dnes večer odsud dostat."
"But you must do whatever I tell you"
„Ale musíš udělat, cokoli ti řeknu."
The princess trusted the prince's friend.
Princezna důvěřovala princovu příteli.
"I will do anything you tell me"
„Udělám cokoli, co mi řekneš"
After this the supposed Phakir left the room.
Poté údajný Phakir opustil místnost.
He passed through the courtyard of the palace.
Prošel nádvořím paláce.
Some of the guards challenged him.
Někteří ze stráží ho vyzvali.
"hoom hoom!" he replied.
„Hum, hum!" odpověděl.
"I'm just going out for a minute"
„Jdu jen na chvilku ven"
"And then I will come back again"
„A pak se zase vrátím"
They understood that it was the madcap Phakir.
Chápali, že to byl ten bláznivý Phakir.
True to his word he did come back shortly.
Věren svému slovu se brzy vrátil.
And again he went to the princess.
A znovu šel k princezně.
An hour afterwards he again went out.
O hodinu později znovu vyšel ven.
And again he was challenged by the guards.
A znovu ho stráže vyzvaly.

He made the same reply as at the first time.
Odpověděl stejně jako poprvé.
The guards began to talk among themselves.
Stráže se mezi sebou začaly bavit.
"This Phakir surely has no sense"
„Tenhle Phakir rozhodně nemá rozum."
"He will go out and come in all night"
„Bude celou noc chodit a chodit."
"Let us leave him to do what he likes"
„Nechme ho, ať si dělá, co chce."
"There's no use guarding him all night"
„Nemá cenu ho hlídat celou noc."
The minister's son had worn down the guards.
Syn ministra unavil stráže.
And he was looking for a way to escape.
A hledal způsob, jak uniknout.
He kept going in and out until three at night.
Chodil dovnitř a ven až do tří hodin v noci.
This time there were no guards there.
Tentokrát tam nebyli žádní strážní.
Because all the guards had fallen asleep.
Protože všichni strážní usnuli.
He was overjoyed at the auspicious circumstance.
Měl z té příznivé okolnosti velkou radost.
Then he went back to the princess.
Pak se vrátil k princezně.
"Now, princess, is the time for escape"
„Teď, princezno, je čas na útěk."
"The guards are all asleep"
„Všichni strážní spí"
"You must mount on my back"
„Musíš mi nasednout na záda"
"Tie the locks of your hair round my neck"
„Uvaž mi prameny svých vlasů kolem krku"
"And keep tight hold of me"
„A pevně se mě drž"
The princess did what she was asked of.

Princezna udělala, co se po ní žádalo.
He passed unchallenged through the courtyard.
Prošel bez povšimnutí nádvořím.
And he had a lovely burden on his back.
A na zádech měl krásné břemeno.
Eventually he got to the gate of the palace.
Konečně se dostal k bráně paláce.
And he went through without being challenged.
A prošel tím bez jakýchkoli výzev.
Then they went to the outskirts of the city.
Pak se vydali na okraj města.
Eventually he reached the outer suburbs.
Nakonec dorazil na vnější předměstí.
They reached the water from which the princess had risen.
Došli k vodě, z níž princezna vystoupila.
The princess rejoiced at her escape.
Princezna se radovala ze svého útěku.
But she was still trembling with fear.
Ale stále se třásla strachy.
The prince's friend untied the snake-jewel.
Princův přítel rozvázal hadí drahokam.
And together they ascended into the water.
A společně vystoupali do vody.
And soon they found back to the subterranean palace.
A brzy se ocitli zpátky v podzemním paláci.
You can imagine how happy the prince was.
Dokážete si představit, jak byl princ šťastný.
He had nearly died of grief.
Málem zemřel žalem.
And you can imagine the princess' happiness too.
A dokážete si představit i princeznino štěstí.
All the three of them were mad with joy.
Všichni tři šíleli radostí.
For three days they remained in the palace.
Tři dny zůstali v paláci.
And they retold the prince the whole story.
A celý příběh převyprávěli princi.

They told of how the princess was seized.
Vyprávěli, jak byla princezna unesena.
They told him of her captivity in the palace.
Řekli mu o jejím zajetí v paláci.
They described the marriage that was planned.
Popsali plánované manželství.
They told him of the old woman.
Řekli mu o té staré ženě.
And they told him all about her Phakir-Chand.
A vyprávěli mu všechno o jejím Phakir-Chandovi.
They told him how he had impersonated him.
Řekli mu, jak se za něj vydával.
And they told him how he freed the princess.
A vyprávěli mu, jak princeznu osvobodil.
I don't need to tell you how grateful they were.
Nemusím vám snad říkat, jak byli vděční.
The prince's friend truly was a good friend.
Princův přítel byl skutečně dobrý přítel.
They thanked him in the warmest terms.
Poděkovali mu co nejvroucněji.
And they vowed to always follow his counsel.
A přísahali, že se budou vždy řídit jeho radami.

They were all resolved to return home.
Všichni byli odhodláni vrátit se domů.
They wanted to return to their native country.
Chtěli se vrátit do své rodné země.
The king's son, the minister's son, and the princess.
Králův syn, syn ministra a princezna.
They left the subterranean palace together.
Společně opustili podzemní palác.
They lighted the passage with the snake-jewel.
Osvětlili chodbu hadím drahokamem.
And they made their way to the upper world.
A vydali se do vyššího světa.
They had neither elephants nor horses waiting for them.
Nečekali na ně ani sloni, ani koně.

So they had no choice but to travel on foot.
Neměli tedy jinou možnost než cestovat pěšky.
The two friends had been bred in the lap of luxury.
Ti dva přátelé vyrůstali v luxusu.
Both of them found walking troublesome.
Oběma dělala chůze potíže.
But the princess found it infinitely more troublesome.
Ale princezna to shledala nekonečně obtížnějším.
She was used to even finer treatment.
Byla zvyklá na ještě jemnější zacházení.
The stones of the road were too rough for her.
Kameny na cestě byly pro ni příliš drsné.
And the rough stones wounded her tender feet.
A drsné kameny zraňovaly její křehké nohy.
Eventually her feet became very sore.
Nakonec ji začaly hodně bolet nohy.
At times the king's son carried her on his shoulders.
Králův syn ji občas nesl na ramenou.
The load he was carrying was of course lovely.
Náklad, který nesl, byl samozřejmě krásný.
But although lovely, she was heavy to carry.
Ale i když byla krásná, byla těžká na nošení.
And she could not be carried a great distance.
A nedala se unést na velkou vzdálenost.
And therefore she too had to walk often.
A proto i ona musela často chodit pěšky.
One evening they arrived beneath a tree.
Jednoho večera dorazili pod strom.
There were no visible signs of human habitations.
Nebyly tam žádné viditelné známky lidských obydlí.
So they decided to make the tree their sleeping place.
Rozhodli se tedy, že si ze stromu udělají místo na spaní.
The prince's friend offered to keep guard.
Princův přítel se nabídl, že bude hlídat.
"Both of you can go to sleep"
„Oba můžete jít spát."
"I will keep watch over you both tonight"

„Dnes večer na vás oba dám pozor."

"In order to prevent any danger"

„Aby se předešlo jakémukoli nebezpečí"

The royal couple soon dozed off.

Královský pár brzy usnul.

And they were locked in the arms of sleep.

A byli uvězněni v náručí spánku.

The faithful friend of the prince did not sleep.

Věrný přítel prince nespal.

He stayed awake and watched for danger.

Zůstal vzhůru a vyhlížel nebezpečí.

It so happened they camped under a special tree.

Shodou okolností tábořili pod zvláštním stromem.

In the tree swung the nest of two birds.

Na stromě se houpalo hnízdo dvou ptáků.

The immortal birds Bihangama and Bihangami.

Nesmrtelní ptáci Bihangama a Bihangami.

These birds were endowed with human speech.

Tito ptáci byli obdařeni lidskou řečí.

And they could also see into the future.

A také mohli vidět do budoucnosti.

The minister's son listened the bird's conversation.

Syn ministra poslouchal ptačí rozhovor.

He was more than a little astonished at what he heard!

Byl více než jen ohromen tím, co slyšel!

Bihangama: "The prince's friend risked his own life"

Bihangama: „Princův přítel riskoval vlastní život"

"He did everything for the safety of his friend"

„Udělal všechno pro bezpečnost svého přítele"

"But more dangers will befall the king's son"

„Ale králova syna postihne ještě více nebezpečí."

"And he will find it difficult to save the prince"

„A bude pro něj těžké zachránit prince."

Bihangami: "Why is that?"

Bihangami: „Proč?"

Bihangama: "Many dangers await the king's son"

Bihangama: „Králova syna čeká mnoho nebezpečí"

"The prince's father will hear of his son's approach"
„Princův otec se dozví o příchodu svého syna."
"He will send for him an elephant and some horses"
„Pošle pro něj slona a pár koní."
"And he will arrange attendants to meet him"
„A zařídí, aby se s ním setkali služebníci."
"The king's son will ride the elephant"
„Králův syn pojede na slonovi"
"But he will fall from the back of the elephant"
„Ale spadne ze hřbetu slona."
"And he will die from his fall from the elephant"
„A zemře při pádu ze slona"
Bihangami: "But suppose someone prevented this?"
Bihangami: „Ale co kdyby tomu někdo zabránil?"
"Suppose the king's son is not going to ride on the elephant"
„Předpokládejme, že králův syn nebude jezdit na slonovi."
"What might happen if he rides on a horse instead?"
„Co by se mohlo stát, kdyby místo toho pojel na koni?"
"Will he not in that case be saved?"
„Nebude v tom případě spasen?"
Bihangama: "Yes, in that case he would escape that fate"
Bihangama: „Ano, v tom případě by se tomuto osudu vyhnul."
"But then a fresh danger would await him"
„Ale pak by na něj čekalo nové nebezpečí"
"When the king's son is in sight of his father's palace"
„Když králův syn spatří palác svého otce"
"When he is in the act of passing through the lion-gate"
„Když právě prochází lví branou"
"In that moment the lion-gate will fall upon him"
„V tu chvíli na něj spadne lví brána"
"And the stones will crush him to death"
„A kameny ho rozdrtí k smrti"
Bihangami: "But suppose someone gets there first"
Bihangami: „Ale co když se tam někdo dostane dřív?"
"Suppose someone destroys the lion-gate"

„Předpokládejme, že někdo zničí lví bránu"
"If that happens the king's son couldn't go through the lion-gate"
„Kdyby se to stalo, královský syn by nemohl projít lví branou."
"Will not the king's son in that case be saved?"
„Nebude v tom případě králův syn zachráněn?"
Bihangama: "Yes, in that case he would escape his fate"
Bihangama: „Ano, v tom případě by unikl svému osudu."
"But then a fresh danger would await him"
„Ale pak by na něj čekalo nové nebezpečí"
"When the king's son reaches the palace"
„Když králův syn dorazí do paláce"
"When he sits at a feast prepared for him"
„Když sedí na hostině, která je pro něj připravena"
"The head of a fish will be cooked for him"
„Uvaří mu hlavu ryby."
"He will put into his mouth the head of the fish"
„Vloží si do úst hlavu ryby"
"But the head of the fish will stick in his throat"
„Ale hlava ryby mu uvízne v krku."
"And he will choke to death on the head of the fish"
„A udusí se na hlavě ryby."
Bihangami: "But suppose someone snatches the fish"
Bihangami: „Ale co když někdo unese rybu?"
"Suppose someone takes the head of the fish from his plate"
„Představte si, že si někdo vezme hlavu ryby z talíře."
"Suppose he can't put the fish's head in his mouth"
„Předpokládejme, že si nemůže strčit rybí hlavu do tlamy."
"Will not the king's son in that case be saved?"
„Nebude v tom případě králův syn zachráněn?"
Bihangama: "Yes, in that case he will escape his fate"
Bihangama: „Ano, v tom případě unikne svému osudu."
"But a fresh danger would await him"
„Ale čekalo by na něj nové nebezpečí"
"When the prince and princess retire after dinner"
„Když princ a princezna po večeři odejdou do postele"

"When they go into their sleeping apartment"
„Když jdou do svého spacího bytu"
"They will lie together in bed"
„Budou ležet spolu v posteli "
"A terrible cobra will come into the room"
„Do místnosti vletí hrozná kobra"
"And the cobra will bite the king's son to death"
„A kobra ukousne králova syna k smrti"
Bihangami: "But suppose someone was in the room"
Bihangami: „Ale předpokládejme, že by někdo byl v místnosti"
"Suppose this person was waiting for the snake"
„Předpokládejme, že tato osoba čekala na hada."
"And suppose that this person cuts the snake into pieces"
„A předpokládejme, že tento člověk rozseká hada na kusy"
"Will not the king's son in that case be saved?"
„Nebude v tom případě králův syn zachráněn?"
Bihangama: "Yes, in that case he will escape his fate"
Bihangama: „Ano, v tom případě unikne svému osudu."
"In that case the life of the king's son will be saved"
„V tom případě bude život králova syna zachráněn."
"But he who saves him can't repeat these words"
„Ale ten, kdo ho zachrání, tato slova opakovat nemůže."
"If he tells his secret he will be turned into marble"
„Pokud prozradí své tajemství, promění se v mramor."
Bihangami: "Can the statue be returned to life?"
Bihangami: „Může být socha navrácena k životu?"
Bihangama: "Yes, the marble statue can be restored to life"
Bihangama: „Ano, mramorová socha může být vzkříšena k životu"
"The princess will give birth to a child"
„Princezna porodí dítě"
"They must wash the statue with the blood of the infant"
„Sochu musí umýt krví dítěte."
The prophetical birds had spoken until that point.
Proročtí ptáci mluvili až do té doby.
But then they were interrupted by the craw of crows.

Ale pak je přerušilo krákání vran.
The eastern sky tinted in a reddish hue.
Východní obloha se zbarvila do načervenalého odstínu.
And the travelers beneath the tree bestirred themselves.
A cestovatelé pod stromem se vzpamatovali.
The prophetic conversation came to an end.
Prorocký rozhovor skončil.
But the prince's friend had heard everything.
Ale princův přítel slyšel všechno.

The next morning they continued their journey.
Následujícího rána pokračovali v cestě.
The prince, the princess, and the prince's friend.
Princ, princezna a princův přítel.
Soon they met the king's procession.
Brzy se setkali s královým průvodem.
There was an elephant, a horse, and a palki.
Byl tam slon, kůň a palki.
And there was a large number of attendants.
A bylo tam velké množství obsluhy.
These animals and men had been sent by the king.
Tato zvířata a muže poslal král.
The king heard his son was with his friend.
Král slyšel, že jeho syn je s jeho přítelem.
And he had heard that his son had married.
A slyšel, že se jeho syn oženil.
And he heard they were not far from the capital.
A slyšel, že nejsou daleko od hlavního města.
The elephant had been richly caparisoned.
Slon byl bohatě vyzdoben.
The elephant was intended for the prince.
Slon byl určen pro prince.
The framework of the palki was of silver.
Rámec palki byl ze stříbra.
The palki was meant for the princess.
Palki byla určena pro princeznu.
And the horse was for the prince's friend.

A kůň byl pro princova přítele .
The prince was about to mount on the elephant.
Princ se chystal nasednout na slona.
But then his friend spoke to him.
Ale pak na něj promluvil jeho přítel.
"Allow me to ride on the elephant, please"
„Dovolte mi, prosím, svézt se na slonovi.“
"And you can ride back on horseback"
„A můžete se vrátit na koni.“
The prince was not a little surprised.
Princ byl nemalý překvapen.
The proposal had been made in a very cold manner.
Návrh byl podán velmi chladně.
Maybe his friend felt a little too entitled.
Možná se jeho přítel cítil trochu moc povýšený.
And the king's son was slightly annoyed.
A králův syn byl trochu naštvaný.
But he remembered what his friend had done for him.
Ale vzpomněl si, co pro něj jeho přítel udělal.
And he remembered how he saved the princess.
A vzpomněl si, jak zachránil princeznu.
So he mounted the horse without objecting.
Takže bez námitek nasedl na koně.
But his mind became somewhat alienated from him.
Ale jeho mysl se od něj poněkud odcizila.
The procession towards the capital started again.
Průvod směrem k hlavnímu městu se znovu rozjel.
After some time they came in sight of the palace.
Po nějaké době spatřili palác.
The lion-gate had been gaily adorned.
Lví brána byla vesele vyzdobena.
There was a grand reception for the prince.
Pro prince se konala velkolepá recepce.
And the princess was equally anticipated.
A princezna byla stejně očekávaná.
But the prince's friend seemed to have an objection.
Ale princův přítel jako by měl námitku.

"I want the lion-gate to be broken down"
„Chci, aby byla lví brána zbořena“
The prince was astounded at the proposal.
Princ byl návrhem ohromen.
The request was very out of the ordinary.
Žádost byla velmi neobvyklá.
And he had given no reason for his demand.
A pro svůj požadavek neuvedl žádný důvod.
But he remembered all his friend had done for him.
Ale pamatoval si všechno, co pro něj jeho přítel udělal.
And he remembered how he saved the princess.
A vzpomněl si, jak zachránil princeznu.
So he complied with the wish of his friend.
Tak splnil přání svého přítele.
And the beautiful lion-gate was torn down.
A krásná lví brána byla stržena.
But his mind became even more estranged from him.
Ale jeho mysl se mu ještě více odcizila.
The procession now went into the palace.
Průvod nyní vstoupil do paláce.
The king gave a warm reception to his son.
Král svého syna vřele přivítal.
He welcomed his daughter-in-law equally warmly.
Stejně vřele přivítal i svou snachu.
And he was very pleased to see the prince's friend.
A byl velmi potěšen, že vidí princova přítele.
The story of their adventures was related.
Příběh jejich dobrodružství byl vyprávěn.
The king expressed great astonishment at the tale.
Král vyjádřil nad tímto příběhem velký úžas.
And his courtiers were equally impressed.
A jeho dvořané byli stejně ohromeni.
All praised the minister's son's devotion.
Všichni chválili oddanost syna ministra.
And the ladies of the palace praised the princess.
A dámy z paláce princeznu chválily.
The connoisseurs of beauty praised the princess.

Znalci krásy princeznu chválili.
Her complexion was a mixture of milk and vermilion.
Její pleť byla směsicí mléka a rumělky.
Her neck was like that of a swan.
Její krk byl jako krk labutě.
Her eyes were like those of a gazelle.
Její oči byly jako oči gazely.
Her lips were as red as the berry bimba.
Její rty byly rudé jako bobulová bimba.
Her cheeks were as lovely as they could be.
Její tváře byly tak krásné, jak jen mohly být.
And her nose was straight and high.
A nos měla rovný a vysoký.
Her hair reached down to her ankles.
Vlasy jí sahaly až ke kotníkům.
Her walk was as graceful as that of a young elephant.
Její chůze byla ladná jako chůze mladého slona.
The princess whom destiny had brought to them.
Princezna, kterou jim osud přivedl k životu.
They sat around her wanting to know everything.
Seděli kolem ní a chtěli vědět všechno.
And they put to her a thousand questions.
A položili jí tisíc otázek.
They asked her about her parents.
Ptali se jí na její rodiče.
They asked her about the subterranean palace.
Ptali se jí na podzemní palác.
And they asked her all about the serpent.
A vyptávali se jí na všechno ohledně hada.
The serpent which had killed all her relatives.
Had, který zabil všechny její příbuzné.
Soon it was time for the new arrivals to dine.
Brzy nastal čas, aby nově příchozí povečeřeli.
The dinner was served up in dishes of gold.
Večeře byla servírována na zlatých mísách.
All sorts of delicacies were on the table.
Na stole byly nejrůznější pochoutky.

The most conspicuous dish was the head of a rohita fish.

Nejnápadnějším pokrmem byla hlava ryby rohita.

The large fish's head was placed in a golden cup.

Hlava velké ryby byla umístěna do zlatého poháru.

And the cup was placed near the prince's plate.

A pohár byl umístěn blízko princova talíře.

All were eating and retelling the adventure.

Všichni jedli a vyprávěli si dobrodružství.

And suddenly the prince's friend snatched the head.

A náhle princův přítel hlavu popadl.

He took the fish's head from the prince's plate.

Vzal rybí hlavu z princeznova talíře.

"Let me, prince, eat this rohita's head"

„Dovol mi, princi, sníst hlavu tohoto rohity."

The king's son was quite indignant.

Králův syn byl dost rozhořčený.

But he remembered all his friend had done for him.

Ale pamatoval si všechno, co pro něj jeho přítel udělal.

And he remembered how he saved the princess.

A vzpomněl si, jak zachránil princeznu.

And so he made no objection to the request.

A tak proti žádosti nic nenamítal.

But he could not hide his terrible rage.

Ale nedokázal skrýt svůj strašlivý vztek.

Of course the prince's friend noticed this.

Princův přítel si toho samozřejmě všiml.

But there was nothing else he could have done.

Ale nemohl dělat nic jiného.

His conduct, however strange, was necessary.

Jeho chování, jakkoli podivné, bylo nezbytné.

It was for the safety of his friend's life.

Bylo to pro bezpečnost života jeho přítele.

Nor could he tell his friend the reason.

Ani svému příteli nemohl říct důvod.

Else he would be transformed into a marble statue.

Jinak by se proměnil v mramorovou sochu.

Soon the dinner was going to be over.

Večeře měla brzy skončit.
The prince's friend had one more request.
Princův přítel měl ještě jednu prosbu.
The two friends had spent every night together.
Ti dva přátelé trávili spolu každou noc.
But tonight he wanted to go to his own house.
Ale dnes večer chtěl jít domů.
The prince was also shocked at his strange conduct.
Princ byl také šokován jeho podivným chováním.
But he remembered all his friend had done for him.
Ale pamatoval si všechno, co pro něj jeho přítel udělal.
And he remembered how he saved the princess.
A vzpomněl si, jak zachránil princeznu.
And he also agreed to this request of his friend.
A také s touto žádostí svého přítele souhlasil.
The prince's friend, however, had other plans.
Princův přítel však měl jiné plány.
He had no intentions of going to his own house.
Neměl v úmyslu jít do vlastního domu.
He was resolved to avert the last peril.
Byl odhodlán odvrátit poslední nebezpečí.
The last thing to threaten the life of his friend.
To poslední, co by ohrozilo život jeho přítele.
Accordingly, he took a sword into his hand.
Proto vzal do ruky meč.
And he stealthily entered the royal room.
A nenápadně vstoupil do královské komnaty.
The room of the prince and the princess.
Pokoj prince a princezny.
He ensconced himself under the bedstead.
Schoval se pod postel.
The bed was furnished with mattresses of down.
Postel byla vybavena matracemi z peří.
The mosquito curtains were of the richest silk.
Závěsy proti komárům byly z nejbohatšího hedvábí.
And all the bedding was laced with gold.
A všechno ložní prádlo bylo pošité zlatem.

Soon the prince and princess came into the bedroom.
Zanedlouho princ a princezna vešli do ložnice.
They undressed themselves and went to bed.
Svlékli se a šli spát.
And soon the royal couple were asleep.
A brzy královský pár usnul.
At midnight he heard the slithering of a snake.
O půlnoci uslyšel plazit se hada.
The sound was coming from a water passage.
Zvuk vycházel z vodního kanálu.
A snake of gigantic size entered the room.
Do místnosti vletěl had obrovské velikosti.
The serpent climbed up the frame of the bed.
Had vylezl po rámu postele.
The minister's son rushed out with the sword.
Syn ministra vyběhl ven s mečem.
And he killed the serpent with one blow.
A hada zabil jednou ranou.
And then he cut the snake into smaller pieces.
A pak hada rozřezal na menší kousky.
He put the pieces in the dish for holding betel-leaves.
Vložil kousky do misky určené pro uchovávání betelových listů.
But as he did this, he spilled a drop of blood.
Ale když to udělal, vylil kapku krve.
The drop of blood fell on the breast of the princess.
Kapka krve dopadla na princezninu hruď.
Because the mosquito curtains had not been let down.
Protože moskytiérové závěsy nebyly spuštěné.
He worried for the health of the princess.
Dělal si starosti o zdraví princezny.
The blood might be of some sort of poison.
Ta krev by mohla být z nějakého jedu.
So he resolved to lick up the blood.
Rozhodl se tedy olíznout krev.
But he could not look at the naked princess.
Ale nemohl se dívat na nahou princeznu.

It would have been a great sin.
Byl by to velký hřích.
So he blindfolded himself with seven-fold cloth.
Zavázal si tedy oči sedmidílnou látkou.
And he licked off the drop of blood.
A olízl kapku krve.
But just at this time the princess awoke.
Ale právě v tuto chvíli se princezna probudila.
Her scream roused her husband from his sleep.
Její výkřik probudil jejího manžela ze spánku.
And he could not believe what he was seeing.
A nemohl uvěřit vlastním očím.
The prince fell into a great rage.
Princ se velmi rozzuřil.
And he was prepared to kill his friend.
A byl připraven zabít svého přítele.
But he gave his friend a chance to speak.
Dal ale svému příteli šanci promluvit.
"Please, my friend, restrain your anger"
„Prosím, příteli, ovládni svůj hněv"
"I have done this only to save your life"
„Udělal jsem to jen proto, abych ti zachránil život"
The prince was more confused than before.
Princ byl zmatenější než předtím.
"I do not understand what you mean"
„Nerozumím, co tím myslíš"
"From the time we came out of the subterranean palace"
„Od chvíle, kdy jsme vyšli z podzemního paláce"
"You have been behaving in a most extraordinary way"
„Chováš se naprosto neobvyklým způsobem."
"First, you insisted on riding my elephant"
„Nejdřív jsi trval na tom, že se svezeš na mém slonovi."
"The elephant my father had sent for me"
„Slon, kterého pro mě poslal můj otec"
"I thought it was vain of you to ask"
„Myslel jsem, že je od tebe marné se ptát."
"But I remembered what you had done for me"

„Ale vzpomněl jsem si, co jsi pro mě udělal."

"And I decided to let the matter pass"

„A já se rozhodl nechat věc být"

"And instead I rode back on horseback"

„A místo toho jsem se vrátil na koni"

"Secondly, you insisted on destroying the lion-gate"

„Za druhé, trval jsi na zničení lví brány."

"The lion-gate my father had adorned for me"

„Lví bránu mi můj otec ozdobil"

"I thought it was strange of you to ask"

„Přišlo mi divné, že se na to ptáš."

"But I remembered what you had done for me"

„Ale vzpomněl jsem si, co jsi pro mě udělal."

"And I decided to let the matter pass"

„A já se rozhodl nechat věc být"

"And I had the lion-gate destroyed"

„A lví bránu jsem nechal zničit"

"Thirdly, at dinner you behaved most shamefully"

„Za třetí, u večeře jste se choval velmi hanebně."

"You snatched the rohita's head from my plate"

„Vytrhl jsi mi rohitovi hlavu z talíře."

"And you insisted on eating the fish head"

„A ty jsi trval na tom, že sníš rybí hlavu."

"I thought you felt too entitled"

„Myslel jsem, že se cítíš příliš nárokovaný/á."

"But I remembered what you had done for me"

„Ale vzpomněl jsem si, co jsi pro mě udělal."

"So I decided to let the matter pass"

„Tak jsem se rozhodl nechat věc být"

"You then pretended that you were going home"

„Pak jsi předstíral, že jdeš domů."

"And I was very glad you were going home"

„A já byla moc ráda, že jdeš domů."

"Because you had made yourself very disagreeable"

„Protože ses choval/a velmi nepříjemně."

"And now you are actually in my bedroom"

„A teď jsi vlastně v mé ložnici."

"You are bending over the naked bosom of my wife"
„Skláníš se nad nahou ňadrou mé ženy"
"You must have had some evil plan"
„Musel jsi mít nějaký zlý plán."
"And now you pretend you are saving my life"
„A teď předstíráš, že mi zachraňuješ život"
"But I don't believe you want to save my life"
„Ale nevěřím, že mi chceš zachránit život."
"I believe you want to destroy my wife's chastity"
„Myslím, že chcete zničit cudnost mé ženy."
The prince's friend knew how things looked.
Princův přítel věděl, jak to vypadá.
"Oh, do not harbor such thoughts in your mind"
„Ach, nechovej si takové myšlenky ve své mysli."
"Please do not think badly against me"
„Prosím, nemyslete si o mně nic špatného"
"The gods know what I have done"
„Bohové vědí, co jsem udělal"
"They know I did it to save your life"
„Vědí, že jsem to udělal, abych ti zachránil život."
"You would see the reasonableness of my conduct"
„Viděl bys rozumnost mého chování"
"But I don't have liberty to state my reasons"
„Ale nemám právo uvádět své důvody."
The prince asked him to explain himself.
Princ ho požádal, aby mu to vysvětlil.
"And why are you not at liberty?"
„A proč nemáte svobodu?"
"Who has put a seal upon your mouth?"
„Kdo ti zapečetil ústa?"
And the prince's friend answered.
A princův přítel odpověděl.
"Destiny has put a seal upon my mouth"
„Osud mi zapečetil ústa"
"If I told you, I would be transformed into marble"
„Kdybych ti to řekl/a, proměnil/a bych se v mramor."
The prince grew angrier with his friend.

Princ se na svého přítele čím dál víc rozzlobil.

"You should be transformed into a marble statue!"

„Měl by ses proměnit v mramorovou sochu!"

"You must take me to be a simpleton"

„Musíš si myslet, že jsem hlupák."

"You can't expect me to believe this nonsense"

„Nemůžeš čekat, že uvěřím těmhle nesmyslům ."

The minister's son made one last request.

Syn ministra vznesl poslední žádost.

"Do you wish me then, friend, for me to tell you?

„Přeješ si tedy, příteli, abych ti to řekl?"

"You would make your friend turn into stone?"

„Proměnil bys svého přítele v kámen?"

The prince wanted to hear the reason.

Princ chtěl slyšet důvod.

He did not care about the consequences.

O následky se nestaral.

"Tell me, or else you are a dead man"

„Řekni mi to, nebo jsi mrtvý muž."

The prince's friend wanted to clear his name.

Princův přítel chtěl očistit jeho jméno.

He wanted no foul accusations brought against him.

Nechtěl, aby proti němu byla vznesena žádná sprostá obvinění.

And he deemed it his duty to reveal the secret.

A považoval za svou povinnost odhalit tajemství.

Even if this would put his life at risk.

I kdyby tím ohrozil svůj život.

He again warned the prince not to ask him.

Znovu prince varoval, aby se ho na to neptal.

But the prince remained inexorable.

Ale princ zůstal neúprosný.

The prince's friend then told him his secret.

Princův přítel mu pak prozradil jeho tajemství.

"While sleeping under a lofty tree one night"

„Když jsem jedné noci spal pod vznešeným stromem"

"I overheard a conversation between two birds.

„Zaslechl jsem rozhovor mezi dvěma ptáky.“
"The prophesizing birds Bihangama and Bihangami"
„Věštící ptáci Bihangama a Bihangami“
"Bihangama predicted all the dangers in your life"
„Bihangama předpověděl všechna nebezpečí ve vašem životě“
"First the bird predicted your father would send an elephant"
„Nejdřív pták předpověděl, že tvůj otec pošle slona.“
"The bird said you would fall from the elephant"
„Pták říkal, že spadneš ze slona.“
"And the bird said you would die from the fall"
„A pták řekl, že při pádu zemřeš.“
At this point the minister's son's legs turned to stone.
V tomto okamžiku se nohy syna ministra proměnily v kámen.
"See? my legs have already turned to stone"
„Vidíš? Moje nohy už zkameněly.“
"Go on with your story," said the prince.
„Pokračuj ve svém příběhu,“ řekl princ.
And the prince's friend continued the story.
A princův přítel pokračoval v příběhu.
"The bird said the lion-gate would be gaily decorated"
„Pták říkal, že lví brána bude vesele vyzdobená.“
"And the bird said the lion-gate would collapse on you"
„A pták řekl, že se na tebe zřítí lví brána.“
"If the lion-gate had fallen on you, you would have died"
„Kdyby na tebe spadla lví brána, zemřel bys.“
At this point the minister's son's torso turned to stone.
V tomto okamžiku se trup syna ministra proměnil v kámen.
But the prince insisted the minister's son continues.
Princ ale trval na tom, aby ministrův syn pokračoval.
"Go on with your story," said the prince.
„Pokračuj ve svém příběhu,“ řekl princ.
"The bird said there would be the head of a fish"
„Pták říkal, že tam bude hlava ryby.“
"And the bird predicted you would choke on the fish"
„A pták předpověděl, že se tou rybou udusíš.“
Now his head was the only thing not of stone.

Teď byla jeho hlava jediná věc, která nebyla z kamene.
"See? my whole body has turned to stone"
„Vidíš? Celé mé tělo se proměnilo v kámen."
"If I continue, I will become a man of stone"
„Jestli budu pokračovat, stanu se mužem z kamene"
"Do you wish me to tell the rest"
„Chceš, abych ti to pověděl/a zbytek?"
"Go on with your story," said the prince.
„Pokračuj ve svém příběhu," řekl princ.
"Very well, I will go on to the end"
„Dobře, půjdu až do konce."
"But you may repent after I tell you"
„Ale můžete činit pokání, až vám to řeknu."
"And you may wish to restore me to life"
„A možná si budete přát, abych byl znovu živý."
"I will tell you how to reverse the spell"
„Řeknu ti, jak zvrátit kouzlo."
"In a few months the princess will bear a child"
„Za pár měsíců princezna porodí dítě"
"Wait for the birth of the child"
„Počkejte na narození dítěte"
"Besmear my statue with the infant's blood"
„Potřete mou sochu krví dítěte"
"Only then will I be restored back to life"
„Teprve potom budu vzkříšen zpět k životu"
The last word left his lips, and he turned to stone.
Poslední slovo mu opustilo ústa a on zkameněl.
The princess jumped out of bed.
Princezna vyskočila z postele.
She opened the vessel for betel-leaves and spices.
Otevřela nádobu pro betelové listy a koření.
And she saw the pieces of a serpent.
A uviděla kusy hada.
The prince and the princess were now convinced.
Princ a princezna byli nyní přesvědčeni.
They saw the good faith of their departed friend.
Viděli dobrou vůli svého zesnulého přítele.

They saw the benevolence of his actions.
Viděli laskavost jeho činů.
They went to the marble statue.
Šli k mramorové soše.
But the statue of their friend was lifeless.
Ale socha jejich přítele byla bez života.
They let out a loud cry lamentation.
Vydali hlasitý křik a nářek.
But their cries were to no purpose.
Ale jejich křik byl marný.
Because the statue was not moved by tears.
Protože sochu slzy nedojaly.
The prince and princess knew what they had to do.
Princ a princezna věděli, co musí udělat.
They concealed the marble figure in a safe place.
Mramorovou postavu ukryli na bezpečném místě.
And they waited for the birth of their child.
A čekali na narození svého dítěte.
In process of time the hour came.
Postupem času přišla hodina.
The princess's travail had arrived.
Princezny začaly rodit.
The princess bore a beautiful boy.
Princezna porodila krásného chlapce.
The child was the perfect image of his mother.
Dítě bylo dokonalým obrazem své matky.
The beauty of their child was striking.
Krása jejich dítěte byla ohromující.
And they were in awe of him.
A oni z něj měli úctu.
They would have spared his life.
Ušetřili by mu život.
But they remembered their best friend.
Ale vzpomněli si na svého nejlepšího přítele.
They remembered all he had done for them.
Vzpomínali na všechno, co pro ně udělal.
But now he was a lifeless stone.

Ale teď byl jen bezvládným kamenem.
And they remembered the vows they had made.
A vzpomněli si na sliby, které složili.
And they cut the child into two.
A dítě rozsekli na dvě části.
They besmeared the statue with the child's blood.
Potřísnili sochu krví dítěte.
And their friend became animated back to life.
A jejich přítel se znovu probudil k životu.
They were glad to see him alive again.
Byli rádi, že ho zase vidí živého.
But the prince's friend was overwhelmed with grief.
Ale princův přítel byl přemožen zármutkem.
Because he saw the new-born in a pool of blood.
Protože viděl novorozeně v kaluži krve.
So he picked up the dead infant.
Zvedl tedy mrtvé dítě.
He carefully wrapped the child in a towel.
Opatrně zabalil dítě do ručníku.
And he resolved to get the child restored to life.
A rozhodl se, že dítěti vrátí život.
He consulted all the physicians of the country.
Konzultoval se všemi lékaři v zemi.
They all told him the same thing.
Všichni mu řekli totéž.
A cure can be found for any illness.
Na jakoukoli nemoc se dá najít lék.
But life requires the spark of life.
Ale život vyžaduje jiskru života.
When the spark is gone, it is beyond their jurisdiction.
Když jiskra zmizí, je to mimo jejich jurisdikci.
And so they had to go on with their lives.
A tak museli pokračovat ve svých životech.

Eventually the prince's friend returned to his wife.
Nakonec se princův přítel vrátil ke své ženě.
She was a devoted worshipper of the goddess kali.

Byla oddanou ctitelkou bohyně Kálí.
She was the only one who could return life.
Byla jediná, kdo dokázal vrátit život.
His wife was living in a distant town.
Jeho žena žila ve vzdáleném městě.
So he set out on a journey to the town.
Vydal se tedy na cestu do města.
His wife still lived in her father's house.
Jeho žena stále žila v domě svého otce.
Adjoining the house there was a garden.
Vedle domu se nacházela zahrada.
And in the garden there was a tree.
A v zahradě byl strom.
The child had been stored in that tree.
Dítě bylo uloženo v tom stromě.
His wife was overjoyed to see her husband.
Jeho žena měla velkou radost, že svého manžela vidí.
She had not seen him for a long time.
Dlouho ho neviděla.
But she was surprised when she saw him.
Ale když ho uviděla, byla překvapená.
Her husband was very melancholy that day.
Její manžel byl ten den velmi melancholický.
He spoke very little to his wife.
Se svou ženou mluvil jen velmi málo.
And his wife knew that he was not himself.
A jeho žena věděla, že to není on sám.
He was brooding over something in his mind.
V duchu se nad něčím zamýšlel.
She asked the reason for his melancholy.
Zeptala se na důvod jeho melancholie.
But he kept quiet, and wouldn't tell her.
Ale mlčel a neřekl jí to.
One night they were lying together in bed.
Jedné noci leželi spolu v posteli.
The wife got up and left the marital bed.
Manželka vstala a opustila manželské lože.

She opened the door and went into the garden.
Otevřela dveře a vešla do zahrady.
Her husband had not been able to sleep well.
Její manžel nemohl dobře spát.
Therefore he awoke from the movement of his wife.
Proto se probudil z pohybu své ženy.
He heard her leave in the dead of the night.
Slyšel ji odcházet uprostřed noci.
And he was determined to follow her.
A byl odhodlaný ji následovat.
But he was also determined not to be noticed.
Ale byl také odhodlaný si nenechat být všimnut.
She went to a temple of the goddess kali.
Šla do chrámu bohyně Kálí.
The temple was at no great distance from her house.
Chrám nebyl daleko od jejího domu.
She worshipped the goddess with flowers.
Uctívala bohyni květinami.
And she worshiped the goddess with sandal-wood perfume.
A uctívala bohyni s vůní santalového dřeva.
"Oh mother kali! have mercy upon me"
„Ó matko Kali! smiluj se nade mnou"
"Deliver me out of all my troubles"
„Vysvoboď mě ze všech mých soužení"
The goddess replied to the woman.
Bohyně ženě odpověděla.
"Why, what further grievance have you?
„A co ještě stěžujete?"
"You long prayed for the return of your husband"
„Dlouho jste se modlila za návrat svého manžela"
"And your prayers have been answered"
„A tvé modlitby byly vyslyšeny"
"Your husband has returned to you"
„Váš manžel se k vám vrátil"
"So then, what ails thee now?"
„Tak co tě teď trápí?"
The woman answered the goddess.

Žena odpověděla bohyni.
"True, oh mother, my husband has come to me"
„Pravda, matko, můj manžel ke mně přišel."
"But he has come to me in a melancholy mood"
„Ale přišel ke mně v melancholické náladě."
"He hardly speaks to me when I speak to him"
„Když mluvím s ním, skoro na mě nemluví."
"He takes no delight in me when he is with me"
„Když je se mnou, netěší se mi."
"All he does is sit melancholy in a corner"
„Všechno, co dělá, je, že melancholicky sedí v koutě."
The goddess replied to her devotee.
Bohyně odpověděla svému oddanému.
"Ask your husband why he feels melancholy"
„Zeptejte se svého manžela, proč se cítí melancholicky."
"When he tells you, let me know the reason"
„Až ti to řekne, dej mi vědět důvod."
The minister's son overheard the conversation.
Syn ministra rozhovor zaslechl.
But he stayed unnoticed by the goddess.
Ale bohyně si ho nevšimla.
And his wife did not notice him either.
A jeho žena si ho také nevšimla.
He quietly slunk away before his wife.
Tiše se odplazil před svou ženou.
And he returned back to bed before her.
A vrátil se do postele dříve než ona.
The following day the wife asked her husband.
Následujícího dne se žena zeptala svého manžela.
"My dear husband, why are you in a melancholy mood?"
„Můj drahý manžele, proč máš takovou melancholickou náladu?"
Her husband retold the whole story.
Její manžel převyprávěl celý příběh.
He told her about the jewel serpent.
Řekl jí o drahokamovém hadovi.
He told her about the subterranean palace.

Vyprávěl jí o podzemním paláci.

He told her about the princess being captured.

Řekl jí o zajetí princezny.

He told her how he freed the princess.

Řekl jí, jak osvobodil princeznu.

And he told her about Bihangama and Bihangami.

A vyprávěl jí o Bihangamě a Bihangami.

He told her how he had turned to stone.

Vyprávěl jí, jak se proměnil v kámen.

And he told her how he was returned back to life.

A vyprávěl jí, jak se vrátil k životu.

So he told her also about the killing of the child.

Řekl jí tedy také o zabití dítěte.

That night his wife left the bed again.

Té noci jeho žena znovu vstala z postele.

And she returned to the goddess kali's temple.

A vrátila se do chrámu bohyně Kali.

And she told the goddess of her husband's melancholy.

A vyprávěla bohyni o melancholii svého manžela.

The goddess listened intently to what was said.

Bohyně pozorně naslouchala tomu, co se říkalo.

"Bring the child here and I will restore it to life"

„Přiveďte dítě sem a já ho vzkřísím k životu"

The next night she left the marital bed again.

Následující noc opět opustila manželské lože.

She went to the tree in the garden.

Šla ke stromu v zahradě.

And she took the child from the tree.

A vzala dítě ze stromu.

And she took the child to the goddess kali.

A vzala dítě k bohyni Kálí.

And the goddess kali returned the child back to life.

A bohyně Kálí dítě vrátila k životu.

The prince's friend was entranced with joy.

Princův přítel byl nadšený radostí.

He picked up the reanimated child.

Zvedl oživené dítě.

And he ran as fast as he could to his friend.
A běžel tak rychle, jak jen mohl, ke svému příteli.
And he gave him his child, alive and well.
A dal mu své dítě živé a zdravé.
They all rejoiced with exceedingly great joy.
Všichni se radovali nesmírně velikou radostí.
And they lived together happily till the day of their death.
A žili spolu šťastně až do dne své smrti.

The Indignant Brahman
Rozhořčený Brahman

There was once a poor Brahman.
Byl jednou jeden chudý Brahman.
This poor Brahman had a wife.
Tento chudý Brahman měl ženu.
And he also had four children.
A také měl čtyři děti.
He was a very poor man.
Byl to velmi chudý muž.
And he had no resources in the world.
A neměl na světě žádné zdroje.
He lived from the charity of others.
Žil z charity druhých.
During marriages he earned well.
Během manželství si dobře vydělával.
And he earned well during funerals.
A dobře si vydělával během pohřbů.
But his parishioners did not marry daily.
Ale jeho farníci se neženili denně.
And they did not die every day either.
A neumírali ani každý den.
It was difficult to make the two ends meet.
Bylo těžké sžít se s oběma konci.
His wife often rebuked him.
Jeho žena ho často kárala.
"Why can you not support me?"
„Proč mě nemůžeš podpořit?"
"Our children run around naked"
„Naše děti běhají nahé"
"And they suffer from hunger"
„A trpí hladem"
Though poor, he was a good man.
Ačkoli byl chudý, byl to dobrý člověk.
And he was diligent in his devotions.
A byl pilný ve svých zbožnostech.

Every day he said his prayers.
Každý den se modlil.
He prayed at the same time each day.
Modlil se každý den ve stejnou dobu.
His tutelary deity was the Goddess Durga.
Jeho ochranitelským božstvem byla bohyně Durga.
She is the consort of Shiva.
Je manželkou Šivy.
She is the creative energy of the universe.
Ona je tvůrčí energií vesmíru.
Every day he wrote the name of Durga.
Každý den psal jméno Durga.
He wrote the name in red ink.
Jméno napsal červeným inkoustem.
At least one hundred and eight times.
Nejméně sto osmkrát.
He did not drink or eat till he did this.
Nepil ani nejedl, dokud to neudělal.
throughout the day he uttered prayers.
po celý den pronášel modlitby.
"O Durga! have mercy upon me"
„Ó Durgo! smiluj se nade mnou"
He prayed whenever he felt anxious.
Modlil se, kdykoli cítil úzkost.
And he often felt anxious.
A často cítil úzkost.
Because he lived in poverty.
Protože žil v chudobě.
He prayed when his worries were too much.
Modlil se, když byly jeho starosti příliš velké.
And there were many things he worried about.
A bylo mnoho věcí, které ho znepokojovaly.
He worried about his wife and children.
Dělal si starosti o svou ženu a děti.
And he worried about supporting them.
A dělal si starosti s jejich podporou.

One day he was very sad.
Jednoho dne byl velmi smutný.
On this day he went to a forest.
Toho dne se vydal do lesa.
The forest was far outside the village.
Les byl daleko za vesnicí.
He let out all his grief.
Vypustil ze sebe všechen svůj zármutek.
And he wept bitter tears.
A plakal hořkými slzami.
"O Durga! O Mother Bhagavati!"
"Ó Durgo! Ó Matko Bhagavati!"
"Please put an end to my misery?"
„Prosím, ukonči mé trápení?"
"I wish I were alone in the world"
„Přál bych si být na světě sám"
"Then my poverty wouldn't worry me"
„Pak by mě moje chudoba netrápila"
"But thou hast given me a wife"
„Ale ty jsi mi dal ženu"
"And my wife has given me children"
„A moje žena mi dala děti"
"O Mother, I beg of you"
„Ó Matko, prosím tě"
"Give me the means to support them"
„Dejte mi prostředky, abych je mohl/a podporovat"
Shiva and his wife Durga happened to be there.
Šiva a jeho žena Durga se tam náhodou ocitli.
They were taking their morning walk.
Vydávali se na ranní procházku.
The Goddess Durga saw the Brahman at a distance.
Bohyně Durga spatřila Brahmana v dálce.
"O Lord of Kailas, do you see that Brahman?"
„Ó Pane Kailásu, vidíš toho Brahmana?"
"He is always taking my name on his lips"
„Vždycky si bere moje jméno na jazyk."
"He prays I deliver him from his troubles"

„Modlí se, abych ho vysvobodil z jeho problémů“

"Can we not do something for the poor Brahman?"

„Nemůžeme pro chudáka Brahmana něco udělat?“

"He is oppressed with many cares"

„Je utlačován mnoha starostmi“

"And he deeply cares for his growing family"

„A hluboce se stará o svou rozrůstající se rodinu.“

"We should make his life more comfortable"

„Měli bychom mu zpříjemnit život“

"Because the poor man never has enough to eat"

„Protože chudý člověk nikdy nemá dost jídla“

"And his family doesn't have enough to eat either"

„A jeho rodina taky nemá dost jídla.“

"Let us give him a pot"

„Dáme mu hrnec“

"A pot with an infinite supply of murukku"

„Hrnec s nekonečnou zásobou murukku“

The divine consort was right.

Božská manželka měla pravdu.

The Lord of Kailas agreed to the proposal.

Pán Kailásu s návrhem souhlasil.

On the spot he created a magical pot.

Na místě vytvořil kouzelný hrnec.

Durga went to the poor Brahman.

Durga šla k chudému Brahmanovi.

"O Brahman! My loyal devotee"

„Ó Brahmane! Můj věrný oddaný“

"I have often thought of your pitiable case"

„Často jsem přemýšlel o tvém ubohém případě“

"Your repeated prayers have moved my compassion"

„Vaše opakované modlitby pohnuly mým soucitem“

"Here is a pot for you"

„Tady máš hrnec“

"You must turn the pot upside down"

„Musíš otočit hrnec dnem vzhůru“

"And then you must shake the pot"

„A pak musíte zatřást hrncem“

"The finest murukku will pour out"
„Vyteče ta nejlepší murukku"
"The murukku will keep pouring out forever"
„Murukku bude pršet navždy"
"Until you put the pot upright again"
„Dokud hrnec znovu nepostavíš do správné polohy"
"You can eat as much murukku as you like"
„Můžeš sníst tolik murukku, kolik chceš."
"Your wife and children will hunger no more"
„Tvoje žena a děti už nebudou hladovět"
"And you can sell the murukku if you like"
„A murukku můžeš prodat, pokud chceš."
The Brahman was delighted beyond measure.
Brahman byl nesmírně potěšen.
He had received a truly valuable treasure.
Dostal skutečně cenný poklad.
He made his deepest obeisance to the goddess.
Vzdal bohyni nejhlubší poklonu.
And he expressed his eternal gratefulness.
A vyjádřil svou věčnou vděčnost.

The Brahman had started walking home.
Brahman se vydal pěšky domů.
But first he had to test his magical pot.
Ale nejdřív musel vyzkoušet svůj kouzelný hrnec.
He wanted to see if the pot really worked.
Chtěl zjistit, jestli hrnec opravdu funguje.
He turned the pot upside down.
Otočil hrnec dnem vzhůru.
And he shook the pot, as instructed.
A zatřásl hrncem, jak mu bylo nařízeno.
Lo and behold! The pot really did work.
A hle! Hrnec se opravdu zařídil.
The finest murukku fell to the ground.
Nejjemnější murukku spadl na zem.
He tied the sweetmeat in his sheet.
Zavázal si cukrovinku do prostěradla.

And he walked on, towards his village.
A šel dál, směrem ke své vesnici.
By noon the Brahman had gotten hungry.
Do poledne dostal bráhman hlad.
But he could not eat without his ablutions.
Ale bez omytí nemohl jíst.
First, he had to say his prayers.
Nejdříve se musel pomodlit.
There was an inn on his way.
Cestou mu stál hostinec.
Close to the inn there was a water tank.
Nedaleko hostince byla vodní nádrž.
So, he intended to halt there.
Takže se tam hodlal zastavit.
In order to bathe and say his prayers.
Aby se mohl vykoupat a pomodlit se.
After this he could eat all the murukku.
Poté mohl sníst všechny murukku.
The Brahman sat at the innkeeper's shop.
Brahman seděl v krámě hostinského.
The shopkeeper was smoking tobacco.
Prodavač kouřil tabák.
He put the pot near the shopkeeper.
Postavil hrnec blízko prodavače.
And he asked him to look after the pot.
A požádal ho, aby se postaral o hrnec.
"Please take special care of this pot"
„Prosím, věnujte tomuto hrnci zvláštní pozornost.“
"I must bathe and say my prayers"
„Musím se vykoupat a pomodlit se“
"Please look after this pot for me"
„Prosím, postarej se o tenhle hrnec pro mě.“
"Make sure nothing happens to this pot"
„Ujistěte se, že se s tím hrncem nic nestane.“
He thought it was a strange request.
Připadalo mu to zvláštní požadavek.
But he agreed to look after the pot.

Ale souhlasil, že se o hrnec postará.

And the Brahman gave him the pot.

A bráhman mu dal hrnec.

He besmeared his body with mustard oil.

Potřel si tělo hořčičným olejem.

And he went to do his ablutions.

A šel se umýt.

The innkeeper grew curious about the pot.

Hostinský se začal zajímat o hrnec.

"This pot must have something valuable in it"

„V tomhle hrnci musí být něco cenného."

"Why else would he be so careful?"

„Proč by jinak byl tak opatrný?"

His curiosity had been excited.

Jeho zvědavost byla vzrušená.

So, he opened the pot.

Takže otevřel hrnec.

To his surprise the pot was empty.

K jeho překvapení byl hrnec prázdný.

"What can be the meaning of this?"

„Co tohle může znamenat?"

"Why does he care so much for an empty pot?"

„Proč mu tolik záleží na prázdném hrnci?"

He began to examine the pot more carefully.

Začal hrnec zkoumat pečlivěji.

During his inspection he turned the pot upside down.

Během prohlídky obrátil hrnec dnem vzhůru.

And then the finest murukku fell out from the pot.

A pak z hrnce vypadla ta nejlepší murukku.

And the murukku didn't stop falling out.

A murukku se nepřestávaly hádat.

The innkeeper called his wife and children.

Hostinský zavolal svou ženu a děti.

He wanted them to witness what had happened.

Chtěl, aby byli svědky toho, co se stalo.

An unexpected stroke of good fortune!

Nečekaná úderná štěstí!

The pot gave copious showers of sugared paddy.
Z hrnce se vysypala hojná sprška slazené rýže.
He filled all his pots and jars.
Naplnil všechny své hrnce a džbány.
He knew he had to have this pot.
Věděl, že tenhle hrnec musí mít.
So, he replaced the pot with another one.
Takže hrnec vyměnil za jiný.
He had a pot of the same size and color.
Měl hrnec stejné velikosti a barvy.

The Brahman had finished his ablutions.
Brahman dokončil své omytí.
He had performed all of his devotions.
Vykonal všechny své pobožnosti.
He came back to the shop in wet clothes.
Vrátil se do obchodu v mokrém oblečení.
He was still reciting holy texts of the Vedas.
Stále recitoval posvátné texty Véd.
He put back on his dry clothes.
Oblékl si zpátky suché oblečení.
In red ink he wrote the name of Durga.
Červeným inkoustem napsal jméno Durga.
He wrote her name one hundred and eight times.
Napsal její jméno sto osmkrát.
After doing this he broke his fast.
Poté, co to udělal, přerušil půst.
And he ate the murukku he had in his sheet.
A snědl murukku, kterou měl v prostěradle.
He was refreshed from the meal.
Jídlo ho osvěžilo.
Now he could resume his journey home.
Nyní mohl pokračovat v cestě domů.
So he called to the innkeeper.
Zavolal tedy na hostinského.
"Please could I get my pot back"
„Prosím, mohl/a bych dostat svůj hrnec zpátky?"

The innkeeper gave him back his pot.
Hostinský mu vrátil hrnec.
"There, sir, here is your pot"
„Tady je, pane, váš hrnec."
"The pot is exactly where you had put it"
„Hrnec je přesně tam, kde jsi ho dal."
"Your pot is just as you left it"
„Váš hrnec je přesně takový, jaký jste ho nechali"
"I made sure no one has touched your pot"
„Ujistil jsem se, že se tvého hrnce nikdo nedotkl."
The Brahman didn't suspect a thing.
Brahman neměl ani ponětí.
He picked up the pot.
Zvedl hrnec.
And he proceeded on his journey home.
A pokračoval ve své cestě domů.

On his journey he had to think.
Na své cestě musel přemýšlet.
He congratulated his good fortune.
Blahopřál mu k jeho štěstí.
"My wife will be most pleasantly surprised!"
„Moje žena bude velmi mile překvapená!"
"The children will devour the murukku!"
„Děti murukku zhltnou!"
"I shall soon become rich"
„Brzy zbohatnu"
"I will be able to lift my head up high"
„Budu moci zvednout hlavu vysoko"
The pains of travelling had been reduced.
Bolesti z cestování se zmírnily.
Now his problems were much more pleasant.
Teď byly jeho problémy mnohem příjemnější.
Only anticipation made the journey difficult.
Cestu ztěžovalo jen očekávání.
He finally reached his home again.
Konečně se zase dostal domů.

He called to his wife and children.
Zavolal svou ženu a děti.
"Look at what I have brought"
„Podívej se, co jsem přinesl/a"
"This pot is an unfailing source of wealth".
„Tento hrnec je nevyčerpatelným zdrojem bohatství."
"We will never have to struggle again"
„Už nikdy nebudeme muset bojovat"
"I will turn the pot upside down"
„Otočím hrnec dnem vzhůru"
"And then you will see something.
„A pak něco uvidíš."
"Something you've never seen before"
„Něco, co jste ještě nikdy neviděli"
"A stream of the finest murukku will flow"
„Poteče proud té nejlepší murukku"
You can imagine what his wife was thinking.
Dokážete si představit, co si jeho žena myslela.
"My husband has gone mad," she thought.
„Můj manžel se zbláznil," pomyslela si.
She was soon confirmed in her opinion.
Brzy se ve svém názoru utvrdila.
Nothing fell from the pot, as promised.
Jak jsem slíbil, z hrnce nic nespadlo.
He turned the pot upside down again and again.
Znovu a znovu obracel hrnec dnem vzhůru.
The Brahman was overwhelmed with grief.
Brahmana přemohl zármutek.
He realized that he had been tricked.
Uvědomil si, že byl podveden.
The innkeeper must have swapped the pot.
Hostinský musel vyměnit hrnec.
He must have stolen Durga's pot.
Musel ukrást Durgův hrnec.
And he must have replaced the pot with a normal one.
A hrnec musel vyměnit za normální.
He went back to the innkeeper the next day.

Druhý den se vrátil k hostinskému.
And he accused him of having changed his pot.
A obvinil ho, že mu vyměnil hrnec.
At first the innkeeper acted surprised.
Hostinský se zpočátku tvářil překvapeně.
Then he pretended to be angry at the accusation.
Pak předstíral, že ho obvinění rozzlobilo.
Finally, he chased him out of his shop.
Nakonec ho vyhnal z obchodu.

He had no way of getting the pot back.
Neměl žádnou možnost získat hrnec zpátky.
The Brahman knew what he had to do.
Brahman věděl, co musí udělat.
He went to see the goddess Durga again.
Znovu se vydal navštívit bohyni Durgu.
Siva and Durga honored him with their presence.
Šiva a Durga ho poctili svou přítomností.
Durga spoke to the poor Brahman.
Durga promluvila k chudému Brahmanovi.
"So, you have lost the pot I gave you"
„Takže jsi ztratil hrnec, co jsem ti dal."
"I take pity on your situation"
„Je mi líto tvé situace"
"Here is another magical pot"
„Tady je další kouzelný hrnec"
"Take this pot, and make good use of it"
„Vezmi si tenhle hrnec a dobře ho využijte."
The Brahman was elated with joy.
Brahman byl jásavý radostí.
He made obeisance to the divine couple.
Poklonil se božskému páru.
And he took the pot with him.
A hrnec si vzal s sebou.
Again he had to see if the pot worked.
Znovu musel zkusit, jestli hrnec funguje.
He turned the pot upside down.

Otočil hrnec dnem vzhůru.
And he shook the pot as before.
A zatřásl hrncem jako předtím.
And he waited for the murukku to fall out.
A čekal, až murukku vypadne.
But no, horror of horrors!
Ale ne, hrůza z hrůz!
Murukku did not fall from the pot.
Murukku z hrnce nespadl.
Instead of murukku, demons jumped out.
Místo murukku vyskočili démoni.
They began to beat the astonished Brahman.
Začali bít užaslého Brahmana.
The Brahman received punches and kicks.
Brahman dostával rány pěstí a kopance.
But he kept his presence of mind.
Ale zachoval si duchapřítomnost.
He turned the pot the right way up.
Otočil hrnec správnou stranou nahoru.
And he covered the pot up again.
A hrnec znovu přikryl.
Fortunately his quick thinking worked.
Naštěstí jeho rychlé myšlení fungovalo.
The demons disappeared as soon as he did this.
Démoni zmizeli, jakmile to udělal.
The Brahman tried to understand what this meant.
Brahman se snažil pochopit, co to znamená.
It must be to punish the innkeeper!
To musí být proto, aby potrestal hostinského!
So he went to the innkeeper again.
Šel tedy znovu k hostinskému.
He gave him the new pot.
Dal mu nový hrnec.
He begged of him to look after the pot.
Prosil ho, aby se postaral o hrnec.
Just like he had done before.
Stejně jako to dělal předtím.

He went for his ablutions and prayers.
Šel se umýt a pomodlit.
The innkeeper was delighted.
Hostinský byl nadšený.
He had been given a second godsend.
Dostal druhý dar z nebes.
He agreed to take the greatest care of the pot.
Souhlasil, že se o hrnec bude co nejvíce starat.
He waited for the Brahman to go.
Čekal, až Brahman odejde.
And he called his wife and children.
A zavolal své ženě a dětem.
"This is another pot from the Brahman"
„Toto je další hrnec od Brahmana“
"This time I hope it is not murukku"
„Tentokrát doufám, že to nebude murukku.“
"I hope this pot is full of sandesa"
„Doufám, že tenhle hrnec je plný sandesy.“
"Come, be ready with the baskets"
„Pojď, buď připraven s košíky.“
"I will turn the pot upside down"
„Otočím hrnec dnem vzhůru“
"And then I will shake the pot"
„A pak zatřesu hrncem“
And he did what he said he would do.
A udělal, co slíbil, že udělá.
But the room did not fill with food.
Ale místnost se neplnila jídlem.
This time the room filled with demons.
Tentokrát se místnost naplnila démony.
The demons caught hold of the innkeeper.
Démoni se zmocnili hostinského.
And the demons also caught his family.
A démoni chytili i jeho rodinu.
And the demons beat them mercilessly.
A démoni je nemilosrdně bili.
They would have completely destroyed the shop.

Úplně by zničili obchod.
But the victims ran to the Brahman.
Ale oběti utíkaly k Brahmanovi.
The Brahman had returned from his ablutions.
Brahman se vrátil ze svého omývání.
The Brahman showed mercy to them.
Brahman jim projevil milosrdenství.
And he accepted their request.
A on jejich žádosti vyhověl.
But there was one condition to his help.
Jeho pomoc však měla jednu podmínku.
"I will only help if I get my pot back"
„Pomůžu, jen když dostanu svůj hrnec zpátky"
The innkeeper didn't have much choice.
Hostinský neměl moc na výběr.
He had to accept the Brahman's conditions.
Musel přijmout Brahmanovy podmínky.
The Brahman put the pot upright again.
Brahman postavil hrnec znovu do vzpřímené polohy.
And he put the lid on the pot.
A přiklopil hrnec poklicí.
He took his pot back from the innkeeper.
Vzal si od hostinského hrnec zpátky.
And he returned back to his village.
A vrátil se zpět do své vesnice.
Now the Brahman had two magical pots.
Brahman měl nyní dva magické hrnce.
The Brahman shut the door of his house.
Bráhman zavřel dveře svého domu.
And he called his family again.
A znovu zavolal své rodině.
He turned the murukku-pot upside down.
Otočil hrnec murukku dnem vzhůru.
And he shook the murukku-pot as before.
A zatřásl hrncem murukku jako předtím.
This time the magic pot worked.
Tentokrát kouzelný hrnec zafungoval.

An endless stream of the finest murukku.
Nekonečný proud té nejlepší murukku.
The family devoured the sweetmeat.
Rodina zhltla sladkost.
They ate to their hearts' content.
Najedli se do sytosti.
All the pots and pans were filled.
Všechny hrnce a pánve byly plné.

The next day the Brahman became confectioner.
Následujícího dne se bráhman stal cukrářem.
He opened a shop in his house.
Otevřel si obchod ve svém domě.
And he sold the best murukku.
A prodal nejlepší murukku.
The whole village came to the Brahman's house.
Celá vesnice se sešla k bráhmanovu domu.
They all wanted to buy the wonderful murukku.
Všichni si chtěli koupit tu úžasnou murukku.
They had never seen such murukku in their life.
V životě nikdy neviděli takovou murukku.
It was the most delicious murukku they ever had.
Bylo to nejchutnější murukku, jaké kdy jedli.
No one had ever made anything like this dessert.
Nikdo nikdy nic podobného dezertu neudělal.
The reputation of the Brahman's murukku spread.
Pověst bráhmanovy murukku se rozšířila.
Soon people from outside the city came.
Brzy přišli lidé z okolí města.
Cartloads of the sweetmeat were sold every day.
Každý den se prodávaly plné vozíky sladkého masa.
The Brahman quickly became very rich.
Brahman se rychle stal velmi bohatým.
He built a large brick house.
Postavil velký cihlový dům.
And he lived like a nobleman of the land.
A žil jako šlechtic v zemi.

Once, however, his luck almost changed.

Jednou se mu ale štěstí málem obrátilo k lepšímu.

His children had taken the wrong pot.

Jeho děti si vzaly špatný hrnec.

A large number of demons came out.

Vyšlo velké množství démonů.

And they caught hold of the Brahman's wife.

A chytili se bráhmanovy ženy.

And they also caught his children.

A také chytili jeho děti.

They were striking them mercilessly.

Nemilosrdně je bili.

Fortunately the Brahman came back into the house.

Naštěstí se Brahman vrátil do domu.

He turned the pot back to its proper position.

Otočil hrnec zpět do správné polohy.

He wanted to prevent a similar catastrophe.

Chtěl zabránit podobné katastrofě.

So the Brahman had a private room built.

Brahman si tedy nechal postavit soukromou místnost.

And he put the pot in a secret place.

A hrnec dal na tajné místo.

Mortals, however, do not have the luck of Gods.

Smrtelníci však nemají štěstí bohů.

Uninterrupted prosperity is not their fortune.

Nepřetržitá prosperita není jejich štěstí.

The demon-pot had been put out of the way.

Démonský hrnec byl odstraněn z cesty.

But why might accident not befall the murukku pot?

Ale proč by se s hrncem murukku nemohla stát nehoda?

One day the Brahman and his wife were absent.

Jednoho dne Brahman a jeho žena chyběli.

The children decided to shake the pot.

Děti se rozhodly zatřást hrncem.

Each of them wanted to do the honors.

Každý z nich chtěl prokázat tu poctu.

So there was a fight to get the pot.

Takže se strhl boj o získání hrnce.
In the struggle the pot fell to the ground.
V boji hrnec spadl na zem.
Like any other earthen pot, it broke.
Jako každý jiný hliněný hrnec se rozbil.
Eventually the Braham came back home again.
Nakonec se Braham vrátil domů.
You can imagine how the news grieved him.
Dokážete si představit, jak ho ta zpráva zarmoutila.
Of course the children were well cudgeled.
Děti byly samozřejmě dobře pomlácené.
But anger could not replace the pot.
Ale hněv nemohl nahradit hrnec.
After some days he went to the forest again.
Po několika dnech se znovu vydal do lesa.
He offered many a prayer for Durga's favor.
Mnohokrát se modlil za Durgovu přízeň.
At last Siva and Durga appeared to him.
Nakonec se mu zjevili Šiva a Durga.
They listened to how the pot had been broken.
Poslouchali, jak se hrnec rozbil.
Durga decided to give him another pot.
Durga se rozhodla dát mu další hrnec.
But this pot was accompanied with a caution.
Ale tento hrnec byl doprovázen opatrností.
"Brahman, take care of this pot"
„Brahmane, starej se o tenhle hrnec."
"Do not break or lose this pot again"
„Už tenhle hrnec nerozbij ani neztrať"
"Next time I will not give you another pot"
„Příště ti další hrnec nedám"
The Brahman made obeisance to the Gods.
Brahman se poklonil bohům.
And he went straight back to his house.
A šel rovnou zpátky do svého domu.
This time he did not halt at the innkeepers'.
Tentokrát se u hostinských nezastavil.

He shut the door of his house.
Zavřel dveře svého domu.
He called his family to him.
Zavolal k sobě svou rodinu.
And he turned the pot upside down.
A obrátil hrnec dnem vzhůru.
And then he began to shake the pot.
A pak začal třást hrncem.
They were only expecting murukku.
Očekávali jen murukku.
But this time it was not murukku.
Ale tentokrát to nebyla murukku.
A stream of beautiful sandesa poured out.
Vylil se proud krásné sandesy.
It was the finest sandesa you can imagine.
Byla to ta nejlepší sandesa, jakou si dokážete představit.
It truly was the food of Gods.
To bylo skutečně jídlo bohů.
The Brahman set up another shop.
Brahman si otevřel další obchod.
Now he was selling sandesa.
Teď prodával sandesu.
The fame of his shop soon drew large crowds.
Sláva jeho obchodu brzy přilákala velké davy.
People came from all over the country.
Lidé přijeli z celé země.
At all festivals and marriage feasts.
Na všech svátcích a svatební hostině.
And at all funeral celebrations in the area.
A na všech pohřebních oslavách v okolí.
No one bought any other sandesa.
Nikdo si nekoupil žádnou jinou sandesu.
All day long the pot produced sandesa.
Hrnec po celý den produkoval sandesu.
Gigantic jars were filled with sweet.
Obrovské sklenice byly naplněny sladkostmi.
And the jars were sent all over the country.

A sklenice byly rozeslány po celé zemi.

The Brahman's wealth made the Zemindar jealous.
Brahmanovo bohatství vzbudilo v Zemindarech žárlivost.
In these days all villages had a Zemindar.
V těchto dnech měly všechny vesnice svého zemindara.
He had heard strange things about the sandesa.
Slyšel o sandese divné věci.
He heard the dessert came from a magic pot.
Slyšel, že dezert pochází z kouzelného hrnce.
So he devised a plan to get this pot.
Tak vymyslel plán, jak tenhle hrnec získat.
His son was going to get married.
Jeho syn se chystal ženit.
To celebrate there was a great feast.
Na oslavu se konala velká hostina.
Many hundreds of people were invited.
Pozváno bylo mnoho stovek lidí.
Mountain-loads of sandesa were required.
Bylo zapotřebí hory sandesy.
The Zemindar made a proposal to the Brahman.
Zemindar předložil bráhmanovi návrh.
"Bring the magical pot to my house"
„Přines mi domů kouzelný hrnec"
At first the Brahman refused to bring the pot.
Bráhman zpočátku odmítl hrnec přinést.
But the Zemindar insisted.
Ale Zemindar trval na svém.
"I will have hundreds of guests"
„Budu mít stovky hostů"
"I will need mountains of sandesa"
„Budu potřebovat hory sandesy"
"More sandesa than you can carry"
„Víc sandesy, než uneseš"
"Bring the vessel to my house"
„Přineste nádobu ke mně domů"
"It will be easier for you and me"

„Bude to pro tebe i pro mě jednodušší“
Eventually the Brahman agreed.
Nakonec Brahman souhlasil.
Himalayas of sandesa were shaken out.
Himaláje sandesy byly otřeseny.
But the Zemindar got hold of the pot.
Ale Zemindar se hrnce zmocnil.
The Zemindar insulted the Brahman.
Zemindar urazil bráhmana.
And he chased him out of his house.
A vyhnal ho z domu.
The Brahman didn't give vent to anger.
Brahman nedal průchod hněvu.
Instead, he quietly went back to his house.
Místo toho se tiše vrátil domů.
He went to the private room.
Šel do soukromé místnosti.
And he took out the demon-pot.
A vytáhl démonský hrnec.
He came back to the Zemindar's house.
Vrátil se do domu Zemindarů.
And he went to the door of the Zemindar.
A šel ke dveřím Zemindaru.
He turned the pot upside down.
Otočil hrnec dnem vzhůru.
And then shook the magical pot.
A pak zatřásl kouzelným hrncem.
A hundred demons fell out of the pot.
Z hrnce vypadlo sto démonů.
The chaos was impossible to describe.
Ten chaos se nedal popsat.
The unearthly visitors flooded the party.
Nadpozemští návštěvníci zaplavili večírek.
They caught hundreds of the guests.
Zachytili stovky hostů.
And the demons beat them mercilessly.
A démoni je nemilosrdně bili.

The women were dragged by their hair.
Ženy byly taženy za vlasy.
The Zemindar was chased from room to room.
Zemindar byl pronásledován z místnosti do místnosti.
The demons' mischief was getting out of hand.
Démonické zlomyslnosti se vymykaly kontrole.
Someone had to put an end to their mischief.
Někdo musel jejich neplechu zastavit.
Else all the men would have been killed.
Jinak by byli všichni muži zabiti.
And the house would have been torn to the ground.
A dům by byl stržen se základy.
The Zemindar fell at the feet of the Brahman.
Zemindar padl k nohám Brahmana.
And he begged to be shown mercy.
A prosil o slitování.
The Brahman showed him great mercy.
Brahman mu projevil velkou milost.
And he put the demons back in the pot.
A démony vrátil zpátky do hrnce.
The Zemindar never disturbed the Brahman again.
Zemindar už nikdy bráhmana nevyrušil.
Nor was he disturbed by anyone else.
Ani ho nikdo jiný nerušil.
And he lived for many happy years.
A prožil mnoho šťastných let.

The Story of the Rakshasas
Příběh Rakšásů

There was once a poor dimwitted Brahman.
Byl jednou jeden chudý, hloupý bráhman.
This dimwitted man had a wife, but no children.
Tento hloupý muž měl ženu, ale žádné děti.
But him not having children was probably for the best.
Ale to, že neměl děti, bylo asi nejlepší.
Because he was barely able to meet his own needs.
Protože sotva dokázal uspokojit své vlastní potřeby.
And he could hardly supply enough for his wife.
A sotva dokázal zajistit dost pro svou ženu.
But his dimwittedness was not even his biggest problem.
Ale jeho hloupost nebyla ani jeho největším problémem.
This dimwitted man was also a rather lazy man!
Tenhle hloupý muž byl zároveň i dost líný!
He was averse to making any long journeys.
Neměl rád žádné dlouhé cesty.
Had he travelled further he might have had enough.
Kdyby byl cestoval dál, možná by toho měl dost.
He could have got presents from rich men.
Mohl dostat dárky od bohatých mužů.
This would have enabled them to live comfortably.
To by jim umožnilo pohodlně žít.
There was a great king in a neighbouring country.
V sousední zemi žil jeden velký král.
The mother of the great king had just died.
Matka velkého krále právě zemřela.
So this king was celebrating the funeral obsequies.
Takže tento král slavil pohřební obřad.
And the funeral was celebrated with great pomp.
A pohřeb byl oslavován s velkou pompou.
Brahmans and beggars were coming from faraway lands.
Brahmani a žebráci přicházeli z dalekých zemí.
They all came expecting to receive rich presents.
Všichni přišli s očekáváním bohatých darů.

The Brahman's wife requested him to also go.
Brahmanova žena ho požádala, aby šel také.
"Seize this opportunity and get us a little money"
„Využijte této příležitosti a sežeňte nám trochu peněz."
But his constitutional indolence stood in the way.
Ale jeho ústavní lenost mu stála v cestě.
The woman, however, gave her husband no rest.
Žena však svému manželovi nedala odpočinku.
Finally she extorted from him the promise.
Nakonec z něj slib vymohla.
He promised his wife that he would go.
Slíbil své ženě, že pojede.
The good woman, accordingly, cut down a plantain tree.
Dobrá žena proto pokácela jitrocel.
And she burnt the plantain tree to ashes.
A jitrocel spálila na popel.
With the ashes she cleaned the clothes of her husband.
Popelem čistila oblečení svého manžela.
And she made his clothes as white as any cleaner could.
A vybělila mu oblečení tak, jak to jen dokázala uklízečka.
Her husband was going to the palace of a great king.
Její manžel se chystal do paláce velkého krále.
The king could not be approached by men in rags.
K králi se nemohli přiblížit muži v hadrech.
Besides, Brahman are bound to appear neat and clean.
Kromě toho se Brahman musí jevit čistě a úhledně.
At last, one morning the Brahman left his house.
Konečně jednoho rána bráhman opustil svůj dům.
And he made his way to the palace of the great king.
A vydal se do paláce velkého krále.
I have already mentioned he was a dimwitted man.
Už jsem zmínil, že to byl hloupý člověk.
He did not inquire which road he should take.
Neptal se, kterou cestou se má vydat.
Instead, he walked on and on without directions.
Místo toho šel dál a dál bez pokynů.
And he followed wherever his nose pointed him.

A šel, kam ho jeho nos nasměroval.
I don't need to say he was not on the right road.
Nemusím snad dodávat, že nebyl na správné cestě.
The regions he wandered became less and less inhabited.
Oblasti, kterými se toulal, byly čím dál méně osídlené.
Soon he met no human being for many miles.
Brzy na mnoho kilometrů nepotkal žádnou lidskou bytost.
But there were many other things he saw there.
Ale viděl tam i mnoho dalších věcí.
Things he had never seen in all his life.
Věci, které v celém svém životě nikdy neviděl.
He saw hillocks of cowries on the roadside.
U cesty uviděl kopečky kauri.
Cowries were shells used as money in those times.
Kauri byly v té době mušle používané jako platidlo.
He kept going and saw hillocks of jewels.
Pokračoval dál a uviděl hromady drahokamů.
Next, he saw hillocks of four-anna pieces.
Pak uviděl hromady čtyřannových mincí.
Further along were hillocks of eight-anna pieces.
Dále se nacházely kopce osmi annových mincí.
And further yet were hillocks of rupees.
A ještě dále byly kopce rupií.
But the Brahman's surprise did not end there.
Ale tím Brahmanovo překvapení nekončilo.
Next there was a hill of burnished gold-mohurs.
Dále se táhl kopec leštěných zlatých mohurů.
The burnished gold-mohurs were shining brightly.
Naleštěné zlaté mohúry jasně zářily.
Because the gold-mohurs had been freshly minted.
Protože zlaté mohury byly čerstvě raženy.
Close to the hill of gold-mohurs was a large house.
Nedaleko kopce zlatých mohurů stál velký dům.
The house looked like the palace of a powerful king.
Dům vypadal jako palác mocného krále.
At the door stood a lady of exquisite beauty.
U dveří stála dáma neobyčejné krásy.

The lady, seeing the Brahman, said;
Dáma, když spatřila bráhmana, řekla:
"Come to me, my beloved husband"
„Pojď ke mně, můj milovaný manžele"
"You married me when I was young"
„Vzal sis mě, když jsem byl mladý"
"But you never came back after our marriage"
„Ale po naší svatbě ses už nikdy nevrátil."
"Though I have been daily expecting you"
„Ačkoli jsem tě každý den očekával"
"Blessed be this day," said the lady.
„Požehnaný budiž tento den," řekla dáma.
"On this day I see the face of my husband"
„V tento den vidím tvář svého manžela"
"Come, my sweet, come in," she asked of him.
„Pojď, můj miláčku, pojď dál," požádala ho.
"You must be fatigued from your long journey"
„Musíš být unavený z dlouhé cesty."
"Wash your feet and rest, and eat and drink"
„Umyj si nohy, odpočiň si, jez a pij"
"And after that we shall make ourselves merry"
„A potom se budeme veselit"
The Brahman was astonished beyond measure.
Brahman byl nesmírně ohromen.
He had no recollection marrying twice.
Nepamatoval si, že by se dvakrát oženil.
He remembered marrying the wife he left at home.
Vzpomněl si, jak se oženil s manželkou, kterou nechal doma.
But he did not remember marrying this lady.
Ale na to, že si tuto dámu vzal, si nepamatoval.
But he remembered that he was a Kulin Brahman.
Ale pamatoval si, že je Kulin Brahman.
Perhaps his father got him married as a child.
Možná ho otec oženil, když byl dítě.
But what he thought did not matter much.
Ale co si myslel, na tom moc nezáleželo.
The woman was certain he was her husband.

Žena si byla jistá, že je to její manžel.
And he had no reason to say he was not her husband.
A neměl důvod tvrdit, že není jejím manželem.
Because her beauty was more than he could fathom.
Protože její krása byla víc, než si dokázal představit.
As beautiful as the Goddesses of Indra's heaven.
Krásné jako bohyně Indrova nebe.
And he was sure that she was wealthy too.
A byl si jistý, že i ona je bohatá.
These thoughts went through the Brahman's mind.
Tyto myšlenky proběhly Brahmanovou myslí.
But the lady interrupted his flow of thought.
Ale dáma přerušila jeho tok myšlenek.
"Are you doubting whether I am your wife?"
„Pochybuješ snad, jestli jsem tvá žena?"
"Have you lost all memories of that happy event?
„Ztratil jsi všechny vzpomínky na tu šťastnou událost?"
"All the pomp and circumstance of our nuptials"
„Všechna ta okázalost a okolnosti naší svatby"
"Come in, beloved; this is your house"
„Pojď dál, milovaný/á, toto je tvůj dům."
"Because whatever is mine is thine also"
„Protože cokoli je moje, je i tvé"
The fair lady easily persuaded the Brahman.
Krásná dáma snadno přesvědčila bráhmana.
And he succumbed to her loving entreaties.
A on podlehl jejím láskyplným prosbám.
And he went into the house of the lady.
A vešel do domu té paní.
The house was not an ordinary one.
Dům nebyl obyčejný.
The house was in fact a magnificent palace.
Dům byl ve skutečnosti velkolepým palácem.
All the apartments were large and lofty.
Všechny byty byly velké a vysoké.
Every room in the palace was richly furnished.
Každá místnost v paláci byla bohatě zařízená.

But one thing surprised the Brahman very much.
Jedna věc však bráhmana velmi překvapila.
There was no other person in all the house.
V celém domě nebyl nikdo jiný.
The only one there was the lady herself.
Jediná, kdo tam byl, byla sama paní.
He could not account for the strange phenomenon.
Nedokázal si vysvětlit ten podivný jev.
They meet anyone on their walks either.
Na svých procházkách potkají také kohokoli.
The fact was that the lady was not a human being.
Pravdou bylo, že ta dáma nebyla lidská bytost.
What the lady really was was a Rakshasi.
Ta dáma ve skutečnosti byla Rákšásí.
She had eaten up the king and queen.
Sežrala krále a královnu.
And she had eaten all the members of the royal family.
A snědla všechny členy královské rodiny.
And gradually she had eaten their servants too.
A postupně snědla i jejich služebnictvo.
This was why there were no humans far and wide.
Proto nebyli žádní lidé široko daleko.
The Rakshasi and the Brahman now lived together.
Rákšási a bráhman nyní žili společně.
After a week the former said to the latter;
Po týdnu první řekl druhému;
"I am very anxious to see my sister"
„Moc se těším, až uvidím svou sestru"
"As you know, my sister is your other wife"
„Jak víš, moje sestra je tvoje druhá žena ."
"You must go and fetch my sister; your other wife"
„Musíš jít a přivést mou sestru, svou druhou ženu."
"Then we shall all live together happily"
„Pak budeme všichni žít spolu šťastně"
"You must go to get her early tomorrow"
„Musíš pro ni zítra brzy jít."
"I will give you clothes and jewels for her"

„Dám ti pro ni šaty a šperky.“
Next morning the Brahman set out for his home.
Následujícího rána se bráhman vydal domů.
He was furnished with fine clothes.
Byl vybaven krásným oblečením.
And he wore around his wrists costly ornaments.
A kolem zápěstí nosil drahé ozdoby.

The poor woman was in great distress.
Chudák žena byla ve velké tísni.
The funeral ceremony of the king's mother was over.
Pohřební obřad královy matky skončil.
All the Brahmans and Pandits had returned.
Všichni bráhmani a pandité se vrátili.
And they were loaded with donations.
A byli zaplaveni dary.
But her husband had not returned.
Ale její manžel se nevrátil.
No one could give any news of him.
Nikdo o něm nemohl podat žádné zprávy.
Because no one had seen him there.
Protože ho tam nikdo neviděl.
The woman therefore could only come to one conclusion.
Žena tedy mohla dojít jen k jednomu závěru.
He must have been murdered on the road by highwaymen.
Musel být zavražděn na silnici lupiči.
She was in this terrible suspense.
Byla v tom strašném napětí.
But then one day she heard some rumors.
Ale pak jednoho dne zaslechla nějaké zvěsti.
People in her village were talking about her husband.
Lidé v její vesnici mluvili o jejím manželovi.
They said they saw him coming back.
Řekli, že ho viděli vracet se.
And they said he was dressed in fine clothes.
A říkali, že byl oblečen v pěkných šatech.
And they said he had fine jewels for his wife.

A říkali, že má pro svou ženu krásné šperky.
And sure enough the Brahman soon appeared.
A skutečně, Brahman se brzy objevil.
And he was carrying fine jewels for his wife.
A nesl pro svou ženu krásné šperky.
On seeing his wife the Brahman thus accosted her;
Když bráhman spatřil svou ženu, oslovil ji;
"Come with me, my dearest wife"
„Pojď se mnou, má nejdražší ženo"
"I have found my first wife"
„Našel jsem si svou první ženu"
"She lives in a stately palace"
„Žije v honosném paláci"
"Near her palace are hillocks of rupees"
„Poblíž jejího paláce jsou kopce rupií"
"And there is a large hill of gold-mohurs"
„A je tam velký kopec zlatých mohurů"
"Why should you pine away in wretchedness?"
„Proč bys měl chřadnout v bídě?"
"Why would you stay in this horrible place?"
„Proč bys zůstal/a na tomhle hrozném místě?"
"Come with me to the house of my first wife"
„Pojď se mnou do domu mé první ženy"
"There we shall all live together happily"
„Tam budeme všichni šťastně žít spolu"
At first, she thought her half-witted man had gone mad.
Nejdřív si myslela, že se její hloupý muž zbláznil.
She could not imagine the hillocks of rupees.
Nedokázala si představit ty kopce rupií.
And she could not imagine a hill of gold-mohurs.
A nedokázala si představit kopec zlatých mohurů.
But then she saw how he was beautifully dressed.
Ale pak si všimla, jak je krásně oblečený.
Beautiful clothes of exquisite silks and satins.
Krásné šaty z jemného hedvábí a saténu.
Ornaments set with diamonds and precious stones.
Ozdoby osazené diamanty a drahými kameny.

Clothes fit for the queen of the land.
Šaty hodné královny země.
Clothes only princesses were in the habit of putting on.
Oblečení, které si oblékaly jen princezny.
She concluded in her mind that something was amiss:
V duchu si uvědomila, že něco není v pořádku:
Her stupid husband must have been tricked.
Její hloupý manžel musel být podveden.
He must have fallen into the meshes of a Rakshasi.
Musel padnout do sevření nějakého Rákšásího.
The Brahman, however, insisted his wife went with him.
Brahman však trval na tom, aby s ním šla jeho žena.
"Feel free to stay here and pine away in poverty"
„Klidně zde zůstaňte a chřadněte v chudobě"
"As for me, I will return to the palace of my first wife"
„Co se mě týče, já se vrátím do paláce své první ženy."
The good woman did her best to stop her husband.
Dobrá žena se ze všech sil snažila svého manžela zastavit.
But in the end she resolved to go with him.
Nakonec se ale rozhodla, že s ním půjde.
Perhaps she could judge the matter better at the palace.
Možná by to mohla lépe posoudit v paláci.

They set out accordingly the next morning.
Druhý den ráno se tedy vydali na cestu.
They went the same road the Brahman had travelled.
Šli stejnou cestou, kterou šel Brahman.
The woman was not a little surprised by what she saw.
Žena byla nemálo překvapena tím, co viděla.
She saw the hillocks of cowries and of jewels.
Viděla pahorky kaurií a drahokamů.
And she saw hillocks of eight-anna pieces.
A uviděla hromady osmiannových mincí.
And she saw the hillocks of rupees too.
A viděla i kopce rupií.
And last of all she saw a lofty hill of gold-mohurs.
A nakonec spatřila vysoký kopec zlatých mohurů.

She saw also an exceedingly beautiful lady.
Spatřila také nesmírně krásnou dámu.
The lady of the palace was hastening towards her.
Paní paláce spěchala k ní.
The lady fell on the neck of the Brahman woman.
Dáma padla bráhmance na krk.
And she wept tears of joy, and said:
A plakala slzami radosti a řekla:
"Welcome, beloved sister!"
„Vítej, milovaná sestro!"
"This is the happiest day of my life!"
„Tohle je nejšťastnější den mého života!"
"I see the face of my dearest sister again!"
„Zase vidím tvář své nejdražší sestry!"
The husband and his two wives entered the palace.
Manžel a jeho dvě manželky vstoupili do paláce.
Now he was lodged in a stately mansion.
Nyní bydlel v honosném sídle.
The most delectable food appeared, as if by enchantment.
Jakoby kouzlem se objevilo to nejlahodnější jídlo.
He was caressed and endeared by his two wives.
Jeho dvě manželky ho hladily a obdivovaly.
Both wives did their best to make him happy.
Obě manželky se ze všech sil snažily, aby byl šťastný.
Both wives did their best to make him comfortable.
Obě manželky se ze všech sil snažily, aby se cítil dobře.
His two wives were competing for his love.
Jeho dvě manželky soupeřily o jeho lásku.
The Brahman had a jolly time of it.
Brahman si to vesele užil.
He was steeped in an ocean of enjoyment.
Byl ponořen do oceánu rozkoše.
The Brahman lived in this state of Elysian pleasure.
Brahman žil v tomto stavu elýské rozkoše.
Some fifteen or sixteen years he spent this way.
Takhle strávil asi patnáct nebo šestnáct let.

During this time his two wives presented him with two sons.
Během této doby mu jeho dvě manželky daly dva syny.
The Rakshasi's son was the elder.
Rákšásův syn byl starší.
He looked more like a god than a human being.
Vypadal spíš jako bůh než jako člověk.
He was named Sahasra-Dal.
Byl jmenován Sahasra-Dal.
His name meant the thousand-branched.
Jeho jméno znamenalo tisícramenný.
The son of the Brahman woman was a year younger.
Syn bráhmanky byl o rok mladší.
He was named Champa-Dal
Byl jmenován Čampa-Dal
His name meant the branch of a champaka tree.
Jeho jméno znamenalo větev stromu champaka.
The two brothers loved each other dearly.
Oba bratři se měli vroucně rádi.
They were both sent to the same school.
Oba byli posláni do stejné školy.
The school was several miles distant from the palace.
Škola byla od paláce vzdálena několik mil.
Every day they rode their two little ponies to school.
Každý den jezdili do školy na svých dvou malých ponících.
The Brahman woman had always been suspicious.
Brahmanka byla vždycky podezřívavá.
A thousand little circumstances gave her clues.
Tisíc drobných okolností jí poskytlo vodítko.
She knew her sister-in-law was not a human being.
Věděla, že její švagrová není jen člověk.
She was sure her sister-in-law was a Rakshasi.
Byla si jistá, že její švagrová je Rákšásí.
But her suspicion had not yet ripened into certainty.
Ale její podezření se ještě nerozvinulo v jistotu.
Because the Rakshasi exercised great self-restraint.
Protože Rákšási projevovali velkou sebeovládání.

She never did anything which human beings did not do.
Nikdy neudělala nic, co by nedělali i lidé.
But she couldn't hide her demonic nature forever.
Ale nemohla svou démonickou povahu skrývat navždy.
Her demonic nature was eventually going to reveal itself.
Její démonická podstata se nakonec měla odhalit.

The Brahman had little to keep him busy.
Brahman neměl mnoho co by ho zaměstnávalo.
In order to pass his time he went hunting.
Aby si krátil čas, chodil na lov.
The first day he returned with an antelope.
První den se vrátil s antilopou.
The antelope was laid in the courtyard of the palace.
Antilopa byla položena na nádvoří paláce.
The Rakshasi saw the antelope with great interest.
Rákšási si antilopu prohlédl s velkým zájmem.
At the sight of the raw meat her mouth began to water.
Při pohledu na syrové maso se jí začaly sbíhat sliny.
The antelope was never taken to the kitchen.
Antilopa nikdy nebyla odvedena do kuchyně.
Instead, the Rakshasi took the antelope to another room.
Místo toho Rákšási odvedl antilopu do jiné místnosti.
In this room she began devouring the antelope.
V této místnosti začala požírat antilopu.
The Brahman woman saw everything from a secret room.
Brahmanka viděla všechno z tajné místnosti.
Her Rakshasi sister tore a leg off the antelope.
Její sestra, rakšásská, utrhla antilopě nohu.
She saw how she opened her tremendous jaw.
Viděla, jak otevřela svou obrovskou čelist.
And in one mouthful she swallowed up the leg.
A jedním soustem spolkla nohu.
The other limbs were devoured in the same manner.
Ostatní končetiny byly pohlceny stejným způsobem.
And opening her jaw even further, she swalled the body.
A s ještě větším otevřením čelisti spolkla tělo.

Only a little bit of the meat was kept for the kitchen.
Jen malá část masa se nechala pro kuchyň.
On the second day the Brahman caught another antelope.
Druhého dne chytil Brahman další antilopu.
On the third day the Brahman caught another antelope.
Třetího dne chytil Brahman další antilopu.
The Rakshasi was unable to restrain her appetite.
Rákšasí nedokázala potlačit svou chuť k jídlu.
The raw flesh brought out her demonic nature.
Syrové maso vyzdvihlo její démonickou podstatu.
And she devoured each antelope like the last.
A každou antilopu sežrala jako tu předchozí.
On the third day the Brahman woman expressed her surprise.
Třetího dne brahmanka vyjádřila své překvapení.
"Nearly three whole antelopes have disappeared"
„Zmizely téměř tři celé antilopy"
"All that is left is a little bit of meat"
„Zbylo už jen trochu masa"
The Rakshasi did not appreciate the accusation.
Rákšásovi se obvinění nelíbilo.
"Do I eat raw flesh?" she asked fiercely.
„Mám jíst syrové maso?" zeptala se zuřivě.
"Perhaps you do eat raw flesh," replied the Brahman woman.
„Možná jíte syrové maso," odpověděla bráhmanka.
"I have nothing to prove the contrary"
„Nemám nic, co by dokázalo opak"
The Rakshasi knew she had been discovered.
Rákšasí věděla, že byla odhalena.
Her eyes became even fiercer than before.
Její oči byly ještě zuřivější než předtím.
And she vowed to get her revenge.
A přísahala, že se pomstí.
The Brahman woman concluded her fate was sealed.
Brahmanka usoudila, že její osud je zpečetěn.
She thought her husband would meet the same fate.

Myslela si, že jejího manžela potká stejný osud.
She did not expect her son to be spared either.
Neočekávala, že i její syn bude ušetřen.
That night she hardly slept at all.
Tu noc téměř vůbec nespala.
The Rakshasi had prevented her from seeing her husband.
Rákšási jí zabránili v setkání s manželem.
Early next morning Champa-Dal went to school.
Brzy ráno následujícího dne šel Champa-Dal do školy.
Before he went to school she gave her son a golden bottle.
Než šel syn do školy, dala mu zlatou lahvičku.
In the golden bottle was her own breast milk.
Ve zlaté lahvičce bylo její vlastní mateřské mléko.
"Carefully watch the colour of the milk"
„Pečlivě sledujte barvu mléka“
"If the milk turns red, your father has been killed"
„Pokud mléko zčervená, tvůj otec byl zabit.“
"If the milk turns redder, then I have been killed"
„Jestli mléko zčervená, tak jsem zabit/a.“
"If the milk turns red you must gallop away"
„Jestliže mléko zčervená, musíš odcválat.“
"Gallop as fast as your horse can carry you"
„Cválej tak rychle, jak tě tvůj kůň unese“
"If you do not run away, you will be devoured"
„Jestli neutečeš, budeš sežrán/a“
That morning the Rakshasi made a suggestion to her husband.
Toho rána Rakšasí navrhla svému manželovi.
"Let us bathe in the river this morning"
„Pojďme se dnes ráno vykoupat v řece“
She would not take no for an answer.
Nepřijala by ne jako odpověď.
The river was some distance from the palace.
Řeka byla od paláce kousek dál.
The Brahman followed her as meekly as a lamb.
Brahman ji následoval pokorně jako beránek.
The Brahman woman saw that her doom was near.

Brahmanka viděla, že se blíží její zkáza.
But it was beyond her power to avert the catastrophe.
Ale odvrátit katastrofu bylo nad její síly.
The Brahman and the Rakshasi did indeed reach the river.
Brahman a Rákšási skutečně dorazili k řece.
Soon after the Rakshasi changed into her real dimensions.
Brzy poté se Rákšasí proměnila do své skutečné podoby.
She tore the Brahman limb from limb.
Trhala Brahmana končetinu po končetině.
She devoured him like she had devoured the antelope.
Sežrala ho, jako předtím sežrala antilopu.
Then she ran back to her palace.
Pak běžela zpět do svého paláce.
The wive's fate was the same as the Brahman's.
Osud manželky byl stejný jako osud bráhmana.

Young Champ Dal had done as his mother instructed.
Mladý Champ Dal udělal, jak mu matka řekla.
He was diligently observing the golden bottle.
Pečlivě pozoroval zlatou láhev.
He paid special attention to the colour of the milk.
Zvláštní pozornost věnoval barvě mléka.
He was horror-struck to find the milk redden a little.
S hrůzou zjistil, že mléko trochu zrudlo.
"My father has been killed," he cried.
„Můj otec byl zabit," zvolal.
Soon after the milk completely reddened.
Brzy poté mléko úplně zčervenalo.
"Now my mother has been killed too," he cried.
„Teď zabili i mou matku," zvolal.
Quickly he rushed to mount his pony.
Rychle se rozběhl, aby nasedl na svého poníka.
His half-brother, Sahasra-Dal, was surprised.
Jeho nevlastní bratr Sahasra-Dal byl překvapen.
"Where are you going, Champa?"
„Kam jdeš, Čampo?"
"Why are you crying, brother?"

„Proč pláčeš, bratře?"

"Let me accompany you to wherever you are going"

„Dovol mi, abych tě doprovodil, kamkoli jdeš"

But Champa-Dal now feared his brother.

Ale Champa-Dal se teď svého bratra bál.

"Oh! do not come to me," he objected.

„Ach, nechoďte ke mně," namítl.

"Your mother has devoured my father and mother"

„Tvoje matka sežrala mého otce i matku"

"Don't you come and devour me"

„Nepřicházej a nepožírej mě"

"I will not devour you," he promised his brother.

„Nesežeru tě," slíbil svému bratrovi.

"I'll save you," he promised his brother.

„Zachráním tě," slíbil bratrovi.

And he galloped after his brother, Champa-Dal.

A cválal za svým bratrem Champa-Dalem.

Soon his mother, the Rakshasi, appeared at a distance.

Brzy se v dálce objevila jeho matka, Rákšásí.

She demanded Champa-Dal to come to her.

Požadovala, aby za ní Champa-Dal přišel.

But Champa-Dal knew better than to go to the Rakshasi.

Ale Čampa-Dal věděl, že je lepší nejít za Rákšasím.

"Champa-Dal will not come to you, but I will"

„Čampa-Dal k tobě nepřijde, ale já ano."

And instead, Sahasra-Dal went to his mother.

A místo toho šel Sahasra-Dal ke své matce.

The young prince always carried a sword with him.

Mladý princ s sebou vždy nosil meč.

With his sword he cut off his mother's head.

Mečem usekl matce hlavu.

Champa-Dal had not stayed to witness this.

Champa-Dal nezůstal, aby to byl svědkem.

He had galloped off as far as his pony could carry him.

Ucválal tak daleko, jak ho jeho poník dokázal unést.

Because he was running for his life.

Protože utíkal, aby si zachránil život.

But Sahasra-Dal soon caught up with his brother.
Ale Sahasra-Dal svého bratra brzy dostihl.
And he told him that his mother was no more.
A řekl mu, že jeho matka už není.
This was small consolation to Champa-Dal.
To byla pro Champa-Dala malá útěcha.
The Rakshasi had already devoured both his parents.
Rákšási už sežral oba jeho rodiče.
But he could still not trust Sahasra-Dal's friendship.
Ale stále nemohl důvěřovat Sahasra-Dalinu přátelství.
They both rode as fast as their horses could carry them.
Oba jeli tak rychle, jak jen je jejich koně dokázali unést.
And their horses could carry them very far.
A jejich koně je dokázali dovézt velmi daleko.
Because their horses were Pakshirajes horses.
Protože jejich koně byli koně Pákistánců.
Pakshirajes horses are the kings of birds.
Pakshirajští koně jsou králové ptáků.
On their horses they travelled over hundreds of miles.
Na koních urazili stovky mil.
An hour or two before sundown they reached a village.
Hodinu nebo dvě před západem slunce dorazili do vesnice.
Here they became the guests of a respectable family.
Zde se stali hosty vážené rodiny.
But the two brothers saw the family was in gloom.
Ale oba bratři viděli, že rodina je v depresi.
Something was agitating the family very much.
Něco rodinu velmi znepokojovalo.
Some of the family held private consultations.
Někteří členové rodiny se konzultovali v soukromí.
And others in the family were weeping.
A ostatní v rodině plakali.
The mother was the eldest lady in the house.
Matka byla nejstarší paní v domě.
"I will go, as I am the eldest," she said.
„Půjdu, protože jsem nejstarší," řekla.
"I have lived long enough"

„Žil jsem už dost dlouho"
"At most my life would be cut short by a year or two"
„Můj život by se zkrátil maximálně o rok nebo dva."
The youngest member of the house was a little girl.
Nejmladším členem domu byla malá holčička.
"I will go, as I am young," she said.
„Půjdu, jsem mladá," řekla.
"I am useless to the family"
„Jsem pro rodinu k ničemu"
"If I die, I shall not be missed"
„Když zemřu, nikdo mě nebude postrádat"
The head of the house was the son of the old lady.
Hlavou domu byl syn staré paní.
"I am the representative of the family," he said.
„Jsem zástupcem rodiny," řekl.
"It is but reasonable that I should give up my life"
„Je ale rozumné, abych se vzdal svého života"
He also had a younger brother.
Měl také mladšího bratra.
"You are the pillar of the family," he said.
„Jsi pilíř rodiny," řekl.
"If you go the whole family is ruined"
„Jestli odejdeš, celá rodina je zničená"
"It is not reasonable that you should go"
„Není rozumné, abys tam šel/šla"
"I will go, as I shall not be much missed"
„Půjdu, protože nikomu moc chybět nebudu."
The two strangers listened to all this conversation.
Oba cizinci poslouchali celý ten rozhovor.
You can imagine their curiosity was not little.
Dokážete si představit, že jejich zvědavost nebyla malá.
They wondered what the discussion could be about.
Přemýšleli, o čem by se mohla diskuse vést.
Sahasra-Dal took the risk of being thought meddlesome.
Sahasra-Dal riskoval, že bude považován za vlezlého.
"What is the subject of your consultations?"
„Co je předmětem vašich konzultací?"

"What is the reason for your deep miserable?"
„Jaký je důvod tvé hluboké nešťastnosti?"
"Why are your words full of countenances?"
„Proč jsou tvá slova plná výrazů?"
The head of the house gave the following answer.
Hlava domu odpověděla následujícím způsobem.
"There is something you must know, me worthy guests"
„Něco musíte vědět, vážení hosté."
"These lands are infested by a terrible Rakshasi"
„Tyto země jsou zamořeny hrozným Rákšásem."
"This Rakshasi has depopulated all the regions here"
„Tento Rakšasi zde vylidnil všechny regiony."
"This town, too, would have been depopulated"
„I toto město by bylo vylidněné"
"But that our king became suppliant to the Rakshasi"
„Ale že se náš král stal prosebníkem Rákšásů"
"He begged her to show mercy to us his people"
„Prosil ji, aby nám, jeho lidu, projevila milosrdenství"
The Rakshasi replied to the king.
Rákšási králi odpověděl.
"I will consent to show mercy to your subjects"
„Souhlasím s tím, abych projevil milosrdenství tvým
poddaným"
"But there is one condition for my mercy"
„Ale pro mé milosrdenství je jedna podmínka"
"Every night I demand one human being"
„Každou noc požaduji jednu lidskou bytost"
"I don't mind if it is a male or a female"
„Je mi jedno, jestli je to muž nebo žena"
"Put the human being in a temple for me to feast"
„Umístěte lidskou bytost do chrámu, abych tam mohl
hodovat."
"If I get a human being every night I will rest satisfied"
„Když budu každou noc mít lidskou bytost, budu spokojený."
**"Promise me this and I will commit no further
depredations"**

„Slib mi to a já se už nedopustím žádných dalších drancování."

"Your subjects will be spared from my ravenous hunger"

„Tvoji poddaní budou ušetřeni mého dravého hladu."

"Our king had no other alternative than to agree"

„Náš král neměl jinou možnost, než souhlasit"

"What human can ever hope to contend against a Rakshasi?"

„Který člověk se vůbec může utkat s Rakšasim?"

"From that day the king made a new law"

„Od toho dne vydal král nový zákon"

"Every family has to send one member to the temple"

„Každá rodina musí poslat jednoho člena do chrámu"

"To appease the wrath of the terrible Rakshasi"

„Aby se utišil hněv hrozného Rákšásího"

"To satisfy the endless hunger of the Rakshasi"

„Abychom ukojili nekonečný hlad Rákšásů"

"All the families in this neighbourhood have had their turn"

„Všechny rodiny v této čtvrti si už přišly na své"

"This night it is the turn of our family"

„Dnes večer je řada na naší rodině"

"One of us is to devote ourself to destruction"

„Jeden z nás se má zasvětit zkáze"

"We are therefore discussing who should go to the Rakshasi"

„Proto diskutujeme o tom, kdo by měl jít do Rakšasi."

"You can now perceive the cause of our distress"

„Nyní už chápete příčinu naší tísně."

The two friends consulted together for a few minutes.

Oba přátelé se spolu několik minut radili.

After this time they concluded their consultation.

Po uplynutí této doby ukončili konzultaci.

Sahasra-Dal was the spokesman for the brothers.

Sahasra-Dal byl mluvčím bratrů.

"Most worthy host, do not any longer be sad"

„Nejváženější hostitele, nebuďte již smutní."

"You have been very kind to us"

„Byli jste k nám velmi laskaví"

"We have resolved to requite your hospitality"
„Rozhodli jsme se vám oplatit pohostinnost."
"We will go to the temple instead of you"
„Půjdeme do chrámu místo tebe."
"We shall go as your representatives"
„Půjdeme jako vaši zástupci"
"We will become the food of the Rakshasi"
„Staneme se potravou Rakšasů"
The whole family protested against the proposal.
Celá rodina proti návrhu protestovala.
They declared that guests were like gods.
Prohlašovali, že hosté jsou jako bohové.
"The host must ensure the comfort of the guests"
„Hostitel musí zajistit pohodlí hostů"
"The guests must not suffer for the host"
„Hosté nesmí trpět kvůli hostiteli"
But the two strangers could not be persuaded.
Ale dva cizinci se nedali přesvědčit.
"We will stand as proxies for your family"
„Budeme zástupci vaší rodiny."
There was a great deal of objection to the proposal.
Proti návrhu se ozvaly velké námitky.
But eventually the guests persuaded their hosts.
Hosté ale nakonec své hostitele přesvědčili.
Finally the hosts consented to the arrangement.
Hostitelé nakonec s touto dohodou souhlasili.

Sahasra-Dal and Champa-Dal rode off on their horses.
Sahasra-Dal a Champa-Dal odjeli na svých koních.
Immediately after candle light they reached the temple.
Ihned po zapálení svíček dorazili do chrámu.
They went into the temple, and shut the door.
Vešli do chrámu a zavřeli dveře.
Sahasra told his brother to go to sleep.
Sahasra řekla svému bratrovi, aby šel spát.
"I will guard over your sleep"
„Budu střežit tvůj spánek"

"I will watch out for the terrible Rakshasi"
„Budu si dávat pozor na hrozného Rakšasiho"
Champa was soon in a fine sleep.
Čampa brzy usnul krásným spánkem.
Sahasra lay awake, waiting for the Rakshasi.
Sahasra ležela vzhůru a čekala na Rakshasi.
Nothing happened during the early hours of the night.
V časných nočních hodinách se nic nedělo.
But then the gong of the king's bell sounded.
Ale pak zazněl gong královského zvonu.
It was midnight, the dead hour of the night.
Byla půlnoc, mrtvá hodina noci.
Sahasra heard the sound as of a rushing tempest.
Sahasra slyšela zvuk jako řítící se bouře.
He used the knowledge he had of Rakshasas.
Využil znalosti, které měl o Rákšásech.
He concluded the Rakshasi was nigh.
Došel k závěru, že Rákšasí je blízko.
A thundering knock was heard at the door.
Ozvalo se ohlušující zaklepání na dveře.
The following words accompanied the knock at the door:
Klepání na dveře doprovázela následující slova:
"How, mow, khow! A human being I smell"
„Jak, seč, khou! Cítím lidskou bytost."
"Who keeps guard inside this temple?"
„Kdo v tomto chrámu hlídá?"
To this question Sahasra-Dal made the following reply:
Na tuto otázku Sahasra-Dal odpověděl takto:
"Sahasra-Dal keeps guard inside this temple"
„Sahasra-Dal hlídá uvnitř tohoto chrámu"
"Champa-Dal keeps guard inside this temple"
„Čampa-dal v tomto chrámu hlídá"
"Two winged horses keep guard inside this temple"
„Dva okřídlení koně hlídají uvnitř tohoto chrámu"
Rakshasa blood flowed through Sahasra-Dal's veins.
Sahasra-Daliny žilky proudila krev Rákšasy.
The Rakshasi knew Sahasra-Dal was not human.

Rakshasi věděl, že Sahasra-Dal není člověk.
And so the Rakshasi turned away with a groan.
A tak se Rákšásí s povzdechem odvrátil.
After an hour the Rakshasi returned to the temple.
Po hodině se Rákšásí vrátil do chrámu.
The Rakshasi thundered at the door again.
Rákšási znovu zabušil na dveře.
"How, mow, khow! A human being I smell"
„Jak, seč, khou! Cítím lidskou bytost."
"Who keeps guard inside this temple?"
„Kdo v tomto chrámu hlídá?"
To this question Sahasra-Dal again replied:
Na tuto otázku Sahasra-Dal opět odpověděl:
"Sahasra-Dal keeps guard inside this temple"
„Sahasra-Dal hlídá uvnitř tohoto chrámu"
"Champa-Dal keeps guard inside this temple"
„Čampa-dal v tomto chrámu hlídá"
"Two winged horses keep guard inside this temple"
„Dva okřídlení koně hlídají uvnitř tohoto chrámu ."
The Rakshasi again groaned and went away.
Rákšásí znovu zasténal a odešel.
At two o'clock the Rakshasi appeared once more.
Ve dvě hodiny se Rákšásí znovu objevil.
And at three o'clock the Rakshasi came again.
A ve tři hodiny přišel Rakšasí znovu.
Each time the Rakshasi made the same inquiry.
Rákšásí se pokaždé ptal na totéž.
And each time the Rakshasi left with a groan.
A pokaždé Rákšásí odešel se zasténáním.
After three o'clock, however, Sahasra-Dal felt very sleepy.
Po třetí hodině se však Sahasra-Dal cítila velmi ospalá.
He could not any longer keep awake.
Už nemohl déle zůstat vzhůru.
He therefore roused Champa.
Proto probudil Čampu.
And he told him to keep guard over the temple.
A řekl mu, aby střežil chrám.

"The Rakshasi will come again in an hour"
„Rakšasí se vrátí za hodinu.“
"The Rakshasi will ask who keeps guard here"
„Rakšasi se zeptá, kdo tu hlídá.“
"You must mention Sahasra's name first"
„Nejdříve musíš zmínit Sahasřino jméno.“
Having given these instructions he went to sleep.
Poté, co dal tyto pokyny, šel spát.
At four o'clock the Rakshasi again made her appearance.
Ve čtyři hodiny se Rákšasí znovu objevila.
The Rakshasi thundered at the door, and said:
Rákšási zabušil na dveře a řekl:
"How, mow, khow! A human being I smell"
„Jak, seč, khou! Cítím lidskou bytost.“
"Who keeps guard inside this temple?"
„Kdo v tomto chrámu hlídá?“
Champa-Dal was in a terrible fright.
Čampa-Dal se strašně lekl.
He had forgotten the instructions of his brother.
Zapomněl na pokyny svého bratra.
"Champa-Dal keeps guard inside this temple"
„Čampa-dal v tomto chrámu hlídá“
"Sahasra-Dal keeps guard inside this temple"
„Sahasra-Dal hlídá uvnitř tohoto chrámu“
"Two winged horses keep guard inside this temple"
„Dva okřídlení koně hlídají uvnitř tohoto chrámu“
The Rakshasi uttered a shout of exultation.
Rákšásí vydal jásavý výkřik.
And the Rakshasi laughed how only demons can laugh.
A Rákšási se smáli, jak se dokážou smát jen démoni.
With a dreadful noise the door broke open.
S děsivým rachotem se dveře rozletěly.
The noise roused Sahasra from his sleep.
Hluk probudil Sahasru ze spánku.
Within a moment he sprung to his feet.
Během chvilky vyskočil na nohy.
He had his sword with him not only by day.

Meč u sebe měl nejen ve dne.
He had his sword with him by night too.
I v noci měl u sebe meč.
His sword was as supple as a palm-leaf.
Jeho meč byl ohebný jako palmový list.
And he cut off the head of the Rakshasi.
A usekl hlavu Rákšásimu.
The huge mountain of a body fell to the ground.
Obrovská hora těla spadla na zem.
The body made a great noise when it fell.
Tělo při pádu vydalo velký hluk.
And the body covered many surrounding acres.
A tělo pokrylo mnoho okolních akrů.
Sahasra-Dal kept the severed head of the Rakshasi.
Sahasra-Dal si ponechal useknutou hlavu Rakshasi.
And he slept again with the head near him.
A znovu usnul s hlavou u sebe.

Early in the morning some wood-cutters came.
Brzy ráno přišli nějací dřevorubci.
The wood-cutters were passing near the temple.
Dřevorubci procházeli kolem chrámu.
The wood-cutters saw the huge body on the ground.
Dřevorubci uviděli na zemi obrovské tělo.
So they walked towards the temple.
Tak se vydali pěšky k chrámu.
Soon they saw that it was a carcass.
Brzy viděli, že je to zdechlina.
The carcass of the terrible Rakshasi.
Kostra hrozného Rákšásího.
The Rakshasi that had nearly depopulated the land.
Rakšasové, kteří téměř vylidnili zemi.
There had been a bounty for this Rakshasi.
Na tohoto Rákšásího byla vypsána odměna.
The king offered the hand of his daughter.
Král nabídl ruku své dcery.
And the king had offered half the kingdom.

A král nabídl polovinu království.
He would trade it all for the head of the Rakshasi.
Vyměnil by to všechno za hlavu Rákšásů.
The wood-cutters saw no claimant at hand.
Dřevorubci poblíž neviděli žádného uchazeče.
So they went to get the reward.
Tak si šli pro odměnu.
Each wood-cutter cut off a limb from the Rakshasi.
Každý dřevorubec usekl Rakšasovi větev.
And each wood-cutter went to the king.
A každý dřevorubec šel ke králi.
And each wood-cutter tried to claim the reward.
A každý dřevorubec se snažil získat odměnu.
"I am the destroyer of the great man eater"
„Jsem ničitel velkého lidožrouta“
"I have come to claim my reward"
„Přišel jsem si vyzvednout svou odměnu“
The king knew there could only be one hero.
Král věděl, že hrdina může být jen jeden.
So he made an inquiry with his minister.
Proto se na to obrátil se svým ministrem.
"What family's turn was it last night?"
„Která rodina byla včera večer na řadě?“
"And who is the head of that family?"
„A kdo je hlavou té rodiny?“
The king's minister set out to find the family.
Králův ministr se vydal rodinu hledat.
He brought the head of the family to the king.
Přivedl hlavu rodiny ke králi.
And the head of the family told of his guests.
A hlava rodiny vyprávěla o svých hostech.
"Last night two youthful travelers came to me"
„Včera večer ke mně přišli dva mladí cestovatelé“
"We offered to be their hosts for the night"
„Nabídli jsme se, že jim na noc budeme hostiteli“
"Soon they discovered the problem we had"
„Brzy zjistili, v čem je problém.“

"And they volunteered to take our place"
„A dobrovolně se nabídli, že zaujmou naše místo."
"They went to the temple, instead of one of us"
„Šli do chrámu místo jednoho z nás."
The king took his men to the temple.
Král vzal své muže do chrámu.
The door of the temple was broken open.
Dveře chrámu byly vylomeny.
They found the two brothers sleeping.
Našli oba bratry spát.
And the horses were safe in the temple too.
A koně byli v chrámu také v bezpečí.
And the head of the Rakshasi was there too.
A hlava Rákšásů tam byla také.
There was no doubt about who had killed the monster.
Nebylo pochyb o tom, kdo zabil tu nestvůru.
The real hero had been discovered.
Skutečný hrdina byl odhalen.
And the king kept true to his word.
A král svému slovu dodržel.
He gave the hand of his daughter to Sahasra-Dal.
Dal ruku své dcery Sahasra-Dal.
And he gave him half his kingdom too.
A dal mu i polovinu svého království.
Champa-Dal remained with his friend.
Čampa-Dal zůstal se svým přítelem.
And he rejoiced in Sahasra-Dal's prosperity.
A radoval se z prosperity Sahasra-Dalu.
And they lived together happily for some time.
A žili spolu šťastně nějakou dobu.

But one day a misunderstanding arose between them.
Jednoho dne ale mezi nimi došlo k nedorozumění.
The queen-mother had a certain maid-servant.
Královna-matka měla jistou služebnou.
This maid-servant was the most useful domestic.
Tato služebná byla nejužitečnější služebnicí.

She could turn her hand to any task.
Mohla se pustit do jakéhokoli úkolu.
And she had uncommon strength for a woman.
A na ženu měla neobvyklou sílu.
Her intelligence was not lacking either.
Ani inteligence jí nechyběla.
And she had a remarkable amount of energy.
A měla pozoruhodné množství energie.
She would have been quickly missed in the palace.
V paláci by ji rychle postrádali.
The zenana was completely dependent on her.
Zenana na ní byla zcela závislá.
Hence her services were highly valued.
Proto byly její služby vysoce ceněny.
The queen-mother appreciated her very much.
Královna-matka si jí velmi vážila.
And the ladies of the palace valued her too.
A dámy z paláce si jí také vážily.
But this valuable woman was not a woman.
Ale tato cenná žena nebyla žena.
What this woman was was a Rakshasi.
Tato žena byla Rákšásí.
She had put on the appearance of a woman.
Nasadila na sebe vzhled ženy.
She had her own nefarious reasons for doing this.
Měla k tomu své vlastní nekalé důvody.
And then she took service in the royal household.
A pak se ujala služeb v královské domácnosti.
At night she used to assume her own real form.
V noci nabývala své skutečné podoby.
When everyone in the palace was asleep.
Když všichni v paláci spali.
And then she went about in search of food.
A pak se vydala hledat jídlo.
Because her hunger was not satisfied at the palace.
Protože její hlad nebyl v paláci ukojen.
A Rakshasi needs much more food than a man or woman.

Rákšasí potřebuje mnohem více jídla než muž nebo žena.
At this time Champa-Dal had no wife.
V této době neměl Champa-Dal manželku.
So he often slept outside the zenana.
Takže často spal před zenanou.
He was not far from the outer gate of the palace.
Nebyl daleko od vnější brány paláce.
And from there he could observe her.
A odtud ji mohl pozorovat.
He saw her devouring sundry goats and sheep.
Viděl ji, jak požírá různé kozy a ovce.
And he saw her devouring horses and elephants.
A viděl ji, jak požírá koně a slony.
This of course was not good for the maid-servant.
To samozřejmě pro služebnou nebylo dobré.
Champa-Dal was in the way of her supper.
Čampa-Dal jí překážel v přípravě večeře.
So she was determined to get rid of him.
Byla tedy odhodlaná se ho zbavit.
One day she went to the queen-mother.
Jednoho dne šla ke královně-matce.
"Queen-mother," she said to her.
„Královno-matko," řekla jí.
"I can no longer work in the palace"
„Už nemůžu pracovat v paláci"
"Why?" asked the queen-mother.
„Proč?" zeptala se královna-matka.
"What is the matter, Dasi" she wanted to know.
„Co se děje, Dasi?" chtěla vědět.
"How can I go on without you?"
„Jak můžu bez tebe pokračovat?"
"Tell me your reasons for leaving"
„Řekni mi důvody svého odchodu"
The maid-servant explained her situation.
Služebná vysvětlila svou situaci.
"I am but a poor woman in this palace"
„V tomto paláci jsem jen chudá žena."

"A woman like me can't preserve her honour here"
„Žena jako já si tady nemůže uchovat čest."
"Your son-in-law has a friend, Champa-Dal"
„ Váš zeť má přítele, Champa-Dala."
"He always cracks indecent jokes with me"
„Vždycky ze mě dělá neslušné vtipy"
"I would rather beg for my rice than to lose my honour"
„Raději budu žebrat o rýži, než abych ztratil svou čest"
"If Champa-Dal remains in the palace I must go away"
„Jestliže Champa-Dal zůstane v paláci, musím odejít."
The maid-servant was irreplicable in the palace.
Služebná byla v paláci nenahraditelná.
The queen-mother knew what sacrifice to make.
Královna-matka věděla, jakou oběť má přinést.
Champa-Dal was going to have to leave the palace.
Čampa-Dal musel opustit palác.
And she told Sahasra-Dal all her reasons.
A řekla Sahasra-Dal všechny své důvody.
"Champa-Dal is a bad man"
„Čampa-Dal je zlý člověk"
"His character and morals are loose"
„Jeho charakter a morálka jsou uvolněné"
"He must leave this palace at once"
„Musí okamžitě opustit tento palác."
Sahasra-Dal did his best to persuade her otherwise.
Sahasra-Dal se ze všech sil snažil ji přesvědčit o opaku.
He earnestly pleaded on behalf of his friend.
Vřele prosil za svého přítele.
But his efforts were in vain.
Ale jeho úsilí bylo marné.
The queen-mother had made up her mind.
Královna-matka se rozhodla.
He had to be driven out of the palace.
Musel být vyhnán z paláce.
Sahasra-Dal had not the courage to tell his friend.
Sahasra-Dal neměl odvahu to svému příteli říct.
He therefore wrote a letter to him.

Proto mu napsal dopis.
In the letter he was vague about the reason.
V dopise o důvodu vágně neuvedl.
But either way, he was going to have to leave.
Ale tak či onak, musel odejít.
Champa-Dal went to have a bath.
Čampa-Dal se šel vykoupat.
And the letter was put in his room.
A dopis byl položen v jeho pokoji.
Champa-Dal was grieved upon reading the letter.
Champa-Dal byl po přečtení dopisu zarmoucen.
He mounted his fleet of horses.
Nasedl na svou flotilu koní.
And on his horses he left the palace.
A na koních opustil palác.

Champa's horses were uncommonly fleet.
Champovi koně byli neobvykle rychlí.
Soon he had traversed thousands of miles.
Brzy urazil tisíce mil.
And eventually he reached a new city.
A nakonec dorazil do nového města.
He stood at the gateway of a magnificent palace.
Stál u brány velkolepého paláce.
He dismounted from his horse.
Sesedl z koně.
And he entered the palace.
A vstoupil do paláce.
But in the palace he met not a single creature.
Ale v paláci nepotkal ani jednoho tvora.
He went from apartment to apartment.
Chodil z bytu do bytu.
All the rooms were richly furnished.
Všechny pokoje byly bohatě zařízené.
But none of the rooms were lived in.
Ale v žádném z pokojů se neobývalo.
But in the end he came to a different room.

Ale nakonec přišel do jiné místnosti.
In this room there was a young lady.
V této místnosti byla mladá dáma.
The young lady was of heavenly beauty.
Mladá dáma byla nebeské krásy.
And she was lying down on a splendid bedstead.
A ležela na nádherné posteli.
The beautiful young lady was asleep.
Krásná mladá dáma spala.
Champa-Dal looked upon the sleeping beauty.
Čampa-Dal se podíval na Šípkovou Růženku.
He was captivated by what he was seeing.
Byl uchvácen tím, co viděl.
He had not seen any woman so beautiful.
Nikdy neviděl žádnou tak krásnou ženu.
Upon the bed there were two sticks.
Na posteli ležely dvě klacíky.
The two sticks were near the woman's head.
Dvě tyče byly blízko ženiny hlavy.
One of the sticks was made of silver.
Jedna z tyčinek byla vyrobena ze stříbra.
And the other stick was made of gold.
A druhá hůl byla ze zlata.
Champa took the silver stick into his hand.
Čampa vzal do ruky stříbrnou hůl.
And with the stick he touched the body of the lady.
A holí se dotkl těla dámy.
But no change was perceptible to her sleep.
Ale na jejím spánku nebyla patrná žádná změna.
He then took up the gold stick.
Pak vzal zlatou hůl.
And with the stick he touched the body of the lady.
A holí se dotkl těla dámy.
This time the young lady did awake.
Tentokrát se mladá dáma probudila.
Eyeing the stranger, she inquired who he was.
Prohlédla si cizince a zeptala se, kdo to je.

"I am Champa-Dal," he told her.
„Jsem Čampa-Dal," řekl jí.
"There was once a poor dimwitted Brahman"
„Byl jednou jeden chudý, hloupý bráhman"
"This dimwitted man had a wife, but no children"
„Tento hloupý muž měl ženu, ale žádné děti"
"But him not having children was probably for the best"
„Ale to, že neměl děti, bylo asi nejlepší pro něj."
"Because he was barely able to meet his own needs"
„Protože sotva dokázal uspokojit své vlastní potřeby"
"And he could hardly supply enough for his wife"
„A sotva dokázal zajistit dost pro svou ženu"
"But his dimwittedness was not even his biggest problem"
„Ale jeho hloupost nebyla ani jeho největším problémem"
And he continued the story as we have followed it.
A pokračoval v příběhu, který jsme sledovali.
"My mother concluded her fate was sealed"
„Moje matka usoudila, že její osud je zpečetěn."
"And she thought my father would meet the same fate"
„A myslela si, že mého otce potká stejný osud."
"And she did not expect me to be spared either"
„A ani ona neočekávala, že budu ušetřen."
"That night she hardly slept at all"
„Tu noc skoro vůbec nespala"
"The Rakshasi had prevented her from seeing my father"
„Rakšasí jí zabránili setkat se s mým otcem."
"Early next morning I went to school"
„Brzy ráno následujícího dne jsem šel do školy"
"Before I went to school she gave me a golden bottle"
„Než jsem šla do školy, dala mi zlatqu lahvičku."
"In the golden bottle was her own breast milk"
„Ve zlaté lahvičce bylo její vlastní mateřské mléko"
"I was told to carefully watch the colour of the milk"
„Bylo mi řečeno, abych pečlivě sledoval barvu mléka."
And he continued the story as we have followed it.
A pokračoval v příběhu, který jsme sledovali.
"We will stand as proxies for your family"

„Budeme zástupci vaší rodiny.“
"There was a great deal of objection to our proposal"
„Proti našemu návrhu se objevily velké námitky“
"But eventually we persuaded our hosts"
„Ale nakonec jsme naše hostitele přesvědčili“
"Finally the hosts consented to the arrangement"
„Hostitelé nakonec s dohodou souhlasili“
And he continued the story as we have followed it.
A pokračoval v příběhu, který jsme sledovali.
"So I often slept outside the zenana"
„Takže jsem často spal před zenanou“
"I was not far from the outer gate of the palace"
„Nebyl jsem daleko od vnější brány paláce“
"And from there I could observe her"
„A odtud jsem ji mohl pozorovat“
"I saw her devouring sundry goats and sheep"
„Viděl jsem ji, jak požírá různé kozy a ovce .“
"And I saw her devouring horses and elephants"
„A viděl jsem ji, jak požírá koně a slony“
And he continued the story as we have followed it.
A pokračoval v příběhu, který jsme sledovali.
"One day a letter was put in my room"
„Jednoho dne mi někdo dal do pokoje dopis.“
"I was grieved upon reading the letter"
„Při čtení dopisu jsem byl zarmoucen“
"I mounted my fleet of horses"
„Nasedl jsem na svou flotilu koní“
"And on my horses he left the palace"
„A na mých koních opustil palác“
"My horse are uncommonly fleet"
„Moji koně jsou neobvykle rychlí“
"Soon I had traversed thousands of miles"
„Brzy jsem urazil tisíce mil“
"And eventually I reached a new city"
„A nakonec jsem dorazil do nového města“
And he continued the story as we have followed it.
A pokračoval v příběhu, který jsme sledovali.

"I took the silver stick into his hand"
„Vzal jsem mu do ruky stříbrnou hůl."
"And with the stick I touched your body"
„A holí jsem se dotkl tvého těla"
"But no change was perceptible to your sleep"
„Ale ve vašem spánku nebyla patrná žádná změna."
"I then took up the gold stick"
„Pak jsem vzal zlatou hůl"
And with the stick he touched your body.
A holí se dotkl tvého těla.
"This time you did awake from your sleep"
„Tentokrát ses probudil ze spánku"
The young lady had listened to Champa-Dal's story.
Mladá dáma si vyslechla Champa-Dalovo vyprávění.
The young lady was in fact a princess.
Ta mladá dáma byla ve skutečnosti princezna.
"Unhappy man! why have you come here?"
„Nešťastný člověče! Proč jsi sem přišel?"
"This is the country of Rakshasas"
„Toto je země Rákšásů"
"No less than seven hundred Rakshasas live here"
„Žije zde nejméně sedm set Rákšásů"
"Every morning the Rakshasas leave"
„Každé ráno Rákšásové odcházejí"
"They go to the other side of the ocean"
„Jdou na druhou stranu oceánu"
"And they search for provisions there"
„A hledají tam zásoby."
"And before dusk they return again"
„A před soumrakem se zase vrátí"
"My father was king in these regions"
„Můj otec byl v těchto krajích králem"
"His kingdom had millions of subjects"
„Jeho království mělo miliony poddaných"
"They lived in flourishing towns and cities"
„Žili v prosperujících městech a obcích"
"But some years ago the Rakshasas invaded"

„Ale před několika lety vtrhli Rákšásové."
"And they devoured all the subjects of the kingdom"
„A pohltili všechny poddané království"
"The Rakshasas devoured my father and my mother"
„Rákšásové pohltili mého otce i matku"
"The Rakshasas devoured my brothers and sisters"
„Rákšásové pohltili mé bratry a sestry"
"And they devoured all the cattle of the country"
„A sežrali všechen dobytek v zemi"
"There is no living human being in these regions"
„V těchto oblastech nežije žádná živá lidská bytost"
"I am the last human living left"
„Jsem poslední žijící člověk, který zbyl"
"I too would have been devoured long ago"
„Také bych byl dávno sežrán"
"But an old Rakshasi took a liking to me"
„Ale jeden starý Rakšasí si mě oblíbil."
"She prevents the other Rakshasas from eating me"
„Zabraňuje ostatním Rákšásům, aby mě snědli."
"Do you see those sticks of silver and gold?"
„Vidíš ty stříbrné a zlaté tyčinky?"
"Every morning she kills me with the silver stick"
„Každé ráno mě zabíjí stříbrnou holí"
"Every evening she re-animates me with the gold stick"
„Každý večer mě oživuje zlatou tyčkou"
"I do not know how to advise you"
„Nevím, jak vám poradit"
"If the Rakshasas see you, you are a dead man"
„Jestli tě uvidí Rákšasové, jsi mrtvý muž."
Then they talked in a very affectionate manner.
Pak si povídali velmi láskyplně.
And they laid their heads together.
A složili hlavy k sobě.
And they thought to devise a means of escape.
A napadlo je vymyslet způsob, jak uniknout.
Some way to get out of the hands of the Rakshasas.
Nějaký způsob, jak se dostat z rukou Rákšásů.

The hour of the return of the Rakshasas was coming.

Blížila se hodina návratu Rákšásů.

The seven hundred flesh-eaters were soon returning.

Sedm set masožravců se brzy vracelo.

Keshavati called out to Champa-Dal.

Kešavati zavolal na Čampa-Dala.

(Because that was the name of the princess)

(Protože se tak jmenovala princezna.)

"Hide yourself in the heaps of the sacred trefoil"

„Schovejte se v hromadách posvátného trojlístku"

But first Champ Dal picked up the silver stick.

Ale nejdříve Champ Dal zvedl stříbrnou hůl.

He touched Keshavati with the silver stick.

Dotkl se Kešavatí stříbrnou holí.

And as soon as he touched her, she died.

A jakmile se jí dotkl, zemřela.

Then he went to the center of the temple of Siva.

Pak šel do středu Šivova chrámu.

And he hid beneath the heaps of sacred trefoil.

A schoval se pod hromadami posvátného trojlístku.

From his hiding place he heard the sound of wind rushing.

Ze svého úkrytu slyšel zvuk valícího se větru.

Then he heard terrible noises in the palace.

Pak v paláci uslyšel hrozné zvuky.

The Rakshasas had come home from their hunt.

Rákšásové se vrátili z lovu.

They had filled their stomachs with meat.

Naplnili si žaludky masem.

Sundry goats, sheep, cows, horses, buffaloes.

Různé kozy, ovce, krávy, koně, buvoli.

And they had devoured elephants too.

A také sežrali slony.

The old Rakshasi returned to the palace too.

Starý Rákšásí se také vrátil do paláce.

She went to the room of the sleeping princess.

Šla do pokoje spící princezny.

And she woke her with the stick made of gold.
A probudila ji zlatou holí.
"Hye, mye, khye! A human being I smell"
„He, mé, khé! Cítím lidskou bytost."
"I am the only human belng here," said the princess.
„Jsem tu jediná lidská bytost," řekla princezna.
"Eat me if you like," added Keshavati.
„Sněz mě, jestli chceš," dodal Keshavati.
To this the Rakshasi replied:
Na to Rákšásí odpověděl:
"Let me eat up your enemies"
„Dovol mi sežrat tvé nepřátele"
"Why should I eat you?" she asked the princess.
„Proč bych tě měla sníst?" zeptala se princezny.
She laid herself down on the ground.
Lehla si na zem.
She was as long and high as the Vindhya Hills.
Byla dlouhá a vysoká jako pohoří Vindhja.
And in this position she fell asleep.
A v této poloze usnula.
The other Rakshasas and Rakshasis soon fell asleep too.
Ostatní Rákšásové a Rákšásiové brzy také usnuli.
Because they were tired from their gigantic labour.
Protože byli unavení ze své obrovské práce.
Keshavati also composed herself to sleep.
Kešavati se také uložila k spánku.
But Champa did not dare to come out from under the leaves.
Ale Čampa se neodvážil vylézt zpod listí.
And he tried his best to pray to the god of repose.
A ze všech sil se snažil modlit k bohu klidu.

At daybreak all seven hundred Rakshasas got up again.
Za úsvitu všech sedm set Rákšásů znovu vstalo.
They went on their usual predatory excursion.
Vydali se na svou obvyklou dravou výpravu.
And along with them went the old Rakshasi.
A spolu s nimi šel i starý Rákšásí.

But first the old Rakshasi picked up the silver stick.
Ale nejdříve starý Rákšásí zvedl stříbrnou hůl.
And she touched Keshavati with the silver stick.
A dotkla se Kešavatí stříbrnou holí.
Soon the coast was clear for Champa-Dal.
Pobřeží bylo brzy volné pro Champa-Dal.
And he dared to come out from under the pile of leaves.
A odvážil se vylézt zpod hromady listí.
He walked back into the room of the princess.
Vrátil se do princeznina pokoje.
And he touched her with the golden stick.
A dotkl se jí zlatou holí.
And the princess revived from her death again.
A princezna znovu ožila ze své smrti.
They sauntered about in the gardens.
Procházeli se po zahradách.
They enjoyed the cool breeze of the morning.
Užívali si chladného ranního vánku.
They bathed in a lucid pool of water.
Koupali se v průzračné tůni vody.
And they ate and drank food in the palace.
A jedli a pili v paláci.
And they spent the day in sweet converse.
A strávili den v příjemném rozhovoru.
And they concocted a plan for their deliverance.
A vymysleli plán na své vysvobození.
Keshavaity was going to speak to the old Rakshasi.
Kešavaity se chystal promluvit se starým Rákšásím.
She was going to ask on what a Rakshasa's life depended.
Chtěla se zeptat, na čem závisí život Rákšasy.
And with that secret they were going to act accordingly.
A s tímto tajemstvím se podle toho chystali i jednat.

The hour of the return of the Rakshasas was coming again.
Hodina návratu Rákšásů se opět blížila.
And events unfolded as they had the evening before.
A události se odvíjely stejně jako předchozího večera.

The seven hundred flesh-eaters were returning to the palace.

Sedm set masožravců se vracelo do paláce.

Champ Dal touched Keshavati with the silver stick.

Champ Dal se dotkl Kešavati stříbrnou holí.

She died like the had died the night before.

Zemřela, stejně jako zemřela noc předtím.

Champa-Dal went to the centre of the temple of Siva.

Čampa-Dal šel do středu Šivova chrámu.

He hid beneath the heaps of sacred trefoil again.

Znovu se schoval pod hromady posvátného trojlístku.

He heard the sound of wind rushing.

Slyšel zvuk valícího se větru.

And he heard terrible noises in the palace.

A v paláci slyšel hrozné zvuky.

The Rakshasas had come home from their hunt.

Rákšásové se vrátili z lovu.

They had filled their stomachs with meat.

Naplnili si žaludky masem.

Sundry goats, sheep, cows, horses, buffaloes.

Různé kozy, ovce, krávy, koně, buvoli.

And they had devoured elephants too.

A také sežrali slony.

The old Rakshasi returned to the palace too.

Starý Rákšásí se také vrátil do paláce.

She went to the room of the sleeping princess.

Šla do pokoje spící princezny.

And she woke her with the stick made of gold.

A probudila ji zlatou holí.

"Hye, mye, khye! A human being I smell"

„He, mé, khé! Cítím lidskou bytost."

"I am the only human being here," said the princess.

„Jsem tu jediná lidská bytost," řekla princezna.

"Eat me if you like," added Keshavati.

„Sněz mě, jestli chceš," dodal Keshavati.

To this the Rakshasi replied:

Na to Rákšásí odpověděl:

"Let me eat up your enemies"

„Dovol mi sežrat tvé nepřátele"
"Why should I eat you?" she asked the princess.
„Proč bych tě měla sníst?" zeptala se princezny.
She laid herself down on the ground.
Lehla si na zem.
And she looked like a part of the Himalaya mountains.
A vypadala jako součást Himálaje.
Keshavati had a phial of heated mustard oil.
Kešavati měla lahvičku s rozpáleným hořčičným olejem.
And she approached the foot of the Rakshasi.
A přiblížila se k úpatí Rákšásí.
"Mother, your feet are sore from walking"
„Mami, bolí tě nohy od chůze."
"Let me rub your sore feet with oil"
„Dovol mi, abych ti potřel bolavé nohy olejem."
And she began to rub with oil the Rakshasi's feet.
A začala třít Rákšásímu nohy olejem.
Then a few tear-drops fell from the eyes of the princess.
Pak princezně z očí ukáplo několik slz.
And the tear-drops landed on the monster's legs.
A slzy dopadly na nohy nestvůry.
The Rakshasi tasted the tear-drops with her lips.
Rákšásí ochutnala slzy rty.
And she found the tear-drops tasted briny.
A zjistila, že slzy chutnají slaně.
"Why are you weeping, darling?" asked the Rakshasi.
„Proč pláčeš, drahoušku?" zeptal se Rákšásí.
"What aileth thee?" she wanted to know.
„Co se ti děje?" chtěla vědět.
The princess tried to stop herself from crying.
Princezna se snažila potlačit pláč.
"Mother, I am weeping because you are old"
„Mami, pláču, protože jsi stará."
"When you die one of the Rakshasas will devour me"
„Až zemřeš, jeden z Rákšásů mě sežere."
"When I die?! Don't be foolish, girl"
„Až umřu?! Nebuď hloupá, holka."

"Don't you know that Rakshasas never die?"
„Nevíš, že Rákšásové nikdy neumírají?"
"We are not naturally immortal"
„Nejsme od přírody nesmrtelní"
"There is a secret to our strength"
„Existuje tajemství naší síly"
"But no human can unravel this secret"
„Ale žádný člověk nedokáže toto tajemství rozluštit"
"But let me tell you the secret"
„Ale dovolte mi, abych vám prozradil tajemství"
"So that you are comforted a little"
„Abys se trochu utěšil/a"
"Do you see the pool of water in the palace?"
„Vidíš tu tůňku s vodou v paláci?"
"In that pool of water is a Sphatikasthamba"
„V té vodní nádrži je Sphatikasthamba"
"The Sphatikasthambha is deep in the water"
„Sphatikasthamba je hluboko ve vodě"
"And on the Sphatikasthambha are two bees"
"A na Sphatikasthambha jsou dvě včely"
"A human being would have to dive into the water"
„Člověk by se musel ponořit do vody"
"The human being would have to bring the bees onto dry land"
„Lidská bytost by musela včely přivést na souš ."
"Then the human being would have to kill the two bees"
„Pak by člověk musel zabít ty dvě včely."
"But not a drop of their blood must touch the ground"
„Ale ani kapka jejich krve se nesmí dotknout země"
"Only then can a human kill a Rakshasa"
„Teprve potom může člověk zabít Rákšasu"
"But if the blood touches the ground, a thousand Rakshasas will rise"
„Ale pokud se krev dotkne země, povstane tisíc Rakšásů."
"But what human will find out this secret?"
„Ale který člověk toto tajemství odhalí?"
"And what human can achieve this feat?"

„A který člověk může dosáhnout tohoto výkonu?"
"No human knows the secret to the life of a Rakshasa"
„Žádný člověk nezná tajemství života Rákšasy"
"And no human can achieve such a feat"
„A žádný člověk nemůže dosáhnout takového výkonu"
"So there is no reason to be sad, my darling"
„Takže není důvod k smutku, drahoušku."
"I am practically immortal," she confirmed.
„Jsem prakticky nesmrtelná," potvrdila.
Keshavati treasured the secret in her memory.
Keshavati si toto tajemství vážila.
And then she went back to sleep.
A pak šla zase spát.

Next morning the Rakshasas, as usual, went away.
Následujícího rána Rákšásové jako obvykle odešli.
Champa came out of his hiding-place.
Čampa vyšel ze svého úkrytu.
And he roused Keshavati from her sleep.
A probudil Kešavatí ze spánku.
The princess told him the secret she had learnt.
Princezna mu sdělila tajemství, které se naučila.
Champa-Dal immediately started to prepare himself.
Champa-Dal se okamžitě začal připravovat.
He brought to the pool a knife.
Přinesl si k bazénu nůž.
And he brought a quantity of ashes.
A přinesl množství popela.
He took off his heavy clothes.
Sundal si těžké oblečení.
He put a drop or two of mustard oil into each ear.
Do každého ucha vkápl jednu nebo dvě kapky hořčičného oleje.
To prevent water from entering into his ears.
Aby se mu nedostala voda do uší.
He swam out into the middle of the water.
Plaval doprostřed vody.

And from there he dove down into the pool.
A odtud skočil do bazénu.
Soon he reached the top of the crystal pillar.
Brzy dosáhl vrcholu křišťálového sloupu.
And on Sphatikasthambha were the two bees.
A na Sphatikasthambha byly dvě včely.
He caught hold of the two bees he found there.
Chytil dvě včely, které tam našel.
And he swam up again in a singular breath.
A jediným nádechem znovu vyplaval nahoru.
He took the knife he had left at the edge of the water.
Vzal si nůž, který nechal na okraji vody.
And over the ashes he cut up the bees.
A nad popelem rozsekal včely.
A drop or two of the blood fell from the bees.
Z včel ukápla jedna nebo dvě kapky krve.
But their blood did not touch the ground.
Ale jejich krev se země nedotkla.
Instead, their blood landed on the ashes.
Místo toho jejich krev přistála na popelu.
A terrible scream was heard at a distance.
V dálce se ozval hrozný výkřik.
The scream was the wailing of the Rakshasas.
Výkřik byl nářkem Rákšásů.
They were all running home as fast as they could.
Všichni běželi domů, jak nejrychleji mohli.
They wanted to prevent the bees from being killed.
Chtěli zabránit úhynu včel.
But they could not reach the palace in time.
Ale k paláci se jim nepodařilo včas dorazit.
Because the bees had already perished.
Protože včely už uhynuly.
The moment the bees were killed, all the Rakshasas died.
V okamžiku, kdy byly včely zabity, zemřeli všichni
Rákšásové.
Their carcases fell on the very spot they were standing.
Jejich těla dopadla přesně na místo, kde stála.

Their carcases now blocked the gateway of the palace.
Jejich mrtvoly nyní blokovaly bránu do paláce.
In this manner the seven hundred Rakshasas were destroyed.
Takto bylo zničeno sedm set Rákšásů.

Afterwards Champa-Dal and Keshavati got married.
Poté se Champa-Dal a Keshavati vzali.
They made the traditional exchange of garlands of flowers.
Uskutečnili tradiční výměnu girland z květin.
The princess had never been out of the house.
Princezna nikdy nevyšla z domu.
So she naturally expressed a desire to see the outer world.
Takže přirozeně vyjádřila touhu vidět vnější svět.
Every morning and evening they went on long walks.
Každé ráno a večer chodili na dlouhé procházky.
There was a large river Keshavati wished to bathe in.
Byla tam velká řeka, ve které se Keshavati chtěla vykoupat.
As she bathed one of Keshavati's hairs came off.
Když se Keshavati koupala, vypadl jí jeden z vlasů.
There was a special custom in those times.
V té době platil zvláštní zvyk.
A woman never threw away a hair away by itself.
Žena nikdy nevyhodila ani vlas sám od sebe.
A sea-shell was floating in the water.
Ve vodě plavala mořská mušle.
So Keshavati tied the strand of hair to the sea-shell.
Kešavati tedy přivázala pramen vlasů k mořské mušli.
And then the couple returned to the palace.
A pak se pár vrátil do paláce.
Meanwhile the sea-shell floated down the stream.
Mezitím mořská mušle plula po proudu.
And in due time the sea-shell reached another bathing spot.
A v pravý čas dorazila mořská mušle k jinému místu ke koupání.
This was the bathing spot Sahasra-Dal went to.
Toto bylo místo ke koupání, kam se Sahasra-Dal vydala.

Here Champa-Dal's brother performed his ablutions.
Zde se Champa-Dalův bratr umyl.
On this day Sahasra-Dal was in the water.
Tohoto dne byla Sahasra-Dal ve vodě.
He was bathing and swimming with his friends.
Koupal se a plaval se svými přáteli.
And so the sea-shell floated past the men.
A tak mořská mušle proplula kolem mužů.
The men were in a playful mood that day.
Muži měli ten den hravou náladu.
"Whoever gets to the sea-shell first wins"
„Kdo se první dostane k mušli, vyhrává“
And so they all swam towards the sea-shell.
A tak všichni plavali k mořské mušli.
Sahasra-Dal was the strongest swimmer among his friends.
Sahasra-Dal byl nejsilnějším plavcem mezi svými přáteli.
And so he was the first the reach the sea-shell.
A tak byl první, kdo dosáhl mořské mušle.
Examining the seashell, he found a hair tied to it.
Když prozkoumal mušli, našel k ní přivázaný vlas.
But it was a hair of extraordinary length.
Ale byl to vlas mimořádně dlouhý.
He had never seen such a long hair.
Nikdy neviděl tak dlouhé vlasy.
The strand of hair was exactly seven cubits long.
Pramen vlasů byl dlouhý přesně sedm loktů.
"This strand of hair must belong to a woman"
„Tento pramen vlasů musí patřit ženě“
"And this woman must be very remarkable"
„A tato žena musí být velmi pozoruhodná.“
"I must see who this remarkable woman is"
„Musím se podívat, kdo je tahle pozoruhodná žena.“
Sahasra-Dal was determined to find the remarkable woman.
Sahasra-Dal byla odhodlaná najít tuto pozoruhodnou ženu.
He went home from the river in a pensive mood.
Vracel se od řeky domů v zamyšlené náladě.
And he did not proceed to the zenana for breakfast.

A nešel na snídani do zenany.
Instead he remained in the outer part of the palace.
Místo toho zůstal ve vnější části paláce.
The queen-mother heard about Sahasra-Dal's meloncholy.
Královna-matka slyšela o Sahasra-Dalině melouncholii.
And she heard he had not come to breakfast.
A slyšela, že nepřišel na snídani.
So she went to him and asked the reason.
Šla tedy k němu a zeptala se na důvod.
He showed her the strand of hair he had found.
Ukázal jí pramen vlasů, který našel.
"I must see the woman who's head this strand of hair adorned"
„Musím vidět ženu, která nosí tento pramen vlasů."
The queen-mother was happy to help her son-in-law.
Královna-matka ráda pomohla svému zeťovi.
"Very well," she said to him.
„Výborně," řekla mu.
"You shall soon have that lady in the palace"
„Brzy budete mít tu dámu v paláci."
"I promise you to bring her here"
„Slibuji ti, že ji sem přivedeš."
The queen mother already had a plan.
Královna matka už měla plán.
Her favourite maid-servant would be good at the job.
Její oblíbená služebná by tu práci zvládla dobře.
Because this maid-servant was very resourceful.
Protože tato služebná byla velmi vynalézavá.
Of course the queen-mother did not really know her maid.
Královna-matka samozřejmě svou služebnou doopravdy neznala.
She did not know her favourite maid was a Rakshasi.
Nevěděla, že její oblíbená služebná je Rákšásí.
"Please find the owner of this strand of hair," she asked.
„Prosím, najděte majitele tohoto pramene vlasů," požádala.
And her maid-servant more than politely agreed.
A její služebná více než zdvořile souhlasila.

"It would my pleasure to find this woman"
„Bylo by mi potěšením najít tuto ženu“
"I will soon bring her to the palace"
„Brzy ji přivedu do paláce.“
"I will need a boat build from Hajol wood"
„Budu potřebovat postavit loď ze dřeva Hajol.“
"The oars of the boat must be made from Mon-Paban wood"
„Vesla lodi musí být vyrobena ze dřeva Mon-Paban.“
The boat makers soon made the boat.
Výrobci lodí brzy loď vyrobili.
And the boat was launched on the stream.
A loď byla spuštěna na vodu.
The maid-servant went on board of the boat.
Služebná vstoupila na palubu lodi.
With her she took some baskets of wicker.
S sebou si vzala několik proutěných košíků.
The baskets of wicker were of curious workmanship.
Koše z proutí byly zvláštního zpracování.
She also took with her some sweetmeats.
Také si s sebou vzala nějaké sladkosti.
Into the sweetmeats some poison had been mixed.
Do sladkostí byl přimíchaný jed.
She snapped her fingers thrice.
Třikrát luskla prsty.
And then she uttered the following charm:
A pak pronesla následující kouzlo:
"Boat of Hajol! Oars of Mon Paban!"
"Loď Hajol! Vesla Mon Paban!"
"Take me to the Ghat,"
„Vezmi mě k Ghátu,“
"The Ghat in which Keshavati bathes"
„Ghát, ve kterém se Kešavati koupe“
The boat heeded to her command.
Loď uposlechla její rozkaz.
And the boat flew like lightning over the waters.
A loď letěla nad vodou jako blesk.
And the boat left many towns and cities behind.

A loď nechala za sebou mnoho měst a vesnic.
At last the boat stopped at a bathing-place.
Konečně loď zastavila u místa ke koupání.
The Rakshasi maid-servant had reached her goal.
Rákšáská služebná dosáhla svého cíle.
She concluded it was the bathing ghat of Keshavati.
Došla k závěru, že je to koupaliště Kešavatí.
She landed with the sweetmeats in her hand.
Přistála se sladkostmi v ruce.
She went to the gate of the palace, and cried aloud:
Šla k bráně paláce a nahlas zvolala:
"Oh Keshavati! Keshavati! I am your aunt"
„Ach Kešavati! Kešavati! Jsem tvoje teta."
"Oh Keshavati, I am your mother's sister"
„Ó Kešavati, jsem sestra tvé matky."
"I have come to see you, my darling"
„Přišel jsem tě navštívit, drahoušku."
"I have come after so many years"
„Přišel jsem po tolika letech"
"Are you home, Keshavati?" she asked.
„Jsi doma, Keshavati?" zeptala se.
The princess heard the words of the false-aunt.
Princezna slyšela slova falešné tety.
She came out of her room and to the entrance of the palace.
Vyšla ze svého pokoje a zamířila ke vchodu do paláce.
She had no doubt that it was really her aunt.
Nepochybovala o tom, že je to opravdu její teta.
And she embraced and kissed her aunt.
A objala a políbila svou tetu.
They both wept rivers of joy.
Oba plakali proudy radosti.
Although you should know the Rakshasi wept first.
I když bys měl vědět, že Rakšasí plakal první.
Keshavati wept with her out of empathy.
Keshavati s ní z empatie plakala.
Champa-Dal also believed the Rakshasi to be her aunt.
Čampa-Dal také věřila, že Rakšasí je její teta.

They all ate and drank and enjoyed the happy occasion.
Všichni jedli, pili a užívali si tu šťastnou událost.
And then they took rest in the middle of the day.
A pak si uprostřed dne odpočinuli.
And they celebrated again in the evening.
A večer znovu slavili.

The next day the celebrations continued at breakfast.
Následující den oslavy pokračovaly při snídani.
Champa-Dal had a habit of sleeping after breakfast.
Champa-Dal měl ve zvyku spát po snídani.
Towards afternoon, the supposed aunt said to Keshavati:
K odpoledni údajná teta řekla Kešavati:
"Let us both go to the river and wash ourselves:
„Pojďme oba k řece a umyjme se:“
Keshavati replied, "How can we go now?"
Kešavati odpověděl: „Jak teď můžeme jít?“
"My husband is sleeping," she explained.
„Můj manžel spí,“ vysvětlila.
"Do not worry about your husband's sleep," said the aunt.
„Nedělejte si starosti o manželův spánek,“ řekla teta.
"Let him sleep as much as he likes"
„Ať spí, jak chce.“
"Let me put these sweetmeats near his bedside"
„Dovolte mi, abych mu tyhle sladkosti dal blízko postele.“
"That way, when he awakes, he has something to eat"
„Takhle, až se probudí, bude mít co jíst.“
Then they then went to the river-side.
Pak se vydali k břehu řeky.
They went close to the spot where the boat was.
Došli blízko k místu, kde byla loď.
From a distance Keshavati saw the baskets of wicker-work.
Kešavati z dálky spatřila proutěné koše.
"Aunt, what beautiful things are those!"
„Teto, to jsou ale krásné věci!“
"I wish I could get some of those wicker baskets"

„Přála bych si, abych si mohla pořídit pár těch proutěných košíků."

Her aunt happily obliged her.

Její teta jí s radostí vyhověla.

"Come, my child, and look at the wicker baskets"

„Pojď, dítě moje, a podívej se na proutěné koše."

"You can have as many baskets as you like"

„Můžete mít tolik košíků, kolik chcete"

Keshavati at first refused to go into the boat.

Keshavati zpočátku odmítal jít do lodi.

But her aunt was very persuasive.

Ale její teta byla velmi přesvědčivá.

And finally she went onto the boat.

A konečně vstoupila na loď.

But once on the boat her aunt did a strange thing.

Ale jakmile byla na lodi, její teta udělala podivnou věc.

The aunt snapped her fingers thrice and said:

Teta třikrát luskla prsty a řekla:

"Boat of Hajol! Oars of Mon-Paban!"

"Loď Hajol! Vesla Mon-Paban!"

"Take me to the Ghat,"

„Vezmi mě k Ghátu,"

"The Ghat in which Sahasra-Dal bathes"

„Ghát, ve kterém se koupe Sahasra-Dal"

And the boat heeded to her command.

A loď uposlechla její rozkaz.

And the boat flew like an arrow over the waters.

A loď letěla jako šíp nad vodou.

Keshavati was frightened and began to cry.

Kešavati se vyděsila a začala plakat.

But the boat went on despite her crying.

Ale loď pokračovala v plavbě, i když plakala.

And the boat left behind many towns and cities.

A loď zanechala za sebou mnoho měst a vesnic.

In a trice the boat reached its destination.

Loď v mžiku dorazila do cíle.

The ghat where Sahasra-Dal was in the habit of bathing.

Ghát, kde se Sahasra-Dal ve zvyku koupala.

Keshavati was taken to the palace.

Kešavatí byl odveden do paláce.

Sahasra-Dal admired her beauty and the length of her hair.

Sahasra-Dal obdivovala její krásu a délku jejích vlasů.

And the ladies of the palace tried their best to comfort her.

A dámy z paláce se ji ze všech sil snažily utěšit.

But she set up a loud cry of protest.

Ale ona se hlasitě ozvala na protest.

And she wanted to be taken back to her husband.

A chtěla být vzata zpět k manželovi.

Finally she saw that she had been taken captive.

Konečně si uvědomila, že byla zajata.

So she spoke to the ladies of the palace.

Promluvila tedy k dámám paláce.

"Upon marriage I made a vow to my husband"

„Při svatbě jsem složila svému manželovi slib"

"I promised not to look upon the face of any other man"

„Slíbil jsem, že se nepodívám do tváře žádnému jinému muži"

"I promised to uphold this vow for six months"

„Slíbil jsem, že tento slib budu dodržovat šest měsíců"

She was then lodged away from the others in the palace.

Poté byla ubytována odděleně od ostatních v paláci.

And she was given a small house to live in.

A dostala malý domek k bydlení.

The window of the house overlooked the road.

Okno domu shlíželo na silnici.

There she spent the livelong day.

Tam strávila celý den.

And there she spent the livelong night.

A tam strávila celou noc.

Because she had very little sleep.

Protože spala jen velmi málo.

Because her time was spent in sighing and weeping.

Protože trávila čas vzdycháním a pláčem.

In the meantime Champa-Dal awoke from his sleep.

Mezitím se Champa-Dal probudil ze spánku.

He was distracted with the grief of not finding his wife.

Byl rozptylován zármutkem z toho, že nenašel svou ženu.

His suspicions turned to the aunt of Keshavati.

Jeho podezření se obrátilo k Kešavatiho tetě.

He knew she was a cheat and an impostor.

Věděl, že je podvodnice a podvodnice.

It must have been her who carried away Keshavati.

To musela být ona, kdo odvedl Kešavatí.

He did not eat the sweetmeats left for him.

Nejedl sladkosti, které mu nechali.

Because he suspected the sweets to have been poisoned.

Protože měl podezření, že sladkosti byly otrávené.

He threw one of the sweets to a crow.

Hodil jeden ze sladkostí vráně.

The moment the crow ate the sweet, it dropped down dead.

V okamžiku, kdy vrána snědla sladkost, padla mrtvá na zem.

This confirmed his suspicion of the pretend aunt.

To potvrdilo jeho podezření ohledně falešné tety.

Maddened with grief, he rushed out of the house.

Zuřivý zármutkem vyběhl z domu.

He was determined to go wherever his feet took him.

Byl odhodlaný jít, kamkoli ho nohy zavedou.

Like a madman he blubbered, "Oh Keshavati! Oh Keshavati!"

Jako šílenec vzlykal: „Ó Kešavatí! Ó Kešavatí!"

He travelled on foot day after day.

Den za dnem chodil pěšky.

And he followed whatever way his feet took him.

A šel kamkoli ho nohy zavedly.

Six months he spent travelling in this wearisome manner.

Šest měsíců strávil tímto únavným cestováním.

After six month he reached the capital of Sahasra-Dal.

Po šesti měsících dorazil do hlavního města Sahasra-Dal.

He passed by the gate of the palace.

Prošel branou paláce.

And from the road he could see a small house.

A z cesty viděl malý dům.
And from in the house he could hear sighs.
A z domu slyšel vzdechy.
Champa-Dal instantly recognized his wife.
Čampa-Dal okamžitě poznal svou ženu.
And Keshavita instantly recognized her husband.
A Kešavita svého manžela okamžitě poznala.
Keshavita told her husband everything that had happened.
Kešavita řekla svému manželovi všechno, co se stalo.
"The woman asked to go bathing after breakfast"
„Žena se zeptala, jestli si může po snídani jít vykoupat."
"At the river there was a boat"
„U řeky stál člun"
"The woman persuaded me onto the boat"
„Žena mě přesvědčila na loď"
"And then the boat took us to this place"
„A pak nás loď dovezla na toto místo"
"I realized that I had been made captive"
„Uvědomil jsem si, že jsem se stal zajatcem"
"So I told them of my vows to you"
„Tak jsem jim řekl o svých slibech, které jsem ti dal."
"But tomorrow will be the end of six month"
„Ale zítra bude konec šesti měsíců."
There was a custom in those days.
V tehdejších dobách panoval zvyk.
The fulfilments of vows were publicly recited.
Splnění slibů se veřejně recitovalo.
This was normally fulfilled by a learned Brahman.
Toto obvykle splňoval učený Brahman.
They planned for Champa-Dal to take on this role.
Plánovali, že tuto roli převezme Champa-Dal.
And so that evening the palace drum was beat.
A tak se toho večera rozezněl palácový buben.
The king wanted a learned Brahman to make a recitation.
Král chtěl, aby učený bráhman přednesl recitaci.
The story of Keshavati on the fulfilment of her vow.
Příběh Kešavati o splnění jejího slibu.

Champa-Dal touched the drum and volunteered.
Čampa-Dal se dotkl bubnu a přihlásil se.
"I will make the recitation of Keshavita's vows"
„Odříkám Kešavitiny sliby."
The next morning all assembled in the courtyard.
Druhý den ráno se všichni shromáždili na nádvoří.
The old king and the queen mother.
Starý král a královna matka.
Sahasra-Dal and his wife were there.
Byli tam Sahasra-Dal a jeho žena.
All the courtiers and the learned Brahmans of the country.
Všichni dvořané a učení bráhmani země.
All royalty was under a huge canopy of silk.
Veškerá královská rodina se skrývala pod obrovským
hedvábným baldachýnem.
Kashavati was also there, but behind a veil.
Kašavatí tam byla také, ale za závojem.
So that she wouldn't be exposed to the rude gaze of people.
Aby nebyla vystavena hrubým pohledům lidí.
Champa-Dal, the reciter, sat on a dais.
Čampa-Dal, recitátor, seděl na pódiu.
And he began to tell the story of Keshavati.
A začal vyprávět příběh o Kešavatí.
"There was once a poor dimwitted Brahman"
„Byl jednou jeden chudý, hloupý bráhman"
"This dimwitted man had a wife, but no children"
„Tento hloupý muž měl ženu, ale žádné děti"
"But him not having children was probably for the best"
„Ale to, že neměl děti, bylo asi nejlepší pro něj."
"Because he was barely able to meet his own needs"
„Protože sotva dokázal uspokojit své vlastní potřeby"
"And he could hardly supply enough for his wife"
„A sotva dokázal zajistit dost pro svou ženu"
"But his dimwittedness was not even his biggest problem"
„Ale jeho hloupost nebyla ani jeho největším problémem"
And he continued the story as we have followed it.
A pokračoval v příběhu, který jsme sledovali.

And sometimes he turned around to Keshavati.

A někdy se otočil ke Kešavatí.

And he asked her if he was telling the story correctly.

A zeptal se jí, jestli ten příběh vypráví správně.

And she told him he was telling the story correctly.

A ona mu řekla, že ten příběh vypráví správně.

"The Brahman woman concluded her fate was sealed"

„Bráhmanka dospěla k závěru, že její osud je zpečetěn"

"And she thought her husband would meet the same fate"

„A myslela si, že jejího manžela potká stejný osud."

"And she did not expect her son to be spared either"

„A neočekávala, že její syn bude ušetřen."

"That night she hardly slept at all"

„Tu noc skoro vůbec nespala"

"The Rakshasi had prevented her from seeing her husband"

„Rakšasí jí zabránili v setkání s manželem."

"Early next morning Champa-Dal went to school"

„Brzy ráno následujícího dne šel Champa-Dal do školy."

"Before he went to school, she gave her son a golden bottle"

„Než šel syn do školy, dala mu zlatou lahvičku."

"In the golden bottle was her own breast milk"

„Ve zlaté lahvičce bylo její vlastní mateřské mléko"

"Carefully watch the colour of the milk"

„Pečlivě sledujte barvu mléka "

During the recitation the Rakshasi maid-servant grew pale.

Během recitace rakšásínská služebná zbledla.

She perceived that her real character was going to be discovered.

Uvědomila si, že její pravá povaha bude odhalena.

And Sahasra-Dal was astonished at the knowledge of the reciter.

A Sahasra-Dal žasla nad znalostmi recitátora.

The reciter clearly told the history of the prince's life.

Recitátor srozumitelně vyprávěl příběh princova života.

"A drop or two of the blood fell from the bees"

„Z včel ukápla jedna nebo dvě kapky krve"

"But their blood did not touch the ground"

„Ale jejich krev se země nedotkla"

"Instead, their blood landed on the ashes"

„Místo toho jejich krev přistála na popelu"

"A terrible scream was heard at a distance"

„V dálce se ozval hrozný výkřik"

"The scream was the wailing of the Rakshasas"

„Ten výkřik byl nářkem Rákšásů"

"They were all running home as fast as they could"

„Všichni běželi domů, jak nejrychleji mohli."

"They wanted to prevent the bees from being killed"

„Chtěli zabránit zabíjení včel"

"But they could not reach the palace in time"

„Ale nedostali se k paláci včas."

"Because the bees had already been killed"

„Protože včely už byly zabity"

"The moment the bees were killed, all the Rakshasas died"

„V okamžiku, kdy byly včely zabity, zemřeli všichni Rákšásové."

"Their carcasses fell on the very spot they were standing"

„Jejich těla padla na místo, kde stály"

"Their carcasses now blocked the gateway of the palace"

„Jejich mrtvoly nyní zablokovaly bránu paláce"

"In this manner the seven hundred Rakshasas were destroyed"

„Tímto způsobem bylo zničeno sedm set Rákšásů."

All where enthralled by the story of the Rakshasas.

Všechny uchvátil příběh Rákšásů.

Because the story was being told by a true storyteller.

Protože příběh vyprávěl skutečný vypravěč.

All enjoyed the story except for the maid-servant.

Všichni si příběh užili, kromě služebné.

Because her real character was bound to be discovered.

Protože její skutečná povaha musela být odhalena.

"Champa-Dal touched the drum and volunteered.

„Čampa-Dal se dotkl bubnu a přihlásil se."

"I will make the recitation of Keshavita's vows"

„Odříkám Kešavitiny sliby."

"The next morning all assembled in the courtyard"
„Následujícího rána se všichni shromáždili na nádvoří"
"The old king and the queen mother"
„Starý král a královna matka"
"Sahasra-Dal and his wife were there"
„Byli tam Sahasra-Dal a jeho žena"
"All the courtiers and the learned Brahmans of the country"
„Všichni dvořané a učení bráhmani země"
"All royalty was under a huge canopy of silk"
„Veškerá královská rodina se skrývala pod obrovským
hedvábným baldachýnem"
"Kashavati was also there, but behind a veil"
„Kašavatí tam byla také, ale za závojem"
"So that she wouldn't be exposed to the rude gaze of people"
„Aby nebyla vystavena hrubým pohledům lidí"
"Champa-Dal, the reciter, sat on a dais"
„Čampa-Dal, recitátor, seděl na pódiu"
"And he began to tell the story of Keshavati"
„A začal vyprávět příběh o Kešavatí."
Sahasra-Dal jumped up from his seat.
Sahasra-Dal vyskočil ze svého místa.
And he embraced the reciter of the story.
A objal recitátora příběhu.
"You can be none other than my brother Champa-Dal"
„Nemůžeš být nikdo jiný než můj bratr Champa-Dal."
Then the prince was inflamed with rage.
Pak prince rozhořel vzteky.
He ordered the maid-servant to come into his presence.
Přikázal služebné, aby k němu přišla.
A hole the height of a man was dug in the ground.
V zemi byla vykopána díra vysoká jako muž.
And the maid-servant was put into the hole, standing.
A služebná byla vhozena do díry, kde stála.
Prickly thorns were heaped around her.
Kolem ní se hromadily pichlavé trny.
Up to the crown of her head she was covered in thorns.
Až po korunu hlavy byla pokrytá trny.

In this way the maid-servant was buried alive.

Takto byla služebná pohřbena zaživa.

After this all lived happily together for many years.

Poté všichni žili šťastně po mnoho let.

Sahasra-Dal and his princess, and Champa-Dal and Keshavati.

Sahasra-Dal a jeho princezna a Champa-Dal a Keshavati.

The Story of Swet and Bachanta
Příběh Swet a Bachanty

There was once upon a time a rich merchant.
Byl jednou jeden bohatý obchodník.
This rich merchant had only one son.
Tento bohatý obchodník měl jen jednoho syna.
And he loved his only son very much.
A svého jediného syna měl moc rád.
He gave to his son whatever he wanted.
Dal svému synovi, co chtěl.
Of course his son wanted a beautiful house.
Jeho syn si samozřejmě přál krásný dům.
And he also wanted to have a large garden.
A také chtěl mít velkou zahradu.
So a beautiful house was built for him.
Tak mu byl postaven krásný dům.
And a fine garden was made for him too.
A byla pro něj také vytvořena krásná zahrada.
The merchant's son was pleased with the garden.
Kupcův syn byl se zahradou spokojený.
And he enjoyed walking in the garden.
A rád se procházel po zahradě.
One day a bird's nest caught his attention.
Jednoho dne upoutalo jeho pozornost ptačí hnízdo.
This bird happens to be called Toontooni.
Tento pták se shodou okolností jmenuje Toontooni.
He put his hand into the small bird's nest.
Vložil ruku do malého ptačího hnízda.
And in the nest he found an egg.
A v hnízdě našel vajíčko.
He took the egg out of its nest.
Vyndal vejce z hnízda.
There was an almirah in the wall of his house.
Ve zdi jeho domu byla almirah.
So he put the egg in the almirah.
Tak vložil vejce do almiry.

He closed the door of the almirah.
Zavřel dveře almiry.
And then he thought no more of the egg.
A pak už na vejce nemyslel.
The merchant's son had a house of his own.
Obchodníkův syn měl vlastní dům.
But he had a house without a household.
Ale měl dům bez domácnosti.
So in his house there was no cook.
Takže v jeho domě nebyl žádný kuchař.
But he had no need for his own cook.
Ale nepotřeboval vlastního kuchaře.
Because his mother regularly sent him food.
Protože mu matka pravidelně posílala jídlo.
In the morning she sent him breakfast.
Ráno mu poslala snídani.
And every day she had dinner sent to him.
A každý den mu nechávala posílat večeři.
One day the egg in the almirah burst.
Jednoho dne vejce v almiře prasklo.
But it was not a bird that came out of the egg.
Ale nebyl to pták, který vylezl z vejce.
Out of the egg came a beautiful infant.
Z vajíčka se vylíhlo krásné dítě.
The infant was not a bird, but a human girl.
Dítě nebyl pták, ale lidská dívka.
But the merchant's son knew nothing of the event.
Ale obchodníkův syn o události nic nevěděl.
He had forgotten everything about the egg.
Zapomněl na všechno ohledně vajíčka.
The door of the wall-almirah had been kept closed.
Dveře nástěnné almiry byly zavřené.
However, the merchant's son did not lock the door.
Obchodníkův syn však dveře nezamkl.
The child grew up within the wall-almirah.
Dítě vyrůstalo uvnitř zdi - almiry.
She had no knowledge of the merchant's son.

Neměla o obchodníkově synovi žádné znalosti.
Nor did she know of anyone else.
Ani o nikom jiném nevěděla.
When the child could walk it grew curious.
Když dítě naučilo chodit, začalo být zvědavé.
And out of curiosity she opened the door.
A ze zvědavosti otevřela dveře.
That day, too, the mother had sent breakfast.
I ten den matka poslala snídani.
And the breakfast had been put on the floor.
A snídaně byla položena na podlaze.
The child saw the food that was on the floor.
Dítě vidělo jídlo, které bylo na podlaze.
Of course the child ate from the food.
Dítě samozřejmě z jídla jedlo.
And then the child returned into the wall.
A pak se dítě vrátilo do zdi.
The merchant's mother always made a lot of food.
Obchodníkova matka vždycky vařila hodně jídla.
It was more food than he could possibly eat.
Bylo to víc jídla, než dokázal sníst.
So he didn't notice that any food was missing.
Takže si nevšiml, že by nějaké jídlo chybělo.
The girl of the wall-almirah came out every day.
Dívka z nástěnné almiry vycházela každý den.
And every day she ate a part of the food.
A každý den snědla část jídla.
After eating the food she returned to the almirah.
Poté, co snědla jídlo, se vrátila do almiry.
But with time the girl got older and older.
Ale časem dívka stárla a stárla.
And with age she got bigger and bigger.
A s věkem byla čím dál větší.
And the bigger she got the hungrier she got.
A čím větší byla, tím větší měla hlad.
And she began to eat more of the food each day.
A začala jíst každý den víc a víc toho jídla.

Eventually the merchant's son noticed the missing food.
Nakonec si obchodníkův syn všiml chybějícího jídla.
But he had no way of knowing where the food went.
Ale neměl jak vědět, kam se jídlo podělo.
The last thing he suspected was a girl from inside the almirah.
Poslední věc, kterou tušil, byla dívka z almiry.
And so he came to a very different conclusion.
A tak dospěl k velmi odlišnému závěru.
"Why is mother sending such a small quantity of food?".
„Proč maminka posílá tak malé množství jídla?"
And he had a message sent to his mother.
A nechal poslat vzkaz své matce.
"Why am I being sent insufficient food?".
„Proč mi posílají nedostatek jídla?"
"And why is the dish served so slovenly?".
„A proč je to jídlo servírované tak nedbale?"
Of course we know why the food was insufficient.
Samozřejmě víme, proč bylo jídlo nedostatečné.
And we know why the food was presented slovenly.
A víme, proč bylo jídlo prezentováno nedbale.
The girl from in the wall ate from his food.
Dívka ze zdi jedla z jeho jídla.
And as she ate she fingered the rice and curry.
A zatímco jedla, prsty si pouštěla rýži a kari.
And she always hurried back into her cell in the wall.
A vždycky spěchala zpátky do své cely ve zdi.
So that she would not be seen by anyone.
Aby ji nikdo neviděl.
She had no time to put the rice in proper order.
Neměla čas dát rýži do pořádku.
The mother was astonished at her son's complaint.
Matka byla synovou stížností ohromena.
She gave him more than he could eat.
Dala mu víc, než stačil sníst.
The food was served up on a silver plate.
Jídlo bylo servírováno na stříbrném talíři.

And she neatly arranged the food herself.
A jídlo si úhledně sama naaranžovala.
But her son repeated the same complaint again.
Ale její syn zopakoval stejnou stížnost znovu.
Day after day he complained of the small portions.
Den co den si stěžoval na malé porce.
Day after day he complained of the messy food.
Den co den si stěžoval na nepořádek v jídle.
And so his mother began to suspect foul play.
A tak jeho matka začala mít podezření na nekalou hru.
She told her son to watch over the food.
Řekla synovi, aby na jídlo dohlédl.
"See if anyone is eating your food".
„Zjisti, jestli ti někdo nejí jídlo."
The next day a servant brought the food.
Druhý den přinesl jídlo sluha.
The servant laid the food in a clean place.
Sluha položil jídlo na čisté místo.
Normally the merchant's son took a bath.
Obchodníkův syn se normálně koupal.
But this day he did not go for a bath.
Ale tento den se nešel koupat.
Instead, on this day he hid himself nearby.
Místo toho se v tento den schoval poblíž.
From his hiding place he could see the food.
Ze svého úkrytu viděl jídlo.
The merchant's son did not have to wait for long.
Obchodníkův syn nemusel dlouho čekat.
Soon he saw the wall-almirah open.
Brzy uviděl, jak se otevírají nástěnné dveře.
And he saw a beautiful damsel step out.
A uviděl vystupovat krásnou dívku.
She could not have been more than sixteen.
Nemohlo jí být víc než šestnáct.
She sat on the carpet by the breakfast.
Seděla na koberci u snídaně.
And she began to eat from the food left on the floor.

A začala jíst z jídla, které zůstalo na podlaze.
The merchant's son came out of his hiding-place.
Kupcův syn vyšel ze svého úkrytu.
And the damsel could not escape from him.
A dívka před ním nemohla utéct.
"Who are you, beautiful creature?".
„Kdo jsi, krásné stvoření?"
"You do not seem to be earth-born".
„Nezdá se, že byste se narodil/a na Zemi."
"Are you one of the daughters of the gods?".
„Jsi jednou z dcer bohů?"
The girl replied, "I do not know who I am".
Dívka odpověděla: „Nevím, kdo jsem."
"But there is one thing I do know," the girl continued.
„Ale jednu věc vím jistě," pokračovala dívka.
"One day I found myself in the almirah in the wall".
„Jednoho dne jsem se ocitl v almiře ve zdi."
"And since then I have been living in the wall".
„A od té doby žiji ve zdi."
The merchant's son thought her story was strange.
Obchodníkův syn si myslel, že její příběh je zvláštní.
But then he thought a bit more about the story.
Ale pak se nad příběhem trochu víc zamyslel.
And he remembered what happened sixteen years ago.
A vzpomněl si, co se stalo před šestnácti lety.
He remembered the nest of the toontoori bird.
Vzpomněl si na hnízdo ptáka toontoori.
And he remembered finding an egg in the nest.
A vzpomněl si, jak v hnízdě našel vajíčko.
And he remembered putting the egg in the almirah.
A vzpomněl si, jak dal vejce do almiry.
The wall-almirah girl was of uncommon beauty.
Dívka z nástěnné almiry byla neobvyklé krásy.
And the merchant's son was struck by her beauty.
A obchodního syna uchvátila její krása.
Her beauty made a deep impression on his mind.
Její krása na něj hluboce zapůsobila.

And he resolved in his mind to marry her.
A v duchu se rozhodl, že si ji vezme.
From then on the girl didn't stay in the almirah.
Od té doby dívka v almiře nezůstávala.
She was given a room in the merchant's son's house.
Dostala pokoj v domě obchodníkova syna.
The next day the merchant's son wrote a message.
Druhý den napsal obchodníkův syn zprávu.
And he had the message sent to his mother.
A nechal poslat zprávu své matce.
You can guess the general theme of the message.
Můžete odhadnout obecné téma zprávy.
The merchant's son said he would like to get married.
Obchodníkův syn řekl, že by se rád oženil.
The mother of the merchant's son reproached herself.
Matka kupeckého syna si to vyčítala.
She had not tried to find a wife for his son.
Nepokoušela se najít pro jeho syna manželku.
She felt she should have thought of his marriage.
Měla pocit, že měla myslet na jeho svatbu.
And so she promptly replied to her son's message.
A tak na synův vzkaz okamžitě odpověděla.
She and her father were going to send out ghataks.
Ona a její otec se chystali poslat ghataky.
The ghataks were going to go to different countries.
Ghatakové se chystali odjet do různých zemí.
There they were going to look for suitable brides.
Tam se chystali hledat vhodné nevěsty.
But the merchant's son said there would be no need.
Ale obchodníkův syn řekl, že to nebude potřeba.
He had secured himself a lovely young lady.
Zajistil si krásnou mladou dámu.
If they had no objection, he would introduce her to them.
Pokud by neměli námitky, představil by jim ji.
And so the young lady was taken to the merchant's house.
A tak byla mladá dáma odvedena do obchodního domu.
The merchant and his wife welcomed the stranger.

Obchodník a jeho žena cizince přivítali.
And they were also struck by her unmatched beauty.
A také je ohromila její bezkonkurenční krása.
The girl was of perfect loveliness and grace.
Dívka byla dokonalá půvab a půvab.
The parents made no questions to her birth.
Rodiče neměli ohledně jejího narození žádné otázky.
And the nuptials were celebrated there and then.
A svatba se oslavila tam a tehdy.

In the course of time the merchant's son had two sons.
Postupem času se obchodníkovu synovi narodili dva synové.
The elder of the sons he named Swet.
Staršího ze synů pojmenoval Swet.
And the younger son he named Basanta.
A mladšímu synovi dal jméno Basanta.
After the passing of more time the old merchant died.
Po uplynutí další doby starý obchodník zemřel.
So the merchant's son now became the merchant.
Takže se obchodníkův syn stal obchodníkem.
And after some time his mother died too.
A po nějaké době zemřela i jeho matka.
Swet and Basanta grew up to be fine lads.
Swet a Basanta vyrostli v fajn kluky.
And the elder son was in due time married.
A starší syn se časem oženil.
Sometime after Swet's marriage his mother also died.
Někdy po Swetově svatbě zemřela i jeho matka.
The girl from in the wall was no more.
Dívka ze zdi už nebyla.
The widower lost no time in marrying again.
Vdovec neztrácel čas a znovu se oženil.
And he had a new young and beautiful wife.
A měl novou mladou a krásnou manželku.
Swet's wife was older than his stepmother.
Swetova žena byla starší než jeho nevlastní matka.
So his wife became the mistress of the house.

Jeho žena se tedy stala paní domu.
The stepmother was like all stepmothers are.
Macecha byla jako všechny macechy.
She hated Swet and Basanta with a perfect hatred.
Nenáviděla Sweta a Basantu dokonálou nenávistí.
And the two ladies also couldn't stand each other.
A ty dvě dámy se také nemohly navzájem vystát.
It so happened one day that a fisherman came.
Jednoho dne se stalo, že přišel rybář.
The fisherman brought to the merchant a fish.
Rybář přinesl obchodníkovi rybu.
This fish was of singular and remarkable beauty.
Tato ryba byla jedinečné a pozoruhodné krásy.
It was unlike any other fish that had been seen.
Byla to jiná ryba, než jakou kdy viděli.
And the fish had other qualities too.
A ryby měly i další vlastnosti.
The fisherman explained the wonders of the fish.
Rybář vysvětlil zázraky ryb.
"Two things will happen if you eat this fish".
„Když sníte tuto rybu, stanou se dvě věci."
"When you laugh maniks will drop from your mouth".
„Když se budeš smát, budou ti z pusy padat maniky."
"And when you weep pearls will drop from your eyes".
„A když budeš plakat, budou ti z očí padat perly."
The merchant was astounded by what he had heard.
Obchodník byl ohromen tím, co slyšel.
And he wanted the wonderful properties of the fish.
A chtěl ty úžasné vlastnosti ryby.
And so he bought the fish at one thousand rupees.
A tak koupil rybu za tisíc rupií.
And he put the fish into the hands of Swet's wife.
A rybu vložil do rukou Swetovy ženy.
Because Swet's wife was the mistress of the house.
Protože Swetova žena byla paní domu.
He strictly instructed her to cook the fish well.
Přísně jí nařídil, aby rybu dobře uvařila.

And he told her to give the fish to him alone to eat.
A řekl jí, aby mu dala rybu k jídlu jen jemu.
The house-mother however knew the fish's secret.
Hospodyně však znala rybí tajemství.
She had overheard what the fisherman had said.
Zaslechla, co rybář říkal.
Secretly she made a different plan in her mind.
Tajně si v duchu vymyslela jiný plán.
She was going to cook the fish for her husband.
Chystala se uvařit rybu pro svého manžela.
And she was going to share the fish with his brother.
A o rybu se chystala podělit s jeho bratrem.
For her father-in-law she was going to prepare a frog.
Pro svého tchána se chystala připravit žábu.
Soon she had finished cooking the marvelous fish.
Brzy dovařila tu úžasnou rybu.
And she had finished cooking a frog too.
A také dovařila žábu.
But from the kitchen she could hear a squable.
Ale z kuchyně slyšela hádku.
She could hear who it was that was arguing.
Slyšela, kdo se to hádá.
Her stepmother-in-law and her husband's brother.
Její nevlastní tchyně a bratr jejího manžela.
And she understood the cause of the argument.
A pochopila příčinu hádky.
Basanta was still but a young lad.
Basanta byl ještě jen mladý chlapec.
But he was passionately fond of his pigeons.
Ale měl vášnivě rád své holuby.
And he tamed his pigeons very well.
A své holuby si velmi dobře ochočil.
Nonetheless, one of his pigeons had escaped.
Nicméně jeden z jeho holubů utekl.
And the pigeon flew into his stepmother's room.
A holub vletěl do pokoje své nevlastní matky.
His stepmother hid the pigeon in her clothes.

Jeho nevlastní matka schovala holuba do svého oblečení.
Basanta rushed after the pigeon into the room.
Basanta se vrhl za holubem do místnosti.
And he loudly demanded to have the pigeon back.
A hlasitě požadoval, aby mu holuba vrátili.
His stepmother denied having the pigeon.
Jeho nevlastní matka popřela, že by holuba měla.
Swet, however, did know she had the pigeon.
Swet ale věděla, že má holuba.
And the older brother forcibly took the bird.
A starší bratr ptáka násilím vzal.
And he freed the pigeon from her clothes.
A osvobodil holubici z jejích šatů.
And he gave the pigeon back to his brother.
A vrátil holuba svému bratrovi.
The stepmother cursed and swore, and added;
Macecha klela a přísahala a dodala;
"Wait until the head of the house comes home".
„Počkejte, až se domů vrátí hlava domu.“
"He will get no water till he sheds your blood".
„Nedostane vodu, dokud neprolije tvou krev.“
Swet's wife called her husband and said to him;
Swetova žena zavolala svému manželovi a řekla mu;
"My dearest lord, that woman is a most wicked woman".
„Můj nejdražší pane, ta žena je ta nejzlomyslnější žena.“
"And she has boundless influence over my father-in-law".
„A má bezmezný vliv na mého tchána.“
"She will make him do what she has threatened".
„Donutí ho udělat to, čím mu vyhrožovala.“
"All our lives are in imminent danger".
„Životy všech našich lidí jsou v bezprostředním nebezpečí.“
"But let us first eat a little," she added.
„Ale nejdřív se trochu najíme,“ dodala.
"And then let us all three run away from this place".
„A pak všichni tři utečeme odsud.“
Swet forthwith called Basanta to him.
Swet si ihned zavolal Basantu.

And he told him what he had heard from his wife.
A vyprávěl mu, co slyšel od své ženy.
They resolved to run away before nightfall.
Rozhodli se utéct před setměním.
The woman placed before her husband the fish.
Žena položila před svého manžela rybu.
And her brother-in-law ate of the fish too.
A její švagr taky snědl tu rybu.
And they ate of the fish heartily.
A s chutí jedli ryby.
The woman packed up all her jewels in a box.
Žena sbalila všechny své šperky do krabice.
There was only one horse in the stables.
Ve stájích byl jen jeden kůň.
But the horse was of uncommon fleetness.
Ale kůň byl neobvykle rychlý.
They could all sit on the horse together.
Mohli si všichni společně sednout na koně.
Swet held the reins of the horse.
Swet držela otěže koně.
The woman sat in the middle of the horse.
Žena seděla uprostřed koně.
And she had the jewel-box in her lap.
A šperkovnici měla na klíně.
And Basanta sat on the rear of the horse.
A Basanta seděl na zadní straně koně.
The horse galloped with the utmost swiftness.
Kůň cválal s největší rychlostí.
They passed through many a plain and noted town.
Prošli mnoha prostým a známým městem.
After midnight they found themselves in a forest.
Po půlnoci se ocitli v lese.
And they were not far from the banks of a river.
A nebyli daleko od břehů řeky.
Here the most untoward event took place.
Zde se odehrála ta nejneobvyklejší událost.
Swet's wife began to feel the pains of child-birth.

Swetova žena začala pociťovat porodní bolesti.

They dismounted from the horse without delay.

Bez váhání sesedli z koně.

And within an hour Swet's wife gave birth to a son.

A do hodiny Swetova žena porodila syna.

What were the two brothers to do in this forest?

Co měli ti dva bratři v tomto lese dělat?

They knew that a fire had to be kindled.

Věděli, že je třeba rozdělat oheň.

The mother and the new-born baby needed warmth.

Matka i novorozené dítě potřebovali teplo.

But from where was there fire to be gotten?

Ale odkud by se dal vzít oheň?

There were no human habitations visible.

Nebyla vidět žádná lidská obydlí.

Nonetheless, a fire had to be procured.

Nicméně bylo nutné rozdělat oheň.

And it was the winter month of December.

A byl zimní měsíc prosinec.

The mother and the baby would certainly perish.

Matka i dítě by jistě zahynuli.

Swet told Basanta to sit beside his wife.

Swet řekl Basantovi, aby si sedl vedle jeho ženy.

And he set out in the darkness of the night.

A vydal se na cestu v temnotě noci.

And he went in search of wood to make a fire.

A šel hledat dřevo na rozdělání ohně.

Swet walked many a mile through the darkness.

Swet ušla mnoho kilometrů tmou.

But despite the distance he saw no human habitations.

Ale navzdory vzdálenosti neviděl žádná lidská obydlí.

But eventually his eyes were given some help.

Ale nakonec se jeho očím dostalo nějaké pomoci.

The genial light of Sukra somewhat illumined his path.

Šukrovo přívětivé světlo mu poněkud osvětlovalo cestu.

And he saw at a distance what seemed a large city.

A v dálce uviděl něco, co vypadalo jako velké město.

He was congratulating himself on his journey's end.
Blahopřál si k závěru své cesty.
And he congratulated himself for finding fire.
A gratuloval si k nalezení ohně.
The fire that was going to benefit his poor wife.
Oheň, který měl prospět jeho ubohé ženě.
His wife that was lying cold in the forest.
Jeho žena, která ležela zima v lese.
The fire that was going to save his new-born child.
Oheň, který měl zachránit jeho novorozené dítě.
The new-born baby born into the coldness.
Novorozené dítě narozené do chladu.
Suddenly an elephant shot across his path.
Najednou mu cestu zkřížil slon.
The elephant was gorgeously caparisoned.
Slon byl nádherně vystrojen.
And the elephant gently picked him with his trunk.
A slon ho jemně šťouchl chobotem.
He placed him on the rich howdah on its back.
Položil ho na bohatý vůz na záda.
The elephant then walked rapidly towards the city.
Slon pak rychle kráčel směrem k městu.
Swet was quite taken aback by the events.
Swet byl událostmi docela zaskočen.
He did not understand the elephant's actions.
Nerozuměl jednání slona.
And he wondered what was in store for him.
A přemýšlel, co ho čeká.
A crown is that which was in store for him.
Koruna je to, co ho čekalo.
He was being taken to the chief city of a kingdom.
Byl odveden do hlavního města království.
In this kingdom every morning a king was elected.
V tomto království byl každé ráno volen král.
Because the kings of this city lasted but a day.
Protože králové tohoto města vydrželi jen jeden den.
Every night the new king joined the queen in her room.

Každý večer se nový král připojoval ke královně v jejím pokoji.

And every morning the previous king was found dead.

A každé ráno byl předchozí král nalezen mrtvý.

No one knew what caused the deaths of the kings.

Nikdo nevěděl, co způsobilo smrt králů.

Not even the queen knew what caused their death.

Ani královna nevěděla, co způsobilo jejich smrt.

So this kingdom had its own king-maker.

Takže toto království mělo svého vlastního tvůrce králů.

The elephant who suddenly took hold of Swet.

Slon, který se Sweta náhle chopil.

Early in the morning the elephant roamed about.

Brzy ráno se slon potuloval kolem.

Sometimes the elephant went to distant places.

Někdy slon odcházel na vzdálená místa.

And every evening the elephant returned with a man.

A každý večer se slon vracel s mužem.

The man on the elephant's became their king.

Muž na slonovi se stal jejich králem.

The elephant majestically marched through the streets.

Slon majestátně pochodoval ulicemi.

A crowd of people welcomed their new king.

Dav lidí vítal svého nového krále.

But Swet did not yet understand their cheers.

Ale Swet jejich jásotu ještě nerozuměla.

The elephant entered the kingdom's palace.

Slon vstoupil do paláce království.

And the elephant placed Swet on the throne.

A slon posadil Sweta na trůn.

Amid much rejoicing he was proclaimed king.

Za velké radosti byl prohlášen králem.

But there were lamentations in the crowd too.

Ale v davu se ozývaly i nářky.

In the course of the day he heard of the curse.

Během dne slyšel o kletbě.

The nightly death of every newly elected king.

Noční smrt každého nově zvoleného krále.
But Swet was possessed of great discretion.
Swet ale oplýval velkou diskrétností.
And he had the courage not to try an escape.
A měl odvahu se nepokusit o útěk.
He took every precaution that he could take.
Učinil veškerá možná opatření.
But he did not know how to avert the catastrophe.
Ale nevěděl, jak katastrofě zabránit.
And he knew not what expedients to adopt.
A nevěděl, jaké prostředky zvolit.
Because he didn't know the nature of the danger.
Protože neznal povahu nebezpečí.
He resolved, however, upon two things;
Rozhodl se však pro dvě věci;
He was going to go armed into the bedchamber.
Chystal se jít ozbrojený do ložnice.
And he was going to stay awake the whole night.
A měl v úmyslu zůstat vzhůru celou noc.
The queen was young and of exquisite beauty.
Královna byla mladá a neobyčejně krásná.
Guileless and benevolent was the expression of her face.
Její tvář byla bezelstná a dobrotivá.
It was impossible to attribute her any malice.
Bylo nemožné jí připsat jakoukoli zlomyslnost.
No one believed she caused all the kings' deaths.
Nikdo nevěřil, že způsobila smrt všech králů.
In the queen's chamber Swet spent an agreeable evening.
V královnině komnatě strávila Swet příjemný večer.
As the night advanced the queen fell asleep.
Jak noc postupovala, královna usnula.
But Swet kept awake, and was on the alert.
Ale Swet zůstala vzhůru a byla ve střehu.
He looked at every creek and corner of the room.
Díval se na každý potok a kout místnosti.
And he expected every minute to be murdered.
A očekával, že každou minutu zavraždí.

But the queen did not rise to murder him.
Ale královna se nepovstala, aby ho zavraždila.
And no one entered the room to murder him either.
A nikdo do místnosti nevstoupil, aby ho zavraždil.
Nor did he feel anything other than sleepiness.
Ani necítil nic jiného než ospalost.
But in the dead of night he perceived something.
Ale uprostřed noci si něčeho všiml.
A thread was coming out the queen's nostril.
Z královniny nosní dírky trčela nit.
The thread was so thin that it was almost invisible.
Niť byla tak tenká, že byla téměř neviditelná.
Slowly the thread reached several yards in length.
Niť pomalu dosáhla délky několika yardů.
And eventually all the thread came out.
A nakonec se celé vlákno rozvinulo.
Only then did the thread begin to grow thicker.
Teprve potom nit začala houstnout.
Soon the thread took on its real shape.
Brzy nit nabyla svého skutečného tvaru.
The thread was in fact a huge serpent.
Ta nit byla ve skutečnosti obrovský had.
Immediately Swet cut off the head of the serpent.
Swet okamžitě usekl hadovi hlavu.
The body of the serpent wriggled violently.
Tělo hada se prudce svíjelo.
He sat quiet in the room, expecting other adventures.
Seděl tiše v pokoji a očekával další dobrodružství.
But nothing else happened the rest of the night.
Ale po zbytek noci se už nic jiného nedělo.
The queen slept longer than usual.
Královna spala déle než obvykle.
Because she had been relieved of the huge snake.
Protože se zbavila obrovského hada.
Early next morning the ministers came.
Časně ráno následujícího dne přišli ministři.
They were expecting to hear of the king's death.

Očekávali, že se dozvědí o králově smrti.
The ladies of the bedchamber knocked at the door.
Dámy z ložnice zaklepaly na dveře.
But to their astonishment Swet come out.
Ale k jejich úžasu Swet vyšla ven.
The folk learned the mystery of all the kings' deaths.
Lid se dozvěděl záhadu úmrtí všech králů.
And now the country rejoiced their permanent king.
A nyní se země radovala ze svého stálého krále.
There is a strange thing you probably noticed.
Je tu jedna zvláštní věc, které jste si pravděpodobně všimli.
Swet did not remember his wife he left behind.
Swet si nepamatoval svou ženu, kterou zanechal.
It is a strange thing, nevertheless it is true.
Je to zvláštní věc, nicméně je to pravda.
Nor did he remember the defenceless new-born babe.
Ani si nepamatoval bezbranné novorozené dítě.
And he did not remember his brother either.
A nepamatoval si ani na svého bratra.
He had no time to remember when the elephant came.
Neměl čas si vzpomenout, kdy přišel slon.
On the first night he had to worry for his own life.
První noc se musel bát o svůj vlastní život.
And now the crown brought on his forgetfulness.
A teď koruna přinesla jeho zapomnětlivost.
But he had entrusted his wife and child to Basanta.
Ale svou ženu a dítě svěřil Basantovi.
And his brother sat waiting for many weary hours.
A jeho bratr seděl a čekal mnoho únavných hodin.
Every moment he expected to see Swet return with fire.
Každou chvíli očekával, že se Swet vrátí s ohněm.
But the whole night passed away without his return.
Ale celá noc uplynula bez jeho návratu.
At sunrise he went to the bank of the river.
Za východu slunce šel na břeh řeky.
There he anxiously looked about for his brother.
Tam úzkostlivě hledal svého bratra.

But his waiting and searching were all in vain.
Ale jeho čekání a hledání bylo marné.
Distressed beyond measure, he wept at the riverside.
Nesmírně zoufalý plakal u řeky.
As he was weeping a boat was passing by.
Zatímco plakal, kolem proplouvala loď.
In the boat a merchant was returning from business.
V lodi se vracel obchodník z obchodu.
The boat was not far from the shore.
Loď nebyla daleko od břehu.
So the merchant could see Basanta weeping.
Obchodník tedy viděl Basantu pláče.
Something struck the attention of the merchant.
Něco upoutalo pozornost obchodníka.
By the weeping man appeared to be a pile of pearls.
U plačícího muže se objevila hromada perel.
The merchant requested the boatman to halt.
Obchodník požádal převozníka, aby zastavil.
And the merchant went to the weeping man.
A obchodník šel k plačícímu muži.
By the weeping man was in fact a pile of pearls.
Vedle plačícího muže byla ve skutečnosti hromada perel.
And the pearls were of the highest quality.
A perly byly té nejvyšší kvality.
And another thing astonished the merchant.
A ještě jedna věc obchodníka ohromila.
The pile of pearls grew larger every second.
Hromada perel se každou vteřinou zvětšovala.
Because the man was crying, but not tears.
Protože muž plakal, ale ne slzy.
Because his tears turned to pearls on the ground.
Protože se jeho slzy proměnily v perly na zemi.
The merchant stowed away the pearls into his boat.
Obchodník uložil perly do své lodi.
Then the merchant got his servants to help him.
Pak si obchodník požádal své služebníky, aby mu pomohli.
And together they captured the crying man.

A společně chytili plačícího muže.
They put him on board of the vessel.
Naložili ho na palubu lodi.
And he tied him to one of the ship's masts.
A přivázal ho k jednomu ze stěžňů lodi.
Basanta, of course, tried his best to resist.
Basanta se samozřejmě ze všech sil snažil odolat.
But what could he do against so many sailors?
Ale co mohl dělat proti tolika námořníkům?
He thought of his brother who never returned.
Myslel na svého bratra, který se už nikdy nevrátil.
He thought of his sister-in-law in the forest.
Myslel na svou švagrovou v lese.
And he thought of his newly born niece.
A myslel na svou nově narozenou neteř.
And he cried even more bitterly than before.
A plakal ještě hořčeji než předtím.
His weeping mightily pleased the merchant.
Jeho pláč obchodníka nesmírně potěšil.
Because even more pearls were falling to the ground.
Protože na zem padalo ještě více perel.
And the merchant became richer and richer.
A obchodník bohatl a bohatl.
Eventually the merchant reached his native town.
Nakonec obchodník dorazil do svého rodného města.
When they got there he confined Basanta in a room.
Když tam dorazili, zavřel Basantu do místnosti.
At stated hours every day he had him whipped.
Každý den v určených hodinách ho nechal zbičovat.
In order to make him shed yet more tears.
Aby ho donutila ronit ještě více slz.
And every tear converted into a bright pearl.
A každá slza se proměnila v zářivou perlu.
The merchant one day said to his servants;
Obchodník jednoho dne řekl svým služebníkům:
"The fellow is making me rich by his weeping".
„Ten chlapík mě svým pláčem obohacuje."

"Let us see what he gives me by laughing".
„Uvidíme, co mi dá svým smíchem."
Accordingly, he began to tickle his captive.
Proto začal svého zajatce lechtat.
Upon being tickled Basanta began to laugh.
Když Basanta dostala polechtání, začala se smát.
Of course he was not laughing out of happiness.
Samozřejmě se nesmál štěstím.
But none the less maniks dropped from his mouth.
Ale přesto mu z úst padaly maniky.
After this Basanta was not just whipped anymore.
Poté už Basanta nebyl jen bičován.
Now he was alternately whipped and tickled.
Teď ho střídavě šlehali a lechtali.
All day and far into the night he was exploited.
Celý den a dlouho do noci byl vykořisťován.
The merchant's wealth increased day and night.
Obchodníkovo bohatství se dnem i nocí zvyšovalo.
Soon he became the wealthiest man in the land.
Brzy se stal nejbohatším mužem v zemi.
But let us return to Basanta's subjugation later.
Ale vraťme se k Basantově podmanění později.
Now let us turn our attention to Swet's wife.
Nyní se zaměřme na Swetovu manželku.

Swet's abandoned wife was still in the forest.
Swetova opuštěná žena byla stále v lese.
She had just given birth to her child.
Právě porodila své dítě.
But now she was alone in the forest.
Ale teď byla v lese sama.
First her husband had abandoned her.
Nejdřív ji opustil manžel.
And now her brother-in-law abandoned her too.
A teď ji opustil i její švagr.
Imagine how overwhelmed with grief she felt.
Představte si, jak moc ji přemohl zármutek.

Alone, and in a forest, far from civilization.
Sám a v lese, daleko od civilizace.
Her case was indeed deserving of sympathy.
Její případ si vskutku zasloužil soucit.
She wept rivers of sad and lonely tears.
Ronila potoky smutných a osamělých slz.
Excessive grief, however, brought her relief.
Nadměrný zármutek jí však přinesl úlevu.
She fell asleep with the new-born in her arms.
Usnula s novorozencem v náručí.
While she was deep in sleep another tragedy took place.
Zatímco hluboce spala, stala se další tragédie.
It so happened that the Kotwal was passing by.
Shodou okolností jel kolem Kotwal.
He had recently suffered his own misfortune.
Nedávno ho postihlo vlastní neštěstí.
But his misfortune was of a different nature.
Jeho smůla však byla jiného rázu.
The children his wife bore died shortly after birth.
Děti, které jeho žena porodila, zemřely krátce po narození.
And he was now going to bury the last infant.
A teď se chystal pohřbít poslední nemluvně.
He was heading to the banks of the river.
Mířil k břehům řeky.
The place where the other infants were buried.
Místo, kde byly pohřbeny ostatní kojenci.
But then he saw the woman sleeping in the forest.
Ale pak uviděl ženu spící v lese.
And in her arms he saw her holding a baby.
A v jejím náručí ji uviděl, jak drží dítě.
The infant was a lively and beautiful boy.
Dítě bylo čilé a krásné dítě.
His liveliness did not disturb his mother's sleep.
Jeho čilost nerušila matčin spánek.
The Kotwal wanted the lovely infant very much.
Kotwalové si to krásné dítě moc přáli.
He quietly took the child from his mother.

Tiše vzal dítě od matky.
And in her arms he placed his own dead child.
A do jejího náručí položil své vlastní mrtvé dítě.
Of course this is not what he could tell his wife.
Tohle samozřejmě své ženě říct nemohl.
"We both thought that our son had died".
„Oba jsme si mysleli, že náš syn zemřel."
"And I carried his body to the river bank".
„A odnesl jsem jeho tělo na břeh řeky."
"And that was when a miracle occurred".
„A tehdy se stal zázrak."
"Once more our son opened his young eyes".
„Náš syn znovu otevřel své mladé oči."
"And now we have a beautiful and lively boy".
„A teď máme krásného a živého chlapečka."
But Swet's wife did not know the true events.
Swetova žena ale neznala skutečné události.
When she woke she held the dead child in her arms.
Když se probudila, držela v náručí mrtvé dítě.
And she thought it was her child that had died.
A ona si myslela, že zemřelo její dítě.
The distress of her mind may easily be imagined.
Její duševní tíseň si lze snadno představit.
The whole world became dark to her.
Celý svět se pro ni stal temným.
She was distracted by the loss of her child.
Ztráta dítěte ji rozptylovala.
And in her distraction she formed a resolution.
A ve svém rozptýlení si udělala předsevzetí.
She had resolved to take her own life.
Byla odhodlaná vzít si život.
The river was not far from where she had slept.
Řeka nebyla daleko od místa, kde spala.
And she determined to drown herself in the river.
A rozhodla se utopit v řece.
She took in her hand the bundle of jewels.
Vzala do ruky svazek šperků.

And then she proceeded to the river-side.
A pak se vydala k břehu řeky.
An old Brahman was at no great distance.
Starý bráhman byl nedaleko.
The Brahman was performing his morning ablutions.
Brahman vykonával ranní omývání.
He noticed the woman going into the water.
Všiml si, jak žena jde do vody.
Naturally he thought that she was going to bathe.
Přirozeně si myslel, že se jde koupat.
But then he saw her going into the deep waters.
Ale pak ji uviděl, jak jde do hluboké vody.
Something akin to suspicion arose in his mind.
V jeho mysli se vynořilo cosi podobného podezření.
The Brahman discontinued his devotions.
Brahman přerušil svou oddanost.
He too waded out towards the river's depth.
I on se brodil směrem k hlubině řeky.
And he ordered the woman to come to him.
A přikázal ženě, aby k němu přišla.
Swet's wife heard the old man calling her.
Swetova žena slyšela, jak ji starý muž volá.
So she retraced her steps to the old man.
Vrátila se tedy ke starému muži.
"What were your intentions?" asked the Braham.
„Jaké byly vaše úmysly?“ zeptal se Braham.
And the woman confirmed his suspicions.
A žena jeho podezření potvrdila.
"I was going to put an end to my life".
„Chtěl jsem ukončit svůj život.“
And she thanked the Brahman for saving her.
A poděkovala bráhmanovi za to, že ji zachránil.
"Accept these jewels as a sign of appreciation".
„Přijměte tyto šperky jako projev uznání.“
The Brahman accepted the sign of appreciation.
Brahman přijal znamení uznání.
But he was more interested in her story.

Ale jeho víc zajímal její příběh.
And at his request she related her story.
A na jeho žádost vyprávěla svůj příběh.
She had escaped from her stepmother in law.
Utekla před svou nevlastní tchyní.
In the forest she gave birth to a child.
V lese porodila dítě.
First her husband went looking for fire.
Nejdřív se její manžel vydal hledat oheň.
But her husband never came back to her.
Ale její manžel se k ní už nikdy nevrátil.
Then her brother-in-law looked for her husband.
Pak její švagr hledal jejího manžela.
But her brother-in-law did not return either.
Ale ani její švagr se nevrátil.
Eventually she fell asleep with her child.
Nakonec usnula se svým dítětem.
But when she woke her child was dead.
Ale když se probudila, její dítě bylo mrtvé.
And that's when she decided to drown herself.
A tehdy se rozhodla utopit.
She felt the relieve of telling her fate.
Cítila úlevu, když mohla sdělit svůj osud.
The Brahman invited the woman to his house.
Brahman pozval ženu do svého domu.
And the woman was accepted into his family.
A žena byla přijata do jeho rodiny.
The Brahman's wife treated her like a daughter.
Brahmanova žena se k ní chovala jako k dceři.
And she spent years with her new family.
A strávila roky se svou novou rodinou.
Swet spend those years in his kingdom.
Swet strávil ty roky ve svém království.
Basanta spent those years being tortured.
Basanta strávil ty roky mučením.
And the adopted son of the Kotwal grew up.
A adoptivní syn Kotwalů vyrostl.

The Brahman's house was not far from the Kotwal's.
Dům bráhmana nebyl daleko od domu Kotwalů.
So the Kotwal's son met the Brahman's adopted daughter.
Kotwalův syn se tedy setkal s adoptivní dcerou Brahmana.
And the lad thought he fell in love with her.
A chlapec si myslel, že se do ní zamiloval.
He spoke to his father about the woman.
Mluvil se svým otcem o té ženě.
And the father spoke to the Brahman about the woman.
A otec promluvil s bráhmanem o té ženě.
The Brahman's rage knew no bounds.
Brahmanův vztek neznal mezí.
"What is this insolence!" the Brahman protested.
„Co je to za drzost!" protestoval bráhman.
"Your son is the son of an infidel".
„Tvůj syn je synem nevěřícího."
"How can he aspire to the hand of a Brahman's daughter!?".
„Jak může toužit po ruce dcery bráhmana!?"
"A dwarf may as well aspire to catch hold of the moon!".
„Trpaslík by se stejně tak mohl snažit chytit Měsíce!"
But the Kotwal's son determined to have her by force.
Kotwalův syn se však rozhodl získat ji násilím.
One day he scaled the wall of the Brahman's house.
Jednoho dne přelezl zeď bráhmanova domu.
He got upon the thatched roof of the cow-house.
Vylezl na doškovou střechu kravína.
And from that lofty position he reconnoitered.
A z té vysoké pozice prováděl průzkum.
And he saw two young calves below him.
A uviděl pod sebou dvě mladá telata.
And he overheard the conversation of two young calves.
A zaslechl rozhovor dvou mladých telat.
"Men accuse us of brutish ignorance and immorality".
„Muži nás obviňují z hrubé nevědomosti a nemorálnosti."
"But in my opinion men are fifty times worse".
„Ale podle mého názoru jsou muži padesátkrát horší."
"What makes you say so, brother?" the calf asked.

„Co tě k tomu vede, bratře?“ zeptalo se tele.

"Have you witnessed instances of human depravity?".

„Byl jste svědkem případů lidské zkaženosti?“

"Who is a greater monster than the Kotwal's son?".

„Kdo je větší netvor než Kotwalův syn?“

"The same lad standing on the thatched roof".

„Ten samý chlapec stojící na doškové střeše.“

"The roof of this hut above our heads".

„Střecha této chatrče nad našimi hlavami.“

"I thought he was just the son of our Kotwal".

„Myslel jsem, že je to jen syn našeho Kotwala.“

"I never heard that he was exceptionally vicious".

„Nikdy jsem neslyšel, že by byl mimořádně brutální.“

"You may have never heard of his wickedness".

„Možná jste o jeho zlomyslnosti nikdy neslyšeli.“

"But now you will hear of his wickedness from me".

„Ale teď ode mě uslyšíte o jeho zlovolnosti.“

"This wicked lad is now making immoral plans".

„Tenhle zlý chlapec teď kuje nemravné plány.“

"He is trying get married to his own mother!".

„Snaží se oženit se svou vlastní matkou!“

The First Calf then related the whole story.

První tele pak vyprávělo celý příběh.

And the inquisitive Second Calf listened.

A zvídavé Druhé tele naslouchalo.

And the calf told Swet's and Basanta's story.

A tele vyprávělo Swetův a Basantův příběh.

"A merchant built a house for his son"

„Obchodník postavil dům pro svého syna“

"In the garden of the house was a Toontooni bird"

„Na zahradě domu byl pták Toontooni.“

"In the nest of the Toontooni bird was an egg"

„V hnízdě ptáka Toontooni bylo vejce“

"The merchant's son put the egg in a almirah"

„Kupcův syn dal vejce do almiry“

"Out of the egg came a beautiful girl"

„Z vejce vylezla krásná dívka“

"Eventually the merchant's son married this beautiful girl"
„Nakonec se obchodníkův syn oženil s touto krásnou dívkou."
"Together they had two children; Swet and Basanta"
„Společně měli dvě děti; Swet a Basantu."
"Some time later the grandfather of the children died"
„O něco později zemřel dědeček dětí"
"Some time later again their grandmother died too"
„O něco později zemřela i jejich babička."
"At the right time, the oldest son, Swet, got married"
„V pravý čas se nejstarší syn Swet oženil."
"His mother, the Toontooni woman, died sometime later"
„Jeho matka, žena z Toontooni, zemřela o něco později."
"Soon after their father married a younger woman"
„Krátce poté, co se jejich otec oženil s mladší ženou"
"But their new stepmother hated her stepsons"
„Ale jejich nová nevlastní matka své nevlastní syny
nenáviděla."
"And she also hated her new stepdaughter-in-law"
„A také nenáviděla svou novou nevlastní snachu"
"One day a fisherman happened to visit the merchant"
„Jednoho dne obchodníka navštívil rybář."
"The Fisherman had sold the merchant a magical fish"
„Rybář prodal obchodníkovi kouzelnou rybu"
"Whoever ate the fish would laugh maniks"
„Kdo by snědl rybu, smál by se jako manikové"
"And whoever ate the fish would weep pearls"
„A kdokoli by snědl rybu, plakal by perly."
"The same day there was an argument over some pigeons"
„Téhož dne došlo k hádce kvůli holubům."
"The stepmother was terribly vengeful to her stepsons"
„Nevlastní matka byla ke svým nevlastním synům strašně
pomstychtivá"
"And she swore revenge on her stepsons"
„A přísahala pomstu svým nevlastním synům ."
"That day Swet, his wife, and Basanta escaped"
„Toho dne Swet, jeho žena a Basanta utekli"
"But before leaving they ate the magical fish"

„Ale než odešli, snědli kouzelnou rybu.“

"On their journey Swet's wife gave birth to a baby boy"

„Na jejich cestě Swetova žena porodila chlapečka“

"Swet went to look for wood to make a fire"

„Sweet šla hledat dřevo na rozdělání ohně“

"But he was carried away by an elephant"

„Ale byl unesen slonem“

"He was taken to a Queen haunted by a snake"

„Byl odveden ke královně, kterou pronásledoval had .“

"But he succeeded in killing the serpent"

„Ale podařilo se mu hada zabít“

"And so he became king of the land""Basanta went looking for his brother"

„A tak se stal králem země.“ „Basanta šel hledat svého bratra.“

"But he was captured by a merchant"

„Ale byl zajat obchodníkem.“

"And now he's flogged and tickled daily"

„A teď ho každý den bičují a lechtají.“

"And he cries pearls and laughs maniks"

„A on pláče perly a směje se manikům“

"The Kotwal's son had died that night"

„Kotwalův syn zemřel té noci“

"So the Kotwal exchanged the two babies"

„Kotwalové si tedy vyměnili dvě mláďata.“

"The mother couldn't bear the loss of her child"

„Matka nemohla snést ztrátu svého dítěte“

"So she made the decision to drown herself"

„Tak se rozhodla utopit.“

"But there was a Brahman that saved her life"

„Ale byl tu jeden Brahman, který jí zachránil život“

"And this Brahman took her into his home"

„A tento Brahman si ji vzal do svého domu.“

"The Kotwal's son grew up a hardy boy"

„Kotwalův syn vyrostl v otužilého chlapce“

"And he fell in love with the woman"

„A zamiloval se do té ženy“

"And now he stands on the roof"

„A teď stojí na střeše"
"And he's intent on having the woman"
„A on má v úmyslu tu ženu mít."
All this the Kotwal's son heard.
To všechno slyšel Kotwalův syn.
And he was struck with horror.
A zachvátila ho hrůza.
He forthwith got down from the thatch.
Okamžitě slezl z doškové střechy.
And he went home to his father.
A šel domů k otci.
And he said he must speak with the king.
A řekl, že musí promluvit s králem.
The father protested against the request.
Otec proti žádosti protestoval.
But he got an interview with the king.
Ale dostal rozhovor s králem.
He told the king about the two calves.
Řekl králi o dvou telatech.
And he repeated the whole story.
A celý příběh zopakoval.
The king now remembered his poor wife.
Král si teď vzpomněl na svou ubohou ženu.
So a servant was sent to the Brahman.
Takže k Brahmanovi byl poslán služebník.
And the Brahman was richly rewarded.
A Brahman byl bohatě odměněn.
And his wife was brought back to the palace.
A jeho ženu přivedli zpět do paláce.
His wife was put in her proper position.
Jeho žena byla postavena do správné pozice.
And she became queen of the kingdom.
A stala se královnou království.
The reputed son of the Kotwal was readopted.
Údajný syn Kotwalů byl znovu adoptován.
And he was proclaimed heir to the throne.
A byl prohlášen následníkem trůnu.

Basanta was brought out of the dungeon.
Basanta byl vyveden z vězení.
And the wicked merchant was buried alive.
A zlý obchodník byl pohřben zaživa.
And thorns were put in his burying-place.
A do jeho hrobu bylo vloženo trní.
And all lived together happily for many years.
A všichni žili spolu šťastně po mnoho let.
Swet, his wife and son, and Basantas.
Swet, jeho žena a syn a Basantas.

The Evil Eye of Sani
Zlé oko Sani

Once upon a time Sani and Lakshmi fell out with each other.
Kdysi dávno se Sani a Lakshmi pohádaly.
Sani, also known as Saturn, is the God of bad luck.
Sani, známý také jako Saturn, je bůh smůly.
And Lakshmi is the Goddess of good luck.
A Lakšmí je bohyní štěstí.
And these two Gods fell out with each other in heaven.
A tito dva bohové se v nebi pohádali.
Sani said he was higher in rank than Lakshmi.
Sani řekl, že má vyšší hodnost než Lakshmi.
And Lakshmi said she was higher in rank than Sani.
A Lakšmí řekla, že má vyšší hodnost než Sani.
But there were just as many Gods as there were Goddesses.
Ale bohů bylo stejně jako bohyň.
Therefore the dispute could not be settled in heaven.
Proto spor nemohl být vyřešen v nebi.
The contending deities agreed to refer the matter to humans.
Soupeřící božstva se dohodla, že věc postoupí lidem.
The humans had a name for wisdom and justice.
Lidé měli jméno pro moudrost a spravedlnost.
There lived at that time upon earth a man named Sribatsa.
V té době žil na Zemi muž jménem Sribatsa.
(Sri is another name of Lakshmi).
(Šrí je další jméno Lakšmí).
(And"batsa" is another word for child).
(A „batsa" je další slovo pro dítě).
(so Sribatsa literally means"the child of fortune").
(Sribatsa tedy doslova znamená „dítě štěstí").
Sribatsa had as much wisdom as he had wealth.
Šribatsa měl tolik moudrosti, kolik měl bohatství.
And he was as fair as he was rich, too.
A byl stejně spravedlivý, jako byl také bohatý.
He was therefore a good judge for the dispute.
Byl tedy v daném sporu dobrým soudcem.

And the God and Goddess agreed he could judge their case.

A Bůh a Bohyně se shodli, že on může posoudit jejich případ.

One day, accordingly, Sribatsa was contacted.

Jednoho dne byl proto kontaktován Sribatsa.

He was told that Sani and Lakshmi would come to him.

Bylo mu řečeno, že za ním přijdou Sani a Lakšmí.

And he was told they wished for him to settle their dispute.

A bylo mu řečeno, že si přejí, aby urovnal jejich spor.

This put Sribatsa in a delicate situation.

To postavilo Sribatsu do delikátní situace.

He could say Sani was higher in rank than Lakshmi.

Mohl říct, že Sani má vyšší hodnost než Lakshmi.

But then she would be angry with him and forsake him.

Ale pak by se na něj rozzlobila a opustila by ho.

He could say Lakshmi was higher in rank than Sani.

Mohl říct, že Lakšmí měla vyšší hodnost než Sani.

But then Sani would cast his evil eye upon him.

Ale pak na něj Sani vrhl své uhrančivé oko.

He made up his mind not to say anything directly.

Rozhodl se, že nic přímo neřekne.

The god and the goddess had to observe his actions.

Bůh a bohyně museli jeho činy pozorovat.

And from his actions they could gather their opinions.

A z jeho činů si mohli udělat vlastní názor.

Sribatsa ordered two chairs to be made.

Sribatsa si objednal výrobu dvou židlí.

One of the chairs was made from gold.

Jedna ze židlí byla vyrobena ze zlata.

And the other chair was made from silver.

A druhá židle byla vyrobena ze stříbra.

And he placed the two chairs beside himself.

A postavil obě židle vedle sebe.

The day came when Sani and Lakshmi visited Sribatsa.

Nastal den, kdy Sani a Lakšmí navštívily Šribatsu.

He told Sani to sit upon the silver chair.

Řekl Sani, aby se posadila na stříbrnou židli.

And he told Lakshmi to sit upon the gold chair.

A řekl Lakšmí, aby se posadila na zlatou židli.
Sani became mad with rage, and spoke angrily;
Sani se rozzuřila a rozzlobeně promluvila;
"You consider me lower in rank than Lakshmi"
„Považuješ mě za nižšího v hodnosti než Lakšmí."
"I will cast my eye on you for three years"
„Budu na tebe hledět tři roky"
"We shall see how you fare at the end of that period"
„Uvidíme, jak si povedete na konci té doby."
The god then went away in great anger.
Bůh pak s velkým hněvem odešel.
Lakshmi, before she went away, said to Sribatsa;
Lakšmí, než odešla, řekla Šríbatsovi:
"My child, do not fear. I'll befriend you"
„Dítě moje, neboj se. Budu se s tebou spřátelit."
The god and the goddess then went away.
Bůh a bohyně pak odešli.
Sribatsa spoke to his wife, Chantamani;
Šribatsa promluvil se svou ženou Čantamaní;
"Dearest, the evil eye of Sani will be upon me"
„Nejdražší, bude na mě upřeno zlé oko Sani."
"I had better go away from the house"
„Raději bych měl odejít z domu"
"If I stay evil will befall you and me"
„Jestli zůstanu, postihne to tebe i mě."
"But if I go, evil will overtake me only"
„Ale když odejdu, zlé mě stihne jen."
Chintamani said, "it cannot be that way"
Čintamani řekl: „Takhle to být nemůže."
"Wherever you go, I will go with you"
„Kamkoli půjdeš, půjdu s tebou"
"Your good luck shall be my good luck"
„Tvé štěstí bude i mým štěstím"
"And your bad luck shall be my bad luck"
„A tvá smůla bude i mou smůlou"
The husband tried hard to persuade his wife to stay.

Manžel se ze všech sil snažil přesvědčit svou ženu, aby
zůstala.
But all his efforts were of no use.
Ale veškeré jeho úsilí bylo marné.
She refused to abandon her husband.
Odmítla opustit svého manžela.
Sribatsa told his wife to make an opening in their mattress.
Sribatsa řekl své ženě, aby udělala otvor v jejich matraci.
And he told her to stow away all their money and jewels.
A řekl jí, aby si schovala všechny peníze a šperky.
**On the eve of leaving their house, Sribatsa invoked
Lakshmi.**
V předvečer odchodu z domu Šribatsa vzýval Lakšmí.
Upon being invoked, Lakshmi forthwith appeared.
Jakmile byla Lakšmí vzývána, okamžitě se zjevila.
"Mother Lakshmi, the evil eye of Sani is upon us"
„Matko Lakšmí, je na nás upřeno zlé oko Sani.“
"We are going away into exile"
„Odcházíme do exilu“
"Please befriend us, and take care of our property"
„Prosím, spřátelte se s námi a starejte se o náš majetek.“
The goddess of good luck answered.
Bohyně štěstí odpověděla.
"Do not fear; I'll befriend you"
„Neboj se, spřátelím se s tebou“
"In the end all will be right"
„Nakonec bude všechno v pořádku“
They then set out on their journey.
Pak se vydali na cestu.
Sribatsa rolled up the mattress and put it on his head.
Sribatsa sroloval matraci a položil si ji na hlavu.
They had not gone many miles when they saw a river.
Neušli mnoho kilometrů, když spatřili řeku.
There was a canoe with a man sitting in it.
Byla tam kánoe, v níž seděl muž.
The travelers requested the ferryman to take them across.

Cestovatelé požádali převozníka, aby je převezl na druhou stranu.

The ferryman said he could only take one at a time.

Převozník řekl, že si může vzít jen jeden najednou.

"Tere are three of you," he objected.

„Jste tři," namítl.

"There is you, your wife, and your mattress"

„Tady jsi ty, tvoje žena a tvoje matrace"

Sribatsa proposed in what order they should ferry over the river.

Sribatsa navrhl, v jakém pořadí by měli přejet řeku.

"First my wife should be taken across the river"

„Nejdřív by měla být moje žena převezena přes řeku."

"After my wife, take the mattress across the river"

„Po mé ženě přenes matraci přes řeku."

"And then you can take me across the river"

„A pak mě můžeš převézt přes řeku."

But the ferryman would not hear of it.

Ale převozník o tom nechtěl ani slyšet.

"Only one at a time," he repeated.

„Jen jeden po druhém," zopakoval.

"First let me take across the mattress"

„Nejdřív mě nechte přenést přes matraci."

Sribatsa saw no reason to object to the proposal.

Sribatsa neviděl žádný důvod, proč by proti návrhu měl mít námitky.

The ferryman started taking the mattress across the river.

Převozník začal převážet matraci přes řeku.

He had reached halfway across the river.

Došel až do poloviny řeky.

But then, from nowhere, a fierce gale arose.

Ale pak se z ničeho nic zvedla prudká vichřice.

The ferryman lost control of his canoe.

Převozník ztratil kontrolu nad svou kánoí.

The mattress was blown into the river.

Matraci vítr smetl do řeky.

The river carried everything away with it.

Řeka s sebou odnesla všechno.
And the ferrymen, canoe, and mattress were never seen again.
A převozníci, kánoe a matrace už nikdy nebyli spatřeni.
But that was not even the strangest events.
Ale to nebyly ani zdaleka ty nejpodivnější události.
Because the river also disappeared into thin air.
Protože i řeka zmizela ve vzduchu.
Where there was water there was now dry ground.
Kde byla voda, tam byla nyní suchá země.
Sribatsa knew the evil eye of Sani had been watching.
Sribatsa věděl, že ho Sani sleduje zlé oko.

Sribatsa and his wife had not a pice in their pockets.
Sribatsa a jeho žena neměli v kapse ani korunu.
Together, impoverished, they went to a nearby village.
Společně, zchudí, se vydali do nedaleké vesnice.
The village was dwelt in mostly by wood-cutters.
Vesnici obývali převážně dřevorubci.
At sunrise the woodcutters went to cut wood.
Za východu slunce šli dřevorubci kácet dřevo.
And the wood they cut they sold in a faraway town.
A dřevo, které nařezali, prodali ve vzdáleném městě.
Sribatsa asked to work with the wood-cutters.
Sribatsa požádal o spolupráci s dřevorubci.
And the wood-cutters agreed to let him cut wood.
A dřevorubci souhlasili, že ho nechají řezat dřevo.
He could fell trees as well as the best of them.
Uměl kácet stromy stejně dobře jako ten nejlepší z nich.
But Sribatsa was different from the wood-cutters.
Ale Sribatsa se od dřevorubců lišil.
The wood-cutters cut any and every sort of wood.
Dřevorubci řežou jakýkoli druh dřeva.
But Sribatsa cut only the precious types of wood.
Ale Sribatsa řezal pouze vzácné druhy dřeva.
His efforts were focused on cutting down sandal-wood.
Jeho úsilí se zaměřilo na kácení santalového dřeva.

The wood-cutters brought to market large loads of common wood.

Dřevorubci přiváželi na trh velké množství běžného dřeva.

Sribatsa brought only a few pieces of sandal-wood to the market.

Sribatsa přinesl na trh jen několik kusů santalového dřeva.

He was paid a great deal more money than the others.

Dostával mnohem více peněz než ostatní.

Things went on this way for some days.

Takhle to pokračovalo několik dní.

And the wood-cutters became jealous of Sribatsa.

A dřevorubci začali na Sribatsu žárlit.

In their jealousy they plotted against Sribatsa.

Ve své žárlivosti kovali pikle proti Sribatsovi.

And finally they drove Sribatsa and his wife from the village.

A nakonec vyhnali Sribatsu a jeho ženu z vesnice.

Sribatsa and his wife made their way to another village.

Sribatsa a jeho žena se vydali do jiné vesnice.

In this village there were many women that weaved.

V této vesnici tkalo mnoho žen.

Here Chintamani made herself useful by spinning cotton.

Zde se Čintamani prokazovala užitečností předením bavlny.

Chintamani was an intelligent and skillful woman.

Čintamani byla inteligentní a zručná žena.

So she spun finer thread than the other women.

Takže předla jemnější nit než ostatní ženy.

And she got paid more money than the other women.

A dostávala víc peněz než ostatní ženy.

This roused the envy of the native women of the village.

To vzbudilo závist domorodých žen z vesnice.

But the envy of the other women was not all.

Ale závist ostatních žen nebyla všechno.

Sribatsa wanted to gain the good grace of the weavers.

Sribatsa si chtěl získat přízeň tkalců.

So he invited the women that spun cotton to a feast.

Pozval tedy ženy, které přály bavlnu, na hostinu.
The dishes of the feat were all cooked by his wife.
Všechna jídla pro tento čin uvařila jeho žena.
Chintamani was a good weaver, and an excellent in cook.
Čintamani byla dobrá tkadlec a vynikající kuchařka.
She placed the delicacies before the women.
Položila lahůdky před ženy.
And the barbarous weavers were quite charmed.
A barbarští tkalci byli docela okouzleni.
The men went to their homes with their bellies full.
Muži se s plnými břichy rozešli domů.
But when they got home, they reproached their wives.
Ale když přišli domů, vyčítali to svým ženám.
"Why do you not cook like the wife of Sribatsa"
„Proč nevaříš jako manželka Sribatsy?"
And the men called their wives good-for-nothing women.
A muži nazývali své ženy ničemnými ženami.
This made the women hate Chintamani the more.
To ženy ještě více nenávidělo Čintamaniho.

One day Chintamani went to the river-side.
Jednoho dne se Čintamani vydala k řece.
She wanted to bathe along with the other women of the village.
Chtěla se koupat spolu s ostatními ženami z vesnice.
A boat had been lying on the bank, stranded on the sand.
Na břehu ležela loď uvízlá na písku.
The boat had been stranded there for many days.
Loď tam uvízla mnoho dní.
They had tried to move the boat, but in vain.
Snažili se loď pohnout, ale marně.
It so happened that Chintamani touched the boat.
Stalo se, že se Čintamani dotkla lodi.
It was an accident, for she did not mean to touch the boat.
Byla to nehoda, protože se lodi dotknout nechtěla.
But whether she meant to or not, the boat moved.
Ale ať už to chtěla nebo ne, loď se pohnula.

And soon the boat was heading off to the river.
A brzy se loď vydala k řece.
The boatmen were astonished by what they had seen.
Lodníci byli ohromeni tím, co viděli.
They thought that the woman had uncommon power.
Mysleli si, že žena má neobvyklou moc.
And so they thought she might be useful in future.
A tak si mysleli, že by se jim v budoucnu mohla hodit.
They therefore caught hold of her, against her will.
Proto ji proti její vůli chytili.
And they put her in the boat, and rowed off.
A vložili ji do lodi a odpluli.
The women of the village were present for this kidnapping.
Ženy z vesnice byly u tohoto únosu přítomny.
But they did not offer Chintamani any assistance.
Ale Chintamani nenabídli žádnou pomoc.
Because Chintamani had put them in a bad light.
Protože Čintamani je postavila do špatného světla.

Sribatsa heard how his wife had been carried away by boatmen.
Sribatsa slyšel, jak jeho ženu unesli převozníci.
I will let you imagine how he became mad with grief.
Dovolím si představit, jak se zoufale zbláznil.
He left the village and went to the river-side.
Opustil vesnici a šel k řece.
And he resolved to follow the course of the stream.
A rozhodl se sledovat tok potoka.
Along the stream he was sure to meet the kidnappers' boat.
U potoka jistě potká člun únosců.
He travelled on and on, along the side of the river.
Cestoval dál a dál podél řeky.
And he travelled till it eventually became dark.
A cestoval, až se konečně setmělo.
Where he was there were no huts to be seen.
Tam, kde byl, nebyly vidět žádné chatrče.
So he climbed into a tree to sleep for the night.

Tak vylezl na strom, aby na noc přespal.
In the next morning he got down from the tree.
Druhý den ráno slezl ze stromu.
At the foot of the tree he saw a Kapila-cow.
U paty stromu uviděl krávu plemene Kapila.
A Kapila-cow never has any calves of her own.
Kráva plemene Kapila nikdy nemá vlastní telata.
But she can be milked at all hours of the day.
Ale může být dojena v kteroukoli denní dobu.
Sribatsa milked the cow without her objecting.
Sribatsa podojil krávu, aniž by ona něco namítala.
And he drank the milk to his heart's content.
A pil mléko do sytosti.
And then he noticed something else about the cow.
A pak si na té krávě všiml ještě něčeho.
The dung of the cow was of a bright yellow color.
Kravský trus měl jasně žlutou barvu.
In fact, the dung of the cow was made of pure gold.
Ve skutečnosti byl kravský trus vyroben z ryzího zlata.
The golden cow dung was still in a soft state.
Zlatý kravský trus byl stále v měkkém stavu.
So he was able to write his name in the golden dung.
Tak mohl napsat své jméno do zlatého hnoje.
During the course of the day the dung hardened.
Během dne trus ztvrdl.
And finally the dung looked like a brick of gold.
A nakonec trus vypadal jako zlatá cihla.
The tree he had slept in grew on the river-side.
Strom, na kterém spal, rostl na břehu řeky.
And the Kapila-cow supplied him with milk all day.
A kráva Kapila mu po celý den dodávala mléko.
So Sribatsa decided to wait there for the boat.
Sribatsa se tedy rozhodl počkat tam na loď.
In the morning the cow deposited the precious article.
Ráno kráva snesla drahocenný předmět.
And at night the cow deposited the precious article.
A v noci kráva snesla drahocenný předmět.

So the gold bricks increased every day.
Zlatých cihel tedy každý den přibývalo.
And on each golden brick he had engraved his name.
A na každou zlatou cihlu vyryl své jméno.
He stacked the bricks on top of each other.
Naskládal cihly na sebe.
From a distance it looked like a hillock of gold.
Z dálky to vypadalo jako zlatý pahorek.

But now we must leave Sribatsa to stack his gold.
Ale teď musíme nechat Sribatsu, aby si hromadil zlato.
And we must turn our attention to Chintamani.
A musíme obrátit svou pozornost k Čintamani.
Chintamani was a graceful woman of great beauty.
Čintamani byla půvabná žena velké krásy.
She had worried her beauty might be her ruin.
Bála se, že by její krása mohla být její zkázou.
So she offered a prayer as she was being kidnapped.
Takže se pomodlila, když byla unesena.
"Lakshmi, O Mother Lakshmi! have pity upon me"
„Lakšmí, ó Matko Lakšmí! slituj se nade mnou"
"Thou hast made me beautiful, you have"
„Udělal jsi mě krásnou, udělal jsi to."
"But now my beauty will undoubtedly be my ruin"
„Ale teď bude má krása nepochybně mou zkázou."
"I am bound to loss my honor and my chastity"
„Jsem odsouzen ke ztrátě své cti a cudnosti."
"I therefore beseech thee, gracious Mother;"
„Proto tě prosím, milostivá Matko;"
"Take my beauty from me, and make me ugly"
„Vezmi mi mou krásu a udělej mě ošklivou"
"Cover my body with some loathsome disease"
„Pokryj mé tělo nějakou odpornou nemocí"
"That way the boatmen might not touch me"
„Takhle se mě lodníci nemusely dotknout."
Chintamani was in the arms of the boatmen.
Čintamani byla v náručí lodníků.

But the Goddess of good fortune heard her prayer.
Bohyně štěstí však vyslyšela její modlitbu.
In the twinkling of an eye her form changed.
V mžiku oka se její podoba změnila.
Her naturally beautiful form faded away.
Její přirozeně krásná postava zmizela.
And she was turned into a vile carcass.
A proměnila se v odpornou mršinu.
The boatmen were putting her down in the boat.
Lodníci ji spouštěli do člunu.
They found her body was covered with loathsome sores.
Zjistili, že její tělo bylo pokryté odpornými vředy.
And the sores were giving out a disgusting stench.
A z vředů se linul odporný zápach.
They therefore threw her into the hold of the boat.
Proto ji hodili do podpalubí lodi.
And they left her amongst the cargo of the ship.
A nechali ji mezi nákladem lodi.
Morning and evening they sent her some food.
Ráno a večer jí posílali jídlo.
A little boiled rice, and some water to drink.
Trochu vařené rýže a trochu vody k pití.
Chintamani was miserable in the hull of the ship.
Čintamani se v trupu lodi cítila nešťastně.
But she greatly preferred misery to the alternative.
Ale mnohem více dávala přednost utrpení před alternativou.
She would rather be miserable than loss her chastity.
Raději by byla nešťastná, než aby ztratila svou cudnost.

The boatmen had gone to some port to sell cargo.
Lodníci se vydali do nějakého přístavu prodat náklad.
While sailing back they caught sight something.
Při zpáteční plavbě něco zahlédli.
By the river-side there seemed to be a hillock of gold.
U břehu řeky se zdálo, že je to zlatý pahorek.
Sribatsa had been keeping watch by the river.
Sribatsa hlídal u řeky.

So he was delighted to see a boat approach him.

Proto byl potěšen, když viděl, jak se k němu blíží loď.

Because he fondly imagined his wife might be on board.

Protože si s láskou představoval, že by na palubě mohla být i jeho žena.

The boatmen went greedily to the hillock of gold.

Lodníci se chamtivě vydali k pahorku zlata.

Of course Sribatsa told them the gold was his.

Sribatsa jim samozřejmě řekl, že zlato je jeho.

But that didn't help Sribatsa very much.

To ale Sribatse moc nepomohlo.

The sailors took him prisoner on the boat.

Námořníci ho zajali na lodi.

And they loaded the gold onto their vessel.

A naložili zlato na svou loď.

They happened to imprison him close to the ugly woman.

Shodou okolností ho uvěznili blízko té ošklivé ženy.

Of course the husband and wife recognized each other.

Manžel a manželka se samozřejmě poznali.

In spite of the change Chintamani had undergone.

Navzdory změně, kterou Čintamani prošla.

And despite their excitement they kept their composure.

A i přes své nadšení si zachovali klid.

And they thought it prudent not to speak to each other.

A považovali za moudré spolu nemluvit.

Instead they communicated their ideas through gestures.

Místo toho sdělovali své myšlenky gesty.

There is something you should know about the boatmen.

Je tu něco, co byste měli vědět o lodnících.

These boatmen were very fond of playing at dice.

Tito lodníci si velmi rádi hráli v kostky.

Sribatsa appeared to them to be a respectable man.

Šribatsa se jim jevil jako vážený muž.

So they always asked him to join in the game.

Takže ho vždycky žádali, aby se do hry přidal.

Sribatsa happened to be an expert dice player.

Sribatsa byl shodou okolností zkušený hráč v kostky.

Despite their efforts he won almost every game.
Navzdory jejich úsilí vyhrál téměř každý zápas.
You can imagine how the sailors felt about losing.
Dokážete si představit, jak se námořníci cítili, když prohráli.
And in jealousy the boatmen threw him overboard.
A převozníci ho ze žárlivosti hodili přes palubu.
Chintamani saw the men throw her husband overboard.
Čintamani viděla, jak muži hodili jejího manžela přes palubu.
Fortunately for Sribatsa, his wife had great presence of mind.
Naštěstí pro Sribatsu měla jeho žena velkou duchapřítomnost.
The boatmen had allowed her a pillow to rest her head.
Lodníci jí dovolili polštář, aby si mohla opřít hlavu.
And she simultaneously threw this pillow into the water.
A zároveň hodila tento polštář do vody.
Sribatsa was able to grab hold of the pillow.
Sribatsa se dokázal chytit polštáře.
And the pillow helped him float down the stream.
A polštář mu pomáhal plout po proudu.
Up until nightfall the river carried him downstream.
Až do setmění ho řeka nesla po proudu.
At nightfall he arrived at what seemed to be a garden.
Za soumraku dorazil k něčemu, co vypadalo jako zahrada.
Because it was dark there was nothing he could do.
Protože byla tma, nemohl nic dělat.
So all night he stayed in the garden, cold and wet.
Tak zůstal celou noc na zahradě, promrzlý a mokrý.
I should tell you who this garden belonged to.
Měl bych vám říct, komu tato zahrada patřila.
This was the garden of an old widowed woman.
To byla zahrada staré ovdovělé ženy.
This woman used to supply flowers for the king.
Tato žena dříve dodávala králi květiny.
But one day some blight had come over her garden.
Ale jednoho dne se na její zahradě objevila plíseň.
Almost all the trees and plants ceased flowering.
Téměř všechny stromy a rostliny přestaly kvést.

She had therefore given up the business she had.
Proto se vzdala svého podnikání.
And she was no longer the royal flower supplier.
A už nebyla královskou dodavatelkou květin.
However, Sribatsa's arrival had rejuvenated her garden.
Sribatsin příchod však její zahradu omladil.
She could scarcely believe her eyes in the morning.
Ráno sotva mohla uvěřit vlastním očím.
The whole garden was ablaze with flowers again.
Celá zahrada se opět rozzářila květinami.
There was no plant that was not in bloom.
Nebyla rostlina, která by nekvetla.
And every tree she had was begemmed with flowers.
A každý strom, který měla, byl obsypán květy.
She had no way of knowing the cause of the miracle.
Neměla jak zjistit příčinu zázraku.
And so she took a walk through the garden.
A tak se prošla zahradou.
But she soon found the cause of all the flowers.
Ale brzy zjistila příčinu všech těch květin.
At the edge of her garden was a cold, wet man.
Na okraji její zahrady stál prochladlý, mokrý muž.
He was shivering and almost dead from hypothermia.
Třásl se celý a málem zemřel na podchlazení.
She immediately brought the man into to her cottage.
Okamžitě přivedla muže do své chaty.
And she lighted a fire to give him some warmth.
A rozdělala oheň, aby ho trochu zahřála.
She nursed him and showed him every attention.
Ošetřovala ho a věnovala mu veškerou pozornost.
And she ascribed the miracle to his presence.
A zázrak připisovala jeho přítomnosti.
She made him as comfortable as she could.
Udělala mu maximum pro pohodlí.
And then she ran to the king's palace.
A pak běžela do královského paláce.
She asked to speak to the king's chief servant.

Požádala, aby mohla mluvit s královým hlavním sluhou.
And she told him the good fortune she had had.
A vyprávěla mu o štěstí, které měla.
"I can again supply the palace with flowers"
„Mohu znovu zásobovat palác květinami"
Her flowers had been very much missed at the palace.
Její květiny v paláci velmi chyběly.
So she was immediately restored to her former position.
Takže byla okamžitě obnovena do své předchozí pozice.
She was again the flower-woman of the royal household.
Znovu se stala květinářkou královské domácnosti.

Sribatsa spent a few more days recovering his health.
Sribatsa strávil ještě několik dní zotavováním se.
And eventually he had all his vitality back.
A nakonec se mu vrátila veškerá energie.
He asked the woman if he could speak with a minister.
Zeptal se ženy, zda by mohl mluvit s nějakým duchovním.
So the woman took him to the palace with her.
Žena ho tedy vzala s sebou do paláce.
One of the king's ministers gave him an appointment.
Jeden z králových ministrů mu dal jmenování.
And he was at once found to be a man of intelligence.
A hned se ukázalo, že je to inteligentní muž.
So was offered a position in the king's service.
Bylo mu tedy nabídnuto místo v královských službách.
In fact, he was allowed to choose what job he wanted.
Ve skutečnosti si mohl vybrat, jakou práci chce.
He asked to be collector of tolls on the river.
Požádal, aby mohl vybírat mýtné na řece.
The minister was happy to give Sribatsa the job.
Ministr Sribatsovi s radostí dal tuto práci.
The kingdom needed someone to collect river-tolls.
Království potřebovalo někoho, kdo by vybíral říční mýtné.
And Sribatsa immediately started his new job.
A Sribatsa se okamžitě pustil do své nové práce.
It wasn't long before his plan came to fruition.

Netrvalo dlouho a jeho plán se uskutečnil.

The boat his wife was on was coming down the river.

Loď, na které byla jeho žena, se blížila po řece.

Under the king's authority he detained the boat.

Z královy pravomoci zadržel loď.

And he charged the boatmen with the theft of gold-bricks.

A obvinil převozníky z krádeže zlatých cihel.

The king liked the sound of a boat full of gold.

Králi se líbil zvuk lodi plné zlata.

So the king himself came to the river-side.

Král tedy sám přišel k řece.

Even he was amazed by the quantity of gold they had.

I on byl ohromen množstvím zlata, které měli.

And every gold brick had Sribatsa's inscription.

A každá zlatá cihla měla Sribatsův nápis.

At the same time he rescued his wife from the boatmen.

Zároveň zachránil svou ženu před převozníky.

Back on dry land she returned to her previous beauty.

Zpátky na suché zemi se vrátila ke své dřívější kráse.

He told the king the story of their misfortune.

Vyprávěl králi příběh jejich neštěstí.

And the king had them as a guest in his palace.

A král je měl jako hosty ve svém paláci.

The king gave them presents of horses and elephants.

Král jim dal dary v podobě koní a slonů.

And on the horses and elephants they rode to their country.

A na koních a slonech jeli do své země.

The evil eye of Sani was now turned away from Sribatsa.

Zlé oko Sani se nyní odvrátilo od Sribatsy.

And he again became what he formerly was.

A stal se zase tím, kým býval.

He was again Sribatsa; the Child of Fortune.

Byl to opět Sribatsa; Dítě Štěstí.

The Boy whom Seven Mothers Suckled
Chlapec, kterého kojilo sedm matek

Once on a time there reigned a king who had seven queens.

Kdysi dávno vládl král, který měl sedm královen.

He was very sad, for the seven queens were all barren.

Byl velmi smutný, protože všech sedm královen bylo neplodných.

One day, however, he met a holy mendicant.

Jednoho dne však potkal svatého žebráka.

The holy mendicant told the king about a certain forest.

Svatý žebrák vyprávěl králi o jistém lese.

In this forest there grew a special kind of tree.

V tomto lese rostl zvláštní druh stromu.

On a branch of this tree hung seven mangoes.

Na větvi tohoto stromu viselo sedm mang.

These mangos could restore the fertilities of his queens.

Tato manga by mohla obnovit plodnost jeho královen.

But the king had to pluck the mangoes himself.

Ale král si musel manga natrhat sám.

The king followed the advice of the mendicant.

Král se řídil radou žebráka.

And he set off to go to the forest with the mango tree.

A vydal se do lesa s mangovníkem.

Soon he had found the tree the mendicant spoke of.

Brzy našel strom, o kterém žebrák mluvil.

And he plucked the seven mangoes that grew upon one branch.

A utrhl sedm mang, která rostla na jedné větvi.

He gave a mango to each of the queens to eat.

Dal každé z královen k jídlu mango.

In a short time the king's heart was filled with joy.

Za krátkou dobu se královo srdce naplnilo radostí.

He was told that the seven queens were all with child.

Bylo mu řečeno, že všech sedm královen je těhotných.

One day the king was out hunting.

Jednoho dne byl král na lovu.

On his path he saw a young lady of peerless beauty.

Na své cestě spatřil mladou dámu bezkonkurenční krásy.

He instantly fell in love with the beautiful woman.

Okamžitě se zamiloval do krásné ženy.

And he brought her to his palace, and married her.

A přivedl ji do svého paláce a oženil se s ní.

This lady was, however, not a human being.

Tato dáma však nebyla lidská bytost.

But what this woman was was a Rakshasi.

Ale tato žena byla Rákšásí.

But the king of course did not know this.

Ale král to samozřejmě nevěděl.

The king became dotingly fond of her.

Král si ji hluboce oblíbil.

And he did whatever she told him to do.

A on udělal všechno, co mu řekla.

One day she made a very particular request of the king.

Jednoho dne požádala krále o velmi zvláštní věc.

"You say that you love me more than anyone else"

„Říkáš, že mě miluješ víc než kohokoli jiného"

"Let me see whether you really love me as much as you say"

„Ukaž mi, jestli mě opravdu miluješ tak moc, jak říkáš."

"If you love me, make your seven other queens blind"

„Jestli mě miluješ, oslep svých sedm dalších královen."

"And once they are blind, let them be killed"

„A jakmile oslepnou, ať jsou zabiti."

The king became very sad at the terrible request.

Král se nad tou hroznou žádostí velmi zarmoutil.

He was especially sad because the queens were all pregnant.

Byl obzvláště smutný, protože všechny královny byly těhotné.

But he had no choice but to comply with her request.

Ale neměl jinou možnost, než její žádosti vyhovět.

The eyes of the queens were plucked out of their sockets.

Královnám byly vyloupnuty oči z důlků.

And the queens were delivered up to the chief minister.

A královny byly vydány hlavnímu ministrovi.
It was up to the chief minister to destroy the queens.
Bylo na hlavním ministrovi, aby královny zničil.
But the chief minister was a merciful man.
Ale hlavní ministr byl milosrdný muž.
In the side of the hill there was secret a cave.
Na úbočí kopce se nacházela tajná jeskyně.
Instead of killing the queens, the minister hid them.
Místo toho, aby ministr královny zabil, je ukryl.
In course of time the eldest of the seven queens gave birth.
Postupem času porodila nejstarší ze sedmi královen.
"What shall I do with the child," said she.
„Co mám dělat s tím dítětem?" zeptala se.
"we are blind and are dying for want of food?"
„Jsme slepí a umíráme nedostatkem jídla?"
"Let me kill the child," she proposed.
„Nechte mě zabít to dítě," navrhla.
"let us all eat of the child's flesh" she added.
„Jezme všichni tělo dítěte," dodala.
Just as she said she would, she killed the infant.
Přesně jak slíbila, zabila dítě.
She gave to each of her sister-queens a part of the child.
Každé ze svých sester-královen dala část dítěte.
And the sister queens ate their part of the child.
A sestry královny snědly svou část dítěte.
But the youngest queen did not eat her share.
Ale nejmladší královna svůj podíl nesnědla.
Instead, she laid her part of the child beside her.
Místo toho položila svou část dítěte vedle sebe.
In a few days the second queen also was delivered of a child.
Za několik dní porodila dítě i druhá královna.
She did with her child as her eldest sister had done with hers.
Chovala se svým dítětem to, co dělala její nejstarší sestra se svým.
So did the third, the fourth, the fifth, and the sixth queen.
Stejně tak třetí, čtvrtá, pátá a šestá královna.

Eventually the seventh queen gave birth to a son.
Nakonec sedmá královna porodila syna.
But she did not follow the example of her sister-queens.
Ale nenásledovala příklad svých sester-královen.
Instead, she resolved to raise the child.
Místo toho se rozhodla dítě vychovávat.
The other queens demanded their portions of the newly-born.
Ostatní královny požadovaly svůj podíl z nově narozených dětí.
But she still had the portions she had not eaten.
Ale pořád měla porce, které nesnědla.
And she gave her sister-queens back their children's parts.
A svým sestrám-královnám vrátila části jejich dětí.
The other queens at once perceived that their portions were dry.
Ostatní královny si hned všimly, že jejich porce jsou suché.
Therefore the parts could not be of the newly born child.
Části tedy nemohly patřit nově narozenému dítěti.
"I have decided not to kill me child," she explained.
„Rozhodla jsem se, že své dítě nezabiju," vysvětlila.
"I will not eat him, but try to raise him instead"
„Nesním ho, ale zkusím ho místo toho vychovat."
The others were glad to hear this news.
Ostatní byli rádi, když tuto zprávu slyšeli.
They all said that they would help her in nursing the child.
Všichni řekli, že jí pomohou s kojením dítěte.
And so the child was suckled by seven mothers.
A tak dítě kojilo sedm matek.
And the child became the hardiest and strongest boy that ever lived.
A z dítěte se stal nejtvrdší a nejsilnější chlapec, jaký kdy žil.

In the meantime the Rakshasi-queen was doing infinite mischief.
Mezitím královna Rákšás páchala nekonečné neplechy.
And she got the royal household into all sorts of trouble.

A dostala královskou domácnost do nejrůznějších problémů.
What she ate at the royal table did not fill her capacious stomach.
To, co jedla u královského stolu, jí nenaplnilo prostorný žaludek.
She therefore, in the darkness of night, went hunting.
Proto se v temnotě noci vydala na lov.
Gradually she ate up all the members of the royal family.
Postupně sežrala všechny členy královské rodiny.
She ate all the king's servants, and his attendants.
Sežrala všechny královy služebníky a jeho sluhy.
She ate all his horses, elephants, and cattle.
Sežrala všechny jeho koně, slony a dobytek.
And eventually only her royal consort and the king were left.
A nakonec zůstali jen její královský choť a král.
After that she used to go out in the evenings into the city.
Potom chodila večer ven do města.
And she ate up stray human beings wherever she found any.
A požírala zatoulané lidské bytosti, kdekoli nějaké našla.
The king was left without any servants.
Král zůstal bez jakýchkoli služebníků.
There was no person left to cook for him.
Nezbyl nikdo, kdo by pro něj vařil.
Because no one would accept this job.
Protože by tuhle práci nikdo nepřijal.
But at last someone volunteered their services.
Ale konečně se někdo dobrovolně nabídl své služby.
The boy who had been suckled by seven mothers.
Chlapec, kterého kojilo sedm matek.
He had now grown up to be a stalwart youth.
Nyní z něj vyrostl statný mladík.
He attended on the king and prepared his food.
Obsluhoval krále a připravoval mu jídlo.
But he took every care while with the queen.
Ale s královnou si dával maximální pozor.
And he made sure that she did not swallow him up.

A on se ujistil, že ho nepohltila.
The Rakshasi-queen seized her victims only at night.
Rákšásská královna se svých obětí zmocňovala pouze v noci.
So the boy he went home long before nightfall.
Takže chlapec šel domů dlouho před setměním.
So she had to find another way to get rid of the boy.
Takže musela najít jiný způsob, jak se chlapce zbavit.

The boy always boasted that he could do any work.
Chlapec se vždycky chlubil, že zvládne jakoukoli práci.
So the queen invented a disease for herself.
Královna si tedy vymyslela nemoc.
She said that there was a cure for her disease.
Řekla, že na její nemoc existuje lék.
But she said the cure was not easy to get.
Řekla ale, že lék nebyl snadné sehnat.
This made the boy even more interested in the task.
To chlapce o úkol ještě více zaujalo.
She said there was a melon which cured her disease.
Řekla, že existuje meloun, který vyléčil její nemoc.
The melon was twelve cubits in length.
Meloun byl dlouhý dvanáct loktů.
But the stone of the lemon was thirteen cubits long.
Ale pecka citronu byla třináct loktů dlouhá.
The fruit could only be gotten from her mother.
Ovoce se dalo získat pouze od její matky.
And her mother lived on the other side of the ocean.
A její matka žila na druhé straně oceánu.
She gave him a letter of introduction to her mother.
Dala mu doporučující dopis pro svou matku.
But actually the note told her to eat the boy.
Ale ve skutečnosti jí ve vzkazu stálo, aby toho chlapce snědla.
The boy had suspected there was some foul play.
Chlapec měl podezření, že se jedná o nějakou nekalou hru.
So he tore up the letter and proceeded on his journey.
Roztrhal tedy dopis a pokračoval v cestě.
The dauntless youth passed through many lands.

Neohrožený mladík prošel mnoha zeměmi.
After much travel he stood on the shore of the ocean.
Po dlouhé cestě stál na břehu oceánu.
On the other side of the ocean was the country of the Rakshasis.
Na druhé straně oceánu se nacházela země Rákšásů.
He then bawled as loud as he could, and said;
Pak se rozkřičel, jak jen mohl, a řekl:
"Granny! granny! come and save your daughter"
„Babičko! babičko! pojď a zachraň svou dceru!"
"Your daughter, my mother, is dangerously ill"
„Vaše dcera, moje matka, je vážně nemocná."
On the other side of the ocean an old Rakshasi heard him.
Na druhé straně oceánu ho slyšel starý Rákšásí.
The old Rakshasi crossed the ocean to the boy.
Starý Rákšásí překročil oceán k chlapci.
The boy told her the message of the queen.
Chlapec jí sdělil královnino poselství.
And the Rakshasi took the boy on her back.
A Rákšasí vzala chlapce na záda.
She re-crossed the ocean to the land of the Rakshasi.
Znovu překročila oceán do země Rákšásů.
And the boy was at once given the medicinal melon.
A chlapec dostal okamžitě léčivý meloun.
The Rakshasi told him to hurry back to her daughter.
Rákšásí mu řekla, aby se pospíšil zpět k její dceři.
But the boy said he was too tired to keep travelling.
Ale chlapec řekl, že je příliš unavený na to, aby pokračoval v cestě.
And he begged to be allowed to rest one day.
A prosil, aby si mohl jednoho dne odpočinout.
The old Rakshasi consented to her grandson's wishes.
Stará Rákšasí souhlasila s přáním svého vnuka.

The boy noticed interesting things in the Rakshasi's room.
Chlapec si všiml zajímavých věcí v Rákšásově pokoji.
There was a stout club and a rope hanging in the room.

V místnosti visel silný kyj a lano.

The boy inquired what the stout club and rope were for.

Chlapec se zeptal, k čemu je ten silný kyj a lano.

"Child, with that club and rope I cross the ocean"

„Dítě, s tím kyjem a lanem překročím oceán"

"One just has to take the club and the rope in his hands"

„Člověk prostě musí vzít do rukou kyj a lano"

"And then you have to say the following magical words:"

„A pak musíte říct následující magická slova:"

"O stout club! O strong rope!"

„Ó silný kyj! Ó silné lano!"

"Take me at once to the other side"

„Okamžitě mě odvez na druhou stranu"

"Then they will take him to the other side of the ocean"

„Pak ho odvezou na druhou stranu oceánu."

The boy noticed another interesting thing in the room.

Chlapec si v místnosti všiml ještě jedné zajímavé věci.

There was a bird in a cage in the corner of the room.

V rohu pokoje byl v kleci pták.

The boy also wanted to know what this bird was for.

Chlapec se také chtěl zeptat, k čemu tenhle pták je.

"The bird contains a secret, my child"

„Pták skrývá tajemství, dítě moje"

"But that secret must not be disclosed to mortals"

„Ale toto tajemství nesmí být odhaleno smrtelníkům."

"But how can I hide this secret from my own grandchild?"

„Ale jak můžu toto tajemství skrýt před vlastním vnoučetem?"

"That bird, child, contains the life of your mother.

„Ten pták, dítě, v sobě skrývá život tvé matky."

"If the bird is killed, your mother will at once die"

„Jestliže je pták zabit, tvoje matka okamžitě zemře."

Armed with these secrets, the boy went to bed that night.

Vyzbrojen těmito tajemstvími šel chlapec tu noc spát.

Next morning the old Rakshasi went to distant countries.

Následujícího rána se starý Rákšásí vydal do dalekých zemí.

Together with all the other Rakshasis, she went to forage.

Spolu se všemi ostatními Rákšasiji šla sbírat potravu.
The boy took down the bird-cage from the ceiling.
Chlapec sundal ptačí klec ze stropu.
And the boy took the club and the rope.
A chlapec vzal kyj a lano.
And then he spoke the magic words to the club and rope.
A pak pronesl kouzelná slova k kyji a lanu.
"O stout club! O strong rope!"
„Ó silný kyj! Ó silné lano!"
"Take me at once to the other side"
„Okamžitě mě odvez na druhou stranu"
In the twinkling of an eye the boy was put on this side of the ocean.
V mžiku oka se chlapec ocitl na této straně oceánu.
He then retraced his steps, back to the queen.
Pak se vrátil stejnou cestou zpět ke královně.
To her astonishment he really had the medicinal lemon.
K jejímu úžasu měl skutečně ten léčivý citron.
But the bird in the cage he kept carefully concealed.
Ale ptáka v kleci pečlivě schovával.

In the course of time the people of the city came to the king.
Postupem času se obyvatelé města přišli podívat ke králi.
And they told the king of their troubles.
A vyprávěli králi o svých trápeních.
"A monstrous bird comes from the palace every evening"
„Každý večer z paláce vylétá obludný pták."
"The bird seizes the people in the streets"
„Pták chytá lidi v ulicích"
"And the bird swallows the people up whole"
„A pták spolkne lidi celé"
"This has been going on for a long time"
„Tohle se děje už dlouho"
"And now the city has become almost desolate"
„A teď je město téměř zpustošené"
The king did not know what this monstrous bird was.
Král nevěděl, co je to za obludného ptáka.

But the king's servant, the boy, said he knew.
Ale králův sluha, chlapec, řekl, že to ví.
"I will kill the monstrous bird," he offered.
„Zabiju toho obludného ptáka," nabídl.
"But the queen has to stand beside us," he added.
„Ale královna musí stát vedle nás," dodal.
The king saw no reason to object to the proposal.
Král neviděl důvod, proč by proti návrhu měl mít námitky.
And so the queen was made to stand beside the king.
A tak královna musela stát vedle krále.
The boy then took the bird out from its cage.
Chlapec pak vytáhl ptáka z klece.
On seeing the bird she fell into a fainting fit.
Když ptáka spatřila, omdlela.
Then the boy turned to the king, and spoke.
Pak se chlapec otočil ke králi a promluvil.
"King, you will soon perceive who the monstrous bird is"
„Králi, brzy pochopíš, kdo je ten obludný pták."
"You will see what devours your people every evening"
„Uvidíš, co každý večer pohltí tvůj lid."
"I tear off each limb of this bird"
„Utrhnu tomuhle ptákovi každou končetinu"
"The corresponding limb of the man-eater will fall off"
„Příslušná končetina lidožroutovi odpadne."
The boy then tore off one leg of the bird in his hand.
Chlapec pak ptákovi, který držel v ruce, utrhl jednu nohu.
All assembled were astonished at what happened next.
Všichni shromáždění byli ohromeni tím, co se stalo potom.
One of the legs of the queen fell off.
Královně upadla jedna noha.
Then the boy squeezed the throat of the bird.
Pak chlapec stiskl ptákovi hrdlo.
And as he squeezed the bird, the queen gave up the ghost.
A když ptáka stiskl, královna vydechla.
The boy then retold his history to the king.
Chlapec pak králi převyprávěl svůj příběh.
"You used to have seven barren wives"

„Měl jsi sedm neplodných žen“

"To treat their barrenness, you gave them each a mango"

„Abys jim pomohl s neplodností, dal jsi jim každému mango.“

"And each of your wives fell pregnant with a child"

„A každá z vašich žen otěhotněla s dítětem“

"However, you then married an eighth wife"

„Pak sis však vzal osmou manželku.“

"This wife ordered you to blind your other wives"

„Tato žena ti přikázala, abys oslepil své ostatní ženy.“

"And she ordered you to have your other wives killed"

„A nařídila ti, abys nechal zabít své ostatní manželky.“

"Your minister blinded your seven wives"

„Váš ministr oslepil vašich sedm manželek“

"But he was too good hearted to kill your wives"

„Ale byl příliš dobrosrdečný na to, aby zabil vaše ženy.“

"Your seven wives were taken to a hiding place"

„Tvých sedm manželek bylo odvedeno do úkrytu.“

"And in this hiding place they each gave birth"

„A v tomto úkrytu každá z nich porodila“

"But they were forced to eat their newly born children"

„Ale byli nuceni jíst své nově narozené děti“

"Only my mother did not let me be eaten"

„Jen moje matka mě nenechala sníst“

"Instead, I was suckled by seven mothers"

„Místo toho mě kojilo sedm matek“

"And I grew up strong and capable"

„A vyrostl jsem silný a schopný“

"Eventually I came to work in your palace"

„Nakonec jsem přišel pracovat do tvého paláce.“

"Your wife, my stepmother, sent me on a mission"

„Tvoje žena, moje nevlastní matka, mě poslala na misi.“

"She sent me to her mother for a medicine"

„Poslala mě k matce pro léky.“

"However, her mother was a Rakshasi"

„Její matka však byla Rákšásí.“

"From her I found the secret of your wife's life"

„Od ní jsem zjistil tajemství života tvé ženy.“

"And so I brought the bird that held your wife's life"
„A tak jsem přinesl ptáka, který držel život tvé ženy."
The king had listened to the story his son told him.
Král si vyslechl příběh, který mu vyprávěl jeho syn.
The seven queens were brought back to the palace.
Sedm královen bylo přivedeno zpět do paláce.
And their eyes were miraculously restored.
A jejich oči se zázračně uzdravily.
The boy that was suckled by seven mothers was crowned.
Chlapec, kterého kojilo sedm matek, byl korunován.
And he was recognized by the king as his rightful heir.
A král ho uznal za svého právoplatného dědice.
And they lived together happily.
A žili spolu šťastně.

The Story of Prince Sobur
Příběh prince Sobura

Once upon a time there lived a merchant.
Kdysi dávno žil jeden obchodník.
This merchant had seven daughters.
Tento obchodník měl sedm dcer.
One day the merchant asked them a question.
Jednoho dne se jich obchodník na něco zeptal.
"From whose fortune do you live?"
„Z čího jmění žiješ?"
The eldest daughter answered first.
Nejstarší dcera odpověděla první.
"Papa, I live from your fortune"
„Tati, žiju z tvého jmění."
The second daughter gave the same answer.
Druhá dcera odpověděla stejně.
The same answer was given by the third daughter.
Stejnou odpověď dala i třetí dcera.
His fourth daughter also lived from his fortune.
Jeho čtvrtá dcera také žila z jeho jmění.
His fifth daughter was no different.
Jeho pátá dcera nebyla jiná.
And his sixth daughter was like the rest.
A jeho šestá dcera byla jako všechny ostatní.
But his youngest daughter surprised him.
Jeho nejmladší dcera ho ale překvapila.
She had a very different answer.
Měla velmi odlišnou odpověď.
"I live from my own fortune"
„Žiji ze svého vlastního jmění"
He did not like this answer.
Tato odpověď se mu nelíbila.
Her answer made the merchant very angry.
Její odpověď obchodníka velmi rozzlobila.
"You are very ungrateful," he told her.
„Jsi velmi nevděčná," řekl jí.

"See how well you do on your own"
„Ukažte, jak si sami poradíte"
"I am kicking you out of my house"
„Vyhodím tě z domu"
"You will not have a rupee in your pocket"
„Nebudeš mít v kapse ani rupii"
He called his palanquins to come.
Zavolal své palankýny, aby přišly.
And he ordered them to take the girl away.
A přikázal jim, aby dívku odvedli.
"Leave her in the midst of a forest"
„Nechte ji uprostřed lesa"
The girl begged to be allowed one thing.
Dívka prosila, aby jí bylo dovoleno jedno.
"Please let me take my work-box"
„Prosím, dovolte mi vzít si pracovní krabici."
"In the box are my needles and threads"
„V krabičce jsou mé jehly a nitě"
Her father allowed her to take her box.
Její otec jí dovolil vzít si krabici.
She got into the seat of the palanquins.
Usadila se na sedadle v nosítkách.
And the bearers lifted her up.
A nosiči ji zvedli.
And they put her onto their shoulders.
A vzali si ji na ramena.
As the bearers ran they chanted.
Jak nosiči běželi, skandovali.
"hoon! hoon! hoon! hoon! hoon!"
"hoon! hoon! hoon! hoon! hoon!"
But they didn't get very far.
Ale moc daleko se nedostali.
An old woman stood in their way.
V cestě jim stála stará žena.
She came up to the carriage.
Přišla k kočáru.
"Where are you taking my daughter?"

„Kam mi berete dceru?"
She was the maid of the child.
Byla služebnou dítěte.
"We have been given orders by the merchant"
„Dostali jsme rozkazy od obchodníka."
"He told us to take her away"
„Řekl nám, ať ji odvezeme."
"We will leave her in a forest"
„Necháme ji v lese."
"We are going to do his bidding"
„Budeme plnit jeho rozkazy"
"I must go with her," said the old woman.
„Musím jít s ní," řekla stará žena.
But the bearers were not sure.
Ale nosiči si nebyli jistí.
Bearers run when they carry a sedan chair.
Nosiči běží, když nesou nosič.
"How will you be able to keep pace with us?"
„Jak s námi budete držet krok?"
The old woman was not deterred.
Stará žena se nenechala odradit.
"It does not matter how I do it"
„Nezáleží na tom, jak to udělám"
"I must go where my daughter goes"
„Musím jít tam, kam chodí moje dcera ."
The youngest daughter begged the bearers.
Nejmladší dcera prosila nosiče.
"Please carry my mother with me"
„Prosím, vezměte s sebou mou matku"
And the bearers gracefully agreed.
A nosiči s grácií souhlasili.
They carried mother and child to the forest.
Odnesli matku s dítětem do lesa.
"hoon! hoon! hoon! hoon! hoon!"
"hoon! hoon! hoon! hoon! hoon!"
In the afternoon they reached a dense forest.
Odpoledne dorazili do hustého lesa.

They went deeper and deeper into the forest.
Šli hlouběji a hlouběji do lesa.
Towards sunset they reached their goal.
K západu slunce dosáhli svého cíle.
They stopped at the foot of an old tree.
Zastavili se na úpatí starého stromu.
They lowered the girl and the old woman.
Spustili dívku a starou ženu dolů.
And they left them in the forest.
A nechali je v lese.
Then they retraced their steps home.
Pak se po svých stopách vrátili domů.

The merchant's youngest daughter looked around.
Nejmladší dcera obchodníka se rozhlédla.
You would not have wanted to be in her shoes.
Nechtěla bys být v její kůži.
Her situation was truly pitiable.
Její situace byla vskutku žalostná.
She was hardly fourteen years old.
Bylo jí sotva čtrnáct let.
She had grown up in luxury.
Vyrůstala v luxusu.
But now there was no luxury for her.
Ale teď pro ni nebyl žádný luxus.
She was in the heart of a dark forest.
Byla uprostřed temného lesa.
She had not a rupee in her pocket.
Neměla v kapse ani rupii.
And she had nothing for protection.
A neměla nic, co by ji ochránilo.
Nothing except an old, decrepit, woman.
Nic kromě staré, zchátralé ženy.
Even the trees of the forest pitied her.
Dokonce i stromy v lese ji litovaly.
The young girl and old woman sat together.
Mladá dívka a stará žena seděly vedle sebe.

They were at the foot of an old tree.
Byli na úpatí starého stromu.
And together they cried over their situation.
A společně plakali nad svou situací.
I should say this all happened long ago.
Musím říct, že se to všechno stalo už dávno.
In these times the trees could talk.
V těchto dobách stromy uměly mluvit.
And the old tree spoke to the girl.
A starý strom promluvil k dívce.
"Unhappy women, I much pity you"
„Nešťastné ženy, je mi vás moc líto“
"There are wild beasts in this forest"
„V tomto lese jsou divoká zvířata“
"Soon they will come out of their lairs"
„Brzy vylezou ze svých doupat“
"They will roam about for prey"
„Budou se toulat za kořistí“
"And they are sure to devour you two"
„A určitě vás dva sežerou.“
"But I can help you, if you want"
„Ale můžu ti pomoct, pokud chceš“
"I will make an opening for you"
„Udělám pro tebe otvor“
"When you see the opening, go into it"
„Až uvidíš otvor, jdi do něj“
"And then I will close the opening up"
„A pak ten otvor uzavřu.“
"As long as you are in me you'll be safe"
„Dokud jsi ve mně, budeš v bezpečí“
"This way the wild beasts can't touch you"
„Takhle se tě divoká zvířata nemohou dotknout“
And then the tree split itself in two.
A pak se strom rozdělil na dvě části.
The two women went inside the tree.
Obě ženy vešly dovnitř stromu.
And the old tree resumed its natural shape.

A starý strom znovu nabyl svého přirozeného tvaru.

The shade of night darkened the forest.
Stín noci zahalil les.
Everything the tree had said was true.
Všechno, co strom řekl, byla pravda.
The wild beasts came out of their lairs.
Divoká zvířata vylezla ze svých doupat.
The fierce tiger came out at night.
V noci vyšel divoký tygr.
The wild bear left his lair.
Divoký medvěd opustil své doupě.
The rhinoceros roamed the forest.
Nosorožec se potuloval lesem.
The bushy bear was there that night.
Huňatý medvěd tam byl tu noc.
The great elephant could be heard.
Bylo slyšet velkého slona.
And there was the horned buffalo.
A byl tam rohatý buvol.
They all growled as they circled the tree.
Všichni vrčeli, když kroužili kolem stromu.
They had gotten the scent of human blood.
Ucítili pach lidské krve.
They could hear the growls of the beasts.
Slyšeli vrčení zvířat.
The beasts came dashing against the tree.
Zvířata se vrhla ke stromu.
They broke the old tree's branches.
Zlámali větve starého stromu.
Their horns pierced the tree's trunk.
Jejich rohy probodávaly kmen stromu.
They scratched its bark with their claws.
Škrábali mu kůru drápy.
But all their efforts were in vain.
Ale veškeré jejich úsilí bylo marné.
The girl and woman were safe in the tree.

Dívka a žena byly v bezpečí na stromě.
Towards dawn the wild beasts went away.
K úsvitu divoká zvěř odešla.
After sunrise the good tree spoke again.
Po východu slunce dobrý strom znovu promluvil.
"The wild beasts have gone back"
„Divoká zvířata se vrátila"
"They are in their lairs again"
„Jsou zase ve svých doupatech"
"But they did their best to torment me"
„Ale ze všech sil mě trápili."
"The sun has risen up again"
„Slunce znovu vyšlo"
"So you can come out now"
„Takže teď můžeš ven."
The tree split itself into two again.
Strom se znovu rozdělil na dvě části.
The girl and the old woman came out.
Dívka a stará žena vyšly ven.
They saw the extent of the damage.
Viděli rozsah škod.
The tree's branches had been broken off.
Větve stromu byly ulomené.
The tree's trunk had been pierced.
Kmen stromu byl propíchnutý.
The bark had been stripped off.
Kůra byla oloupaná.
"Good mother, we thank you"
„Dobrá mami, děkujeme ti"
"You have been very kind to us"
„Byli jste k nám velmi laskaví"
"You gave us shelter from the beasts"
„Dali jste nám útočiště před zvířaty"
"But it was at a great cost to yourself"
„Ale stálo vás to hodně."
"You have many wounds from the wilds beasts"
„Máš mnoho ran od divokých zvířat."

"You must be in great pain?"
„Musíš mít velké bolesti?"
Close by there was a flowing river.
Nedaleko tekla řeka.
The young girl went to the river bank.
Mladá dívka šla na břeh řeky.
At the bank of the river she found mud.
Na břehu řeky našla bahno.
She covered the tree with the mud.
Pokryla strom blátem.
She especially covered the damaged parts.
Zvláště zakrývala poškozená místa.
The tree thanked her for the treatment.
Strom jí poděkoval za ošetření.
"My good girl, I thank you"
„Moje hodná holčičko, děkuji ti"
"I am greatly relieved of my pain"
„Velmi se mi ulevilo od bolesti"
"I am, however, more concerned for you"
„Mám však větší obavy o tebe."
"You must be hungry"
„Musíš mít hlad"
"You have not eaten since yesterday"
„Nejedl jsi od včerejška"
"But what can I give you?"
„Ale co ti můžu dát?"
"I have no fruit of my own"
„Nemám vlastní ovoce"
"But I do have some advice"
„Ale mám jednu radu"
"Give the old woman whatever money you have"
„Dej té staré ženě, kolik peněz máš."
"Let her go into the city"
„Ať jde do města."
"In the city she can buy some food"
„Ve městě si může koupit nějaké jídlo."
They explained their situation to the tree.

Vysvětlili stromu svou situaci.
"We have been sent out with no money"
„Byli jsme posláni pryč bez peněz"
But she searched through her work-box anyway.
Ale stejně prohledala svou pracovní krabici.
And in the box she found five cowries.
A v krabici našla pět kauri.
The tree continued to give its advice.
Strom dál dával své rady.
"Go with your cowries to the city"
„Jděte se svými kauri do města"
"Use the cowries to buy some fried rice"
„Použijte kauri a kupte si smaženou rýži"
So the old woman went to the city.
Tak se stará žena vydala do města.
Fortunately the city was not far away.
Naštěstí město nebylo daleko.
She went to the first shopkeeper she found.
Šla k prvnímu obchodníkovi, kterého našla.
"Please give me five cowries worth of rice"
„Prosím, dejte mi pět kaurií rýže."
The shopkeeper laughed at her.
Prodavač se jí zasmál.
"Where can rice be had for five cowries?"
„Kde se dá sehnat rýže za pět kauri?"
"Be off, you old hag," he told her.
„Jdi pryč, ty stará babizno," řekl jí.
So she tried to barter at another shop.
Tak se pokusila o výměnu v jiném obchodě.
This shopkeeper could see her distress.
Tento majitel obchodu viděl její zoufalství.
And the shopkeeper took pity on her.
A majitel obchodu se nad ní slitoval.
She gave her a large quantity of rice.
Dala jí velké množství rýže.
The old woman returned with the rice.
Stará žena se vrátila s rýží.

And the tree gave further instructions.
A strom dal další instrukce.
"Eat less than half of the rice"
„Snězte méně než polovinu rýže"
"Go to the embankments of the river bank"
„Jděte na nábřeží řeky"
"Cast the remaining rice on the river bank"
„Zbývající rýži hoďte na břeh řeky"
They did not understand the sense of it.
Nechápali smysl toho.
"Why sow the riverbank with rice?"
„Proč osít břeh řeky rýží?"
But they did as they were advised.
Ale udělali, jak jim bylo doporučeno.
And they threw their rice onto the ground.
A hodili rýži na zem.

They spent the day lamenting their fate.
Strávili den naříkáním nad svým osudem.
Just as before the beasts came out at night.
Stejně jako předtím, než v noci vyšly zvěře.
The tree housed them inside of its trunk again.
Strom je opět ukryl uvnitř svého kmene.
Again they mutilated and tortured the tree.
Znovu strom zmrzačili a mučili.
But that night something else happened.
Ale tu noc se stalo něco jiného.
The women only saw it the next day.
Ženy to viděly až druhý den.
The rice had attracted hundreds of peacocks.
Rýže přilákala stovky pávů.
The peacocks competed for the rice.
Pávi soupeřili o rýži.
And their feathers fell on the floor.
A jejich peří spadlo na podlahu.
The tree had known what would happen.
Strom věděl, co se stane.

And the tree advised them what to do next.
A strom jim poradil, co mají dělat dál.
"Go back to the bank of the river"
„Vrať se na břeh řeky"
"Go to where you cast the rice"
„Jdi tam, kam sypeš rýži"
"There you will see many feathers"
„Tam uvidíš mnoho peří"
"Collect all the feathers you can find"
„Seberte všechna peří, která najdete"
"Use the feathers to make a beautiful fan"
„Použijte peří k výrobě krásného vějíře"
"And take the feather-fan to the city"
„A vezměte si vějíř z péra do města."
The two women did as they were advised.
Obě ženy udělaly, jak jim bylo doporučeno.
It was good the girl had taken her work-box.
Bylo dobře, že si dívka vzala svou pracovní krabici.
In her work-box was some string.
V její pracovní krabici byl nějaký provázek.
The tied the feathers together.
Svázali peří k sobě.
And she had made a fan from the feathers.
A z peří si upletla vějíř.
She took the feather fan to the city.
Vzala si péřový vějíř do města.
The son of the king happened to be there.
Shodou okolností se tam ocitl královský syn.
He admired the feathers greatly.
Velmi obdivoval peří.
He paid a large sum of money for the feathers.
Za peří zaplatil velkou sumu peněz.
Each morning a quantity of feathers was collected.
Každé ráno se nasbíralo určité množství peří.
And each day a feather fan was made and sold.
A každý den se vyráběl a prodával vějíř z peří.
Within a short time the two women got rich.

Za krátkou dobu obě ženy zbohatly.
The tree then advised them to build a house.
Strom jim pak poradil, aby si postavili dům.
"Employ men to burn bricks for you"
„Zaměstnejte muže, aby vám pálili cihly"
"Get them to cut beams and rafters"
„Ať řežou trámy a krokve."
"Make them plaster the walls with lime"
„Ať omítnou zdi vápnem"
In a few months a stately house was built.
Za pár měsíců byl postaven honosný dům.
The tree was pleased for the women.
Strom se za ženy radoval.
"You should add a garden to your house"
„Měl by sis k domu přidat zahradu."
"And you want to be able to store water"
„A chcete mít možnost skladovat vodu"
"Dig a water tank in your garden"
„Vykopejte si na zahradě vodní nádrž"

The girl had not had much time.
Dívka neměla moc času.
So she didn't think of her family.
Takže na svou rodinu nemyslela.
The merchant's luck had taken a turn.
Obchodníkovo štěstí se obrátilo.
The goddess of wealth frowned upon him.
Bohyně bohatství se na něj zamračila.
He was struck by a sudden misfortune.
Postihlo ho náhlé neštěstí.
All at once he lost all of his money.
Najednou přišel o všechny své peníze.
He was forced to sell his house.
Byl nucen prodat svůj dům.
But he made a great loss on the property.
Ale na majetku utrpěl velkou škodu.
He and his family were left penniless.

On a jeho rodina zůstali bez peněz.
So they were forced to live elsewhere.
Byli tedy nuceni žít jinde.
They happened to move to a nearby village.
Shodou okolností se přestěhovali do nedaleké vesnice.
The palace was not far from their new house.
Palác nebyl daleko od jejich nového domu.
But the merchant was not rich anymore.
Ale obchodník už nebyl bohatý.
And he still had to support his family.
A stále musel živit rodinu.
He had been reduced to doing manual labour.
Byl odsouzen k manuální práci.
He applied for the job at the palace.
Ucházel se o práci v paláci.
He was going to dig the hole for the water.
Chystal se vykopat díru pro vodu.
His wife also offered to work with him.
Jeho žena mu také nabídla spolupráci.
But they got there too late to work.
Ale dorazili tam příliš pozdě na to, aby mohli pracovat.
The water tank had already been finished.
Vodní nádrž už byla hotová.
And they did not know whose house it was.
A nevěděli, čí je to dům.
The merchant's daughter was looking out the window.
Obchodníkova dcera se dívala z okna.
She happened to see her parents in the garden.
Náhodou zahlédla své rodiče na zahradě.
She could see the rags they were wearing.
Viděla hadry, které měli na sobě.
Her eyes filled with tears at the sight.
Při tom pohledu se jí oči zalily slzami.
She could not believe what she saw.
Nemohla uvěřit tomu, co vidí.
Her parents had come to her for work.
Její rodiče za ní přijeli kvůli práci.

She immediately called her servants.
Okamžitě zavolala své služebnictvo.
"Outside in the garden are my parents"
„Venku na zahradě jsou moji rodiče"
"Please offer them these fine clothes"
„Prosím, nabídněte jim tyto krásné šaty."
"And ask them to come into the palace"
„A požádejte je, aby přišli do paláce."
Her servants did as they were told.
Její služebníci udělali, jak jim bylo řečeno.
But her parents were frightened beyond measure.
Ale její rodiče byli nesmírně vyděšení.
They had seen that the tank was finished.
Viděli, že tank je hotový.
There used to be a strange tradition.
Dříve existovala zvláštní tradice.
In those days human sacrifices were offered.
V těch dobách se obětovaly lidské oběti.
One of those occasions was after digging a pool.
Jednou z takových příležitostí bylo po kopání bazénu.
You can imagine her parents' fear.
Dokážete si představit strach jejích rodičů.
They had come to dig the water tank.
Přišli vykopat vodní nádrž.
But now servants were calling them.
Ale teď je volali služebnictvo.
They thought they going to be sacrificed.
Mysleli si, že budou obětováni.
"Throw away your rags" they said.
„Zahoďte hadry," řekli.
"Here, wear these fine clothes"
„Tady, obleč si tohle krásné oblečení."
And their fears increased even more.
A jejich obavy se ještě více zvýšily.
But they did not have to fear for long.
Ale nemuseli se bát dlouho.
Their rich daughter came out to meet them.

Jejich bohatá dcera jim vyšla vstříc.
She hugged and kissed her parents.
Objala a políbila své rodiče.
And she told them everything that had happened.
A vyprávěla jim všechno, co se stalo.
The father felt that she had been right.
Otec cítil, že měla pravdu.
"You do live from your own fortune"
„Žiješ ze svého vlastního jmění"
The daughter did not blame her father.
Dcera to otci nevyčítala.
And she gave him a large fortune.
A dala mu velké jmění.
With the money he moved back to the city.
S penězi se přestěhoval zpět do města.
Soon he became a merchant again.
Brzy se znovu stal obchodníkem.
And he went to distant countries for trade.
A odešel obchodovat do vzdálených zemí.

One day he got ready for another business venture.
Jednoho dne se chystal na další obchodní podnik.
But that day something strange happened.
Ale toho dne se stalo něco zvláštního.
The ship was ready to leave the port.
Loď byla připravena k opuštění přístavu.
But for some reason the ship did not move.
Ale z nějakého důvodu se loď nepohnula.
No one could explain what was happening.
Nikdo nedokázal vysvětlit, co se děje.
But the merchant had an idea.
Ale obchodník měl nápad.
"Perhaps my daughters would like presents"
„Možná by se mým dcerám líbily dárky."
"I need to ask them what they would like"
„Musím se jich zeptat, co by si přáli."
He went to see his daughters.

Jel se podívat na své dcery.
He asked them what they would like.
Zeptal se jich, co by si přáli.
And he promised to bring them presents.
A slíbil, že jim přinese dárky.
But the ship would still not move.
Ale loď se stále nechtěla pohnout.
He had not asked all his daughters.
Nepožádal všechny své dcery.
His youngest daughter was not there.
Jeho nejmladší dcera tam nebyla.
She was living in a different city.
Bydlela v jiném městě.
So he ordered his servants go to her palace.
Proto nařídil svým služebníkům, aby šli do jejího paláce.
The messenger came at the wrong time.
Posel přišel v nesprávný čas.
The young girl was engaged in devotions.
Mladá dívka se věnovala pobožnostem.
But the messenger asked her anyway.
Ale posel se jí stejně zeptal.
She just told him"sobur"
Řekla mu jen „sobur“.
The meaning of this was"wait"
Význam toho byl „čekat“.
But the messenger didn't know this.
Ale posel to nevěděl.
He thought she wanted something called"sobur"
Myslel si, že chce něco s názvem „sobur“.
So he went back to the city of the merchant.
Vrátil se tedy do města obchodníka.
And he delivered the message he received.
A doručil zprávu, kterou dostal.
"Your daughter wants something called 'sobur'"
„Vaše dcera chce něco, čemu se říká ‚sobur‘"
This time the ship could move again.
Tentokrát se loď mohla znovu pohnout.

So the merchant started on his travels.
Obchodník se tedy vydal na svou cestu.
He visited many ports on his journey.
Na své cestě navštívil mnoho přístavů.
And he made good profits from his trades.
A ze svých obchodů dosahoval dobrých zisků.
Finding the presents was not difficult.
Najít dárky nebylo těžké.
He found everything his oldest daughters wanted.
Našel všechno, co jeho nejstarší dcery chtěly.
But his youngest daughter's wish was difficult.
Ale přání jeho nejmladší dcery bylo těžké.
He could not find the thing called"sobur"
Nemohl najít tu věc zvanou „sobur".
He asked at every port he came to.
Ptal se v každém přístavu, kam přijel.
"Do you have something called 'sobur'?"
„Máte něco, čemu se říká ‚sobur'?"
But the merchants all shook their heads.
Ale všichni obchodníci kroutili hlavami.
"We've never heard of 'sobur'"
„Nikdy jsme neslyšeli o ‚soburu'"
His voyage had almost come to its end.
Jeho plavba se téměř chýlila ke konci.
He was soon going to head back home.
Brzy se chystal vrátit domů.
But he wanted"sobur" for his daughter.
Ale chtěl pro svou dceru „sobur".
So he went calling through the streets.
Tak volal po ulicích.
"Sobur, does anyone have sobur?!"
„Sobur, má někdo sobur?!"
The son of the King was in his castle.
Králův syn byl na svém hradě.
He happened to be looking out the window.
Shodou okolností se díval z okna.
And the calls attracted his attention.

A hovory upoutaly jeho pozornost.
Because his name happened to be Sobur.
Protože se shodou okolností jmenoval Sobur.
He came to the merchant to speak with him.
Přišel k obchodníkovi, aby si s ním promluvil.
"I have the Sobur that you want"
„Mám Sobur, kterého chceš."
"Take this box, but be careful with it"
„Vezmi si tuhle krabici, ale buď s ní opatrný."
"In the box is a magical feather fan and mirror"
„V krabici je kouzelný vějíř z peří a zrcátko."
"This is the Sobur your daughter wishes for"
„Tohle je Sobur, po kterém si tvá dcera přeje."
The merchant thanked the prince for the box.
Obchodník poděkoval princi za krabici.
And he returned back to his country.
A vrátil se zpět do své země.

He gave the box to his daughter.
Dal krabici své dceři.
But the daughter didn't think about it.
Ale dcera o tom nepřemýšlela.
She thought it was just a common box.
Myslela si, že je to jen obyčejná krabice.
She had forgotten about the messenger.
Zapomněla na posla.
But one day she decided to open the box.
Ale jednoho dne se rozhodla krabici otevřít.
Inside the box she found a beautiful fan.
Uvnitř krabice našla krásný vějíř.
In the feather fan there was a beautiful mirror.
V péřovém vějíři bylo krásné zrcadlo.
She waved the feather fan to cool herself.
Zamávala péřovým vějířem, aby se ochladila.
And Prince Sobur appeared before her.
A před ní se objevil princ Sobur.
"You called me, so here I am," he said.

„Volala jsi mě, takže tady jsem,“ řekl.
"What is it you wish for?" he asked.
„Co si přeješ?“ zeptal se.
She was astonished at what she saw.
Byla ohromena tím, co viděla.
A handsome prince had suddenly appeared!
Najednou se objevil krásný princ!
"Who are you?" she asked the prince.
„Kdo jsi?“ zeptala se prince.
"And how did you suddenly appear?"
„A jak ses tu najednou objevil?“
The Prince explained what had happened.
Princ vysvětlil, co se stalo.
"Your father was looking for 'sobur'"
„Tvůj otec hledal ‚sobur‘“
"I am prince Sobur," he explained.
„Jsem princ Sobur,“ vysvětlil.
"I gave your father a box"
„Dal jsem tvému otci krabici.“
"In this box there is a feather fan and mirror"
„V této krabici je péřový vějíř a zrcátko.“
"When you shake the feather fan I will appear"
„Až zatřeseš vějířem z peří, objevím se.“
She asked the prince to stay as a guest.
Požádala prince, aby u ní zůstal jako host.
And for two days the prince stayed with her.
A dva dny u ní princ zůstal.
And she entertained him in her palace.
A pohostila ho ve svém paláci.
During that time the two fell in love.
Během té doby se do sebe zamilovali.
They made their vows to each.
Složili si sliby.
And they became husband and wife.
A stali se manželem a manželkou.
After this the prince returned to his father.
Poté se princ vrátil ke svému otci.

He told him that he had selected a wife.
Řekl mu, že si vybral manželku.
The day for the wedding was decided.
Den svatby byl určen.
All the family was invited.
Pozvána byla celá rodina.
And they had a beautiful wedding.
A měli krásnou svatbu.

But there was a death in the marriage bed.
Ale v manželské posteli došlo k úmrtí.
The six daughters of the merchant were envious.
Šest dcer obchodníka mu závidělo.
They were jealous of their sister's success.
Žárlili na úspěch své sestry.
So they decided to destroy her happiness.
A tak se rozhodli zničit její štěstí.
They broke several glass bottles.
Rozbili několik skleněných lahví.
And they ground the glass into fine powder.
A sklo rozemleli na jemný prášek.
Then they scattered the powder on the bed.
Pak rozsypali prášek po posteli.
The prince suspected no danger.
Princ netušil žádné nebezpečí.
He laid himself down in the bed.
Lehl si do postele.
Soon he felt an acute pain.
Brzy ucítil ostrou bolest.
All of his whole body ached.
Bolelo ho celé tělo.
The powder had gone through his skin.
Prášek mu pronikl kůží.
The prince became restless through pain.
Princ se bolestí stal neklidným.
And he started to kick and scream.
A začal kopat a křičet.

He was taken away to his own country.
Byl odvezen do své vlastní země.
The king and queen were very worried.
Král a královna si dělali velké starosti.
They consulted all the kingdom's physicians.
Konzultovali se všemi lékaři království.
But their efforts were in vain.
Ale jejich úsilí bylo marné.
Day and night the young prince was screaming.
Mladý princ křičel dnem i nocí.
No one could ascertain the disease.
Nikdo nedokázal zjistit, o jakou nemoc se jedná.
So they had no way of knowing the remedy.
Takže neměli jak zjistit lék.
You can imagine the grief of his wife.
Dokážete si představit zármutek jeho ženy.
The marriage knot had only just been tied.
Manželský uzel byl teprve uvázán.
She thought a terrible disease had attacked him.
Myslela si, že ho napadla nějaká hrozná nemoc.
Then he was carried hundreds of miles away.
Pak ho odnesli stovky kilometrů daleko.
She had never been to his country.
Nikdy v jeho zemi nebyla.
But she was determined to go there.
Ale byla odhodlaná tam jít.
And she was determined to nurse him better.
A byla odhodlaná o něj lépe pečovat.
She put on the garb of a Sannyasi.
Oblékla si oděv sannjásínské.
And she carried a dagger in her hand.
A v ruce držela dýku.
And then she set out on her journey.
A pak se vydala na svou cestu.

The princess was still relatively young.
Princezna byla ještě relativně mladá.

She was unaccustomed to long journeys.
Nebyla zvyklá na dlouhé cesty.
And she wasn't used to walking so far.
A nebyla zvyklá chodit tak daleko.
She soon got weary of walking.
Brzy ji chůze unavila.
So she sat under a tree to rest.
Tak si sedla pod strom, aby si odpočinula.
On the top of the tree there was a nest.
Na vrcholu stromu bylo hnízdo.
It was the nest of two divine birds.
Bylo to hnízdo dvou božských ptáků.
Bihangami and Bihangama lived here.
Žili zde Bihangami a Bihangama.
They were not in their nest at the time.
V té době nebyli ve svém hnízdě.
But two of their chicks were in the nest.
Ale dvě z jejich mláďat byla v hnízdě.
Suddenly the chicks gave a scream.
Najednou kuřata vykřikla.
This roused the half-drowsy princess.
To probudilo napůl ospalou princeznu.
The little birds had seen huge serpent.
Malí ptáčci spatřili obrovského hada.
The snake was about to climb the tree.
Had se chystal vylézt na strom.
This would have been the end of the birds.
To by byl konec ptáků.
But the Sannyasi took out her dagger.
Ale sannjásínka vytáhla dýku.
And she cut the serpent in two.
A rozsekla hada vedví.
Of course even this frightened the young birds.
Samozřejmě i to mladé ptáky vyděsilo.
And they flew from the nest screaming.
A s křikem vyletěli z hnízda.
Bihangama and Bihangami were on their way back.

Bihangama a Bihangami se vraceli.

They came sailing through the air.

Přiletěli vzduchem.

They thought they already knew what had happened.

Mysleli si, že už vědí, co se stalo.

"I don't expect to see our children"

„Neočekávám, že uvidím naše děti"

"The nest will be empty again"

„Hnízdo bude zase prázdné"

"All our previous children were eaten"

„Všechny naše předchozí děti byly snědeny"

"They were eaten by our great enemy the serpent"

„Sežral je náš velký nepřítel, had."

"They will have met the same fate"

„Potká je stejný osud"

"I do not hear the cries of my young ones"

„Neslyším pláč svých dětí"

The two birds got to their nest.

Dva ptáci dorazili ke svému hnízdu.

And as predicted, the nest was empty.

A jak se dalo očekávat, hnízdo bylo prázdné.

This seemed to confirm their suspicions.

Zdálo se, že to potvrdilo jejich podezření.

But soon the young birds returned.

Ale brzy se mladí ptáci vrátili.

The divine birds were pleasantly surprised.

Božští ptáci byli mile překvapeni.

The young birds told them what had happened.

Mladí ptáčci jim řekli, co se stalo.

"There was a young Sannyasi under the tree"

„Pod stromem byl mladý sannjásí."

"He destroyed the serpent"

„Zničil hada"

"He cut the snake in two with his dagger"

„Rozsekl hada dýkou na dvě části"

The parents went to foot of the tree.

Rodiče šli k patě stromu.

Two halves of the snake were still there.
Dvě poloviny hada tam stále byly.
"The young Sannyasi has saved our offspring"
„Mladý sannjásí zachránil naše potomstvo"
"I wish we could do him some service in return"
„Přál bych si, abychom mu na oplátku mohli prokázat nějakou službu."
The divine bird Bihangama replied.
Božský pták Bihangama odpověděl.
"We shall do our service to HER"
„Prokážeme JÍ službu"
"The Sannyasi under the tree is not a man"
„Sannjásí pod stromem není člověk"
"The Sannyasi under the tree is a woman"
„Sannjásí pod stromem je žena"
"Last night she got married to Prince Sobur"
„Včera večer se vdala za prince Sobura."
"Shortly after their marriage he was poisoned"
„Krátce po svatbě byl otráven"
"His skin was pierced with small shards of glass"
„Jeho kůže byla propíchnutá malými střepy skla"
"His sisters-in-law envied his wife"
„Jeho švagrové záviděly jeho ženě"
"Her sisters spread the powder over the bed"
„Její sestry rozprostřely prášek po posteli"
"He is still suffering from his pain"
„Stále trpí svou bolestí"
"But he is in his native land"
„Ale on je ve své rodné zemi"
"And now he is at the point of death"
„A teď je na pokraji smrti"
"Beneath the tree is his heroic bride"
„Pod stromem je jeho hrdinská nevěsta"
"She is wearing the garb of a Sannyasi"
„Má na sobě oděv sannjásínky."
"And she is going to nurse him"
„A ona ho bude kojit."

The Bihangami asked the Bihangama.
Bihangami se zeptal Bihangamy.
"Is there no cure for the prince?"
„Neexistuje pro prince žádný lék?"
"Yes, there is a cure" replied the Bihangama.
„Ano, existuje lék," odpověděl Bihangama.
"There is hardened dung lying on the ground"
„Na zemi leží ztvrdlý hnůj"
"She must take this hardened dung"
„Musí snést tenhle ztvrdlý hnůj."
"Then she must reduce the dung to powder"
„Pak musí hnůj rozdrtit na prášek."
"And then she must bathe the prince"
„A pak musí vykoupat prince."
"She must bathe him in seven jars of water"
„Musí ho vykoupat v sedmi džbánech vody."
"Then she must bathe him in seven jars of milk"
„Pak ho musí vykoupat v sedmi džbánech mléka."
"Then she must apply the powder to his body"
„Pak mu musí nanést prášek na tělo ."
"After this Prince Sobur will get well"
„Po tomto se princ Sobur uzdraví."
"I have no doubts about this remedy"
„O tomto léku nemám žádné pochybnosti"
The Bihangami saw a problem though.
Bihangami si ale všimli problému.
"The princess is but a young girl"
„Princezna je jen mladá dívka"
"She cannot walk such a distance"
„Nemůže ujít takovou vzdálenost."
"The journey would take her many days"
„Cesta by jí trvala mnoho dní"
"By that time the poor prince will have died"
„Do té doby už ubohý princ zemře."
"I can," replied the Bihangama.
„Můžu," odpověděl Bihangama.
"I will take the young lady on my back"

„Vezmu si tu mladou dámu na záda."
"I will fly her to Prince Sobur's city"
„Poletím s ní do města prince Sobura."
"If she takes no presents, I will fly her back"
„Pokud si nevezme žádné dárky, poletím s ní zpátky."
The merchant's daughter heard this conversation.
Obchodníkova dcera tento rozhovor slyšela.
She begged the Bihangama to take her on his back.
Prosila Bihangamu, aby ji vzal na záda.
And of course the bird willingly consented.
A pták samozřejmě ochotně souhlasil.
First she gathered some of the birds dung.
Nejdříve nasbírala trochu ptačího trusu.
And then she reduced the dung to fine powder.
A pak trus rozdrtila na jemný prášek.
She was armed with this potent drug.
Byla vyzbrojena touto silnou drogou.
And she got on the back of the kind bird.
A vylezla na hřbet toho laskavého ptáka.

The Bihangama flew as fast as lightning.
Bihangama letěla rychlostí blesku.
They soon reached Prince Sobur's city.
Brzy dorazili do města prince Sobura.
The young Sannyasi went up to the palace.
Mladý sannjásí odešel do paláce.
And she spoke to the guards at the gate.
A promluvila se strážemi u brány.
"Send word to the king that I have a drug"
„Vyzvěte králi, že mám drogu."
"This drug will save the prince's life"
„Tento lék zachrání princi život"
"Within hours I will have cured the prince"
„Během několika hodin vyléčím prince"
The king had tried all the best doctors.
Král vyzkoušel všechny nejlepší lékaře.
But no doctor had been able to cure his son.

Ale žádný lékař nebyl schopen jeho syna vyléčit.
So he didn't believe the Sannyasi's words.
Takže nevěřil slovům sannjásína.
But his councilors advised him otherwise.
Jeho radní mu ale radili jinak.
The Sannyasi ordered for seven jars of water.
Sannjásí si objednal sedm džbánů vody.
And seven jars of milk were ordered.
A bylo objednáno sedm sklenic mléka.
He poured a jar of water on the prince.
Vylil na prince džbán vody.
And he poured a jar of milk on the prince.
A nalil na prince sklenici mléka.
He had a feather from the divine bird.
Měl pírko od božského ptáka.
And he used the feather to apply the powder.
A použil pírko k nanesení pudru.
All of the prince's body was covered.
Celé princovo tělo bylo zakryté.
This was repeated another six times.
Toto se opakovalo ještě šestkrát.
The last treatment did the magic.
Poslední ošetření udělalo kouzlo.
The prince started to feel well again.
Princ se začal znovu cítit dobře.
The king was happier than words can describe.
Král byl šťastnější, než se dá slovy popsat.
"Give the Sannyasi the finest treasures"
„Dejte sannjásínovi ty nejlepší poklady"
But the Sannyasi refused to take presents.
Ale sannjásí odmítl přijímat dary.
"Let me have the ring on the prince's finger"
„Dejte mi prsten na princův prst"
The king and the prince were happy.
Král a princ byli šťastní.
And they gave him what he wanted.
A dali mu, co chtěl.

The merchant's daughter hastened back.
Obchodníkova dcera spěchala zpět.
The Bihangama was waiting at the sea-shore.
Bihangama čekala na břehu moře.
They reached the tree of the divine birds.
Došli ke stromu božských ptáků.
The young bride walked back to her palace.
Mladá nevěsta se vrátila do svého paláce.

The following day she shook the magical feather fan.
Následujícího dne zatřásla kouzelným vějířem z péra.
Just as before, her husband appeared.
Stejně jako předtím se objevil její manžel.
Of course he was happy to see his wife.
Samozřejmě měl radost, že vidí svou ženu.
But he was infinitely surprised.
Ale byl nekonečně překvapen.
She had his ring on her finger.
Měla na prstě jeho prsten.
His own wife was his doctor.
Jeho vlastní žena byla jeho lékařkou.
It was his wife that had cured him!
Byla to jeho žena, která ho vyléčila!
The prince took his bride to his palace.
Princ vzal svou nevěstu do paláce.
He forgave his sisters-in-law.
Odpustil svým švagrovým.
They lived happily for many years.
Žili šťastně mnoho let.
And they were blessed with children.
A byli požehnáni dětmi.

The Origins of Opium
Původ opia

Once upon on a time there lived a Rishi.
Kdysi dávno žil jeden Riši.
He lived on the banks of the holy Ganges.
Žil na břehu posvátné Gangy.
This Rishi was a very religious man.
Tento Riši byl velmi nábožný muž.
He spent his days performing religious rites.
Své dny trávil vykonáváním náboženských obřadů.
From sunrise to sunset he sat on the river bank.
Od východu do západu slunce seděl na břehu řeky.
For the whole time he sat engaged in devotion.
Celou dobu seděl oddaný zbožnosti.
At night he took shelter in his hut.
V noci se ukryl ve své chatrči.
His hut was made from palm-leaves.
Jeho chatrč byla postavena z palmových listů.
The palms he had grown from saplings.
Palmy, které vypěstoval ze stromků.
There was no one around for miles.
Na kilometry kolem nikdo nebyl.
However, in the hut there was a mouse.
V chatrči však byla myš.
She lived from what the Rishi left for her.
Žila z toho, co jí riši zanechal.
The Rishi was a kind-hearted man.
Riši byl dobrosrdečný muž.
He would not hurt any living thing.
Neublížil by žádné živé bytosti.
So our mouse never ran away from him.
Takže naše myška před ním nikdy neutekla.
In fact, our mouse went to him.
Vlastně k němu šla naše myška.
She touched his feet when he was sitting.
Dotkla se jeho nohou, když seděl.

And she enjoyed playing with him.
A ráda si s ním hrála.
The Rishi also liked the little mouse.
Rišimu se také líbila malá myška.
So he wanted to be kind to her.
Takže k ní chtěl být laskavý.
And he wanted someone to talk to.
A chtěl si s někým promluvit.
So he gave her the power of speech.
Dal jí tedy dar řeči.

One night the mouse stood up.
Jednou v noci se myš postavila.
She got onto her hind legs.
Postavila se na zadní nohy.
And she stood in front of the Rishi.
A stála před Rišim.
And she put her front paws together.
A dala přední tlapky k sobě.
"Holy Sage, you have been kind to me"
„Svatý mudrci, byl jsi ke mně laskavý"
"And you have given me human language"
„A dal jsi mi lidskou řeč"
"I hope it doesn't displease your reverence"
„Doufám, že to Vaší cti neznepokojí."
"But I have one more boon to ask"
„Ale mám ještě jednu požehnání, o které bych chtěl požádat."
The Rishi listened to his mouse.
Riši poslouchal svou myš.
"What is it?" asked the Rishi.
„Co se děje?" zeptal se Riši.
"Say what you want, little mouse"
„Říkej, co chceš, myško."
The mouse answered the Rishi.
Myš odpověděla Rišimu.
"By day your reverence goes to the river"
„Ve dne se tvá úcta dostává k řece"

"And there you practice your devotions"
„A tam praktikujete své zbožnosti ."
"During this time a cat comes to the hut"
„Během této doby přichází k chatrči kočka."
"This cat has been trying to catch me"
„Tahle kočka se mě snažila chytit"
"She still has some fear of your reverence"
„Pořád má trochu strach z vaší úcty."
"Otherwise she would have eaten me long ago"
„Jinak by mě už dávno snědla."
"But I fear the cat will eat me someday"
„Ale bojím se, že mě jednou ta kočka sní."
"So I have one prayer to ask of you"
„Takže mám k tobě jednu modlitbu."
"Please may I be changed into a cat!"
„Prosím, kéž bych se mohl proměnit v kočku!"
"Then I would be a match for my foe"
„Pak bych se vyrovnal svému nepříteli."
The Rishi understood the mouse's plight.
Riši chápal tíživou situaci myši.
He threw some holy water on the mouse.
Polil myš svěcenou vodou.
And the mouse instantly turned into a cat.
A myš se okamžitě proměnila v kočku.

She had lived as a cat for some days.
Několik dní žila jako kočka.
One night she went to the Rishi again.
Jednou v noci šla znovu k Rišimu.
And the Rishi spoke to his pet.
A Riši promluvil ke svému mazlíčkovi.
"Well, little kitty, how are you!"
„No, kočičko, jak se máš!"
"How do you like your present life!"
„Jak se ti líbí tvůj současný život!"
The cat thought about what to say.
Kočka přemýšlela, co říct.

But she didn't have to say anything.
Ale nemusela nic říkat.
The Rishi could tell by her expression.
Riši to poznal z jejího výrazu.
"Why don't you like it?" asked the sage.
„Proč se ti to nelíbí?" zeptal se mudrc.
"Are you not as strong as the other cats!"
„Nejsi tak silná jako ostatní kočky?"
"Yes, I am strong enough," answered the cat.
„Ano, jsem dost silná," odpověděla kočka.
"Your reverence has made me a strong cat"
„Vaše úcta ze mě udělala silnou kočku."
"As strong as any cat in the world"
„Silná jako kterákoli kočka na světě"
"Now I do not fear cats anymore"
„Teď už se koček nebojím"
"But now I have got a new foe"
„Ale teď mám nového nepřítele"
"By day your reverence goes to the river"
„Ve dne se tvá úcta dostává k řece"
"During this time dogs come to the hut"
„Během této doby přicházejí k chatě psi."
"These dogs have been barking at me"
„Tito psi na mě štěkali"
"And I have been frightened for my life"
„A já se bojím o svůj život"
"So I have one more prayer to ask of you"
„Takže mám k tobě ještě jednu modlitbu."
"Please may I be changed into a dog!"
„Prosím, kéž bych se mohl proměnit v psa!"
The Rishi understood the cat's plight.
Riši chápal kočičí tíživou situaci.
He threw some holy water on the cat.
Polil kočku svěcenou vodou.
And the cat instantly became a dog.
A z kočky se okamžitě stal pes.

She lived as a dog for some days.
Několik dní žila jako pes.
But one night she spoke to the Rishi.
Ale jedné noci promluvila s rišim.
"I cannot thank your reverence enough"
„Nemohu dostatečně poděkovat vaší úctě"
"You have been most kind to me"
„Byl jsi ke mně velmi laskavý"
"I was but a poor mouse"
„Byl jsem jen ubohá myš"
"You not only gave me speech"
„Nejenže jsi mi dal řeč"
"But you also turned me into a cat"
„Ale taky jsi ze mě udělal kočku."
"And your kindness didn't end there"
„A tvá laskavost tím nekončila"
"Then you changed me into a dog"
„Pak jsi mě proměnil v psa"
"As a dog, however, I suffer greatly"
„Jako pes ale velmi trpím"
"I do not get enough to eat"
„Nemám dost jídla"
"My only food is what you leave me"
„Moje jediné jídlo je to, co mi necháš"
"That was fine when I was a mouse"
„To bylo fajn, když jsem byl myš."
"But you have made me much larger"
„Ale ty jsi mě udělal mnohem větším "
"And it is not enough to fill my mouth"
„A nestačí mi to naplnit ústa"
"OH your reverence, how I envy those monkeys"
„Ach, Vaše Ctihodnosti, jak já těm opicím závidím."
"They jump about from tree to tree"
„Skáčou ze stromu na strom"
"They eat all sorts of delicious fruits!"
„Jedí nejrůznější lahodné ovoce!"
"Please may reverence not get angry"

„Prosím, ať se úcta nehněvá“
"I pray to be changed into an monkey"
„Modlím se, abych se proměnil v opici“
The sage was a very understanding man.
Mudrc byl velmi chápavý muž.
His heart was filled with patience.
Jeho srdce bylo naplněno trpělivostí.
He was happy to grant his pet's wish.
Rád splnil přání svého mazlíčka.
He threw some holy water on the dog.
Polil psa svěcenou vodou.
And the dog instantly became an monkey.
A ze psa se okamžitě stala opice.

Our monkey was at first wild with joy.
Naše opice zpočátku divoce žasla.
She leaped from one tree to another.
Skákala z jednoho stromu na druhý.
She sucked every luscious fruit.
Cucala každé lahodné ovoce.
But her joy was short-lived again.
Ale její radost opět netrvala dlouho.
Summer had brought with it its drought.
Léto s sebou přineslo sucho.
Monkeys find it hard to climb down.
Opice jen těžko slézají dolů.
So she couldn't drink from the river.
Takže nemohla pít z řeky.
She saw how the wild boars lived.
Viděla, jak žijí divočáci.
All day they splashed in the water.
Celý den se cákali ve vodě.
She envied their life now.
Teď jim záviděla jejich život.
"Oh how happy those wild boars are!"
„Ach, jak jsou ti divočáci šťastní!“
"All day their bodies are cooled"

„Celý den jsou jejich těla chladná“
"All day they are refreshed by water"
„Celý den je osvěžuje voda“
"How I wish I were a wild boar"
„Jak bych si přál být divočákem“
That night she went to the Rishi.
Té noci šla k rišimu.
She recounted her troubles to him.
Vyprávěla mu o svých trápeních.
She told him all about the wild boars.
Vyprávěla mu všechno o divokých prasatech.
"Oh how pleasant their lives must be"
„Ach, jak příjemný musí být jejich život“
And she begged to be changed again.
A prosila, aby se znovu převlékla.
"I pray to be changed into a wild boar"
„Modlím se, abych se proměnil v divočáka“
The sage's kindness knew no bounds.
Mudrcova laskavost neznala mezí.
and he complied with his pet's request.
a vyhověl žádosti svého mazlíčka.
He threw some holy water on the monkey.
Polil opici svěcenou vodou.
And the monkey instantly became a wild boar.
A z opice se okamžitě stal divočák.

Our boar was now very content.
Náš kanec byl teď velmi spokojený.
She kept her body soaking wet.
Udržovala si tělo promočené.
Every day she went to the river.
Každý den chodila k řece.
She splashed about in her favorite element.
Cákala se ve svém oblíbeném živlu.
But life is not safe for wild boars.
Ale život pro divočáky není bezpečný.
One day the king was out hunting.

Jednoho dne byl král na lovu.
He was riding on an adorned elephant.
Jel na ozdobeném slonovi.
Only by luck did our wild boar escape.
Jen štěstím se našemu divočákovi podařilo uniknout.
She thought a lot about her experience.
Hodně přemýšlela o své zkušenosti.
She dwelt on the dangers of her life.
Zabývala se nebezpečími, která jí hrozila v životě.
And she envied the stately elephant.
A záviděla majestátnímu slonovi.
The elephant was more fortunate than her.
Slon měl větší štěstí než ona.
He got to carry the king on his back.
Musel nést krále na zádech.
Now she longed to be an elephant.
Teď toužila být slonem.
And at night she besought the Rishi.
A v noci prosila Rišiho.

Our elephant was roaming the wilderness.
Náš slon se potuloval divočinou.
On her adventures she saw the king.
Na svých dobrodružstvích spatřila krále.
Our elephant went towards the king's suite.
Náš slon se vydal směrem ke královskému apartmá.
She had every intention of being caught.
Měla v úmyslu být chycena.
The king saw the elephant from a distance.
Král spatřil slona z dálky.
He couldn't help but admire her beauty.
Nemohl si pomoct a obdivoval její krásu.
He gave his orders to his servants.
Dal svým služebníkům rozkazy.
"Catch and tame this elephant"
„Chyť a zkroť tohoto slona"
Our elephant was easily caught.

Náš slon byl snadno chycen.
She was taken into the royal stables.
Byla odvedena do královských stájí.
And she was tamed without any trouble.
A byla zkrocena bez jakýchkolı problémů.

One day the queen had a wish.
Jednoho dne měla královna přání.
She wished to go to the holy Ganges.
Přála si jít k posvátné Ganze.
She wished to bathe in the holy waters.
Přála si vykoupat se ve svatých vodách.
The king wanted to accompany his wife.
Král chtěl doprovodit svou ženu.
So he made his orders to his servants.
Dal tedy svým služebníkům rozkazy.
"Bring us the newly caught elephant"
„Přineste nám čerstvě chyceného slona"
The king and queen mounted on her back.
Král a královna jí vysedli na záda.
Our elephant had gotten her wish.
Naše slonice si splnila přání.
Well... she seemed to have gotten her wish.
No... zdálo se, že se jí přání splnilo.
The king had mounted on her back.
Král jí vysedl na záda.
But no, the elephant didn't get her wish.
Ale ne, slonice se její přání nesplnilo.
She looked upon herself as a lordly beast.
Považovala se za vznešené zvíře.
She could not a woman riding on her back.
Nedokázala vidět ženu, která jí jede na zádech.
It wasn't enough that she was a queen.
Nestačilo, že byla královnou.
She could not bear the idea of it.
Tu představu nemohla snést.
She felt she had been degraded.

Cítila se ponížená.
She jumped up as violently as elephants can.
Vyskočila tak prudce, jak jen sloni dokážou.
Both the king and queen fell to the ground.
Král i královna padli na zem.
The king carefully picked up the queen.
Král opatrně zvedl královnu.
He took the queen in his arms.
Vzal královnu do náruče.
He asked her whether she had been hurt.
Zeptal se jí, jestli se zranila.
He wiped off the dust from her clothes.
Setřel jí prach z oblečení.
And he tenderly kissed her a hundred times.
A stokrát ji něžně políbil.
Our elephant witnessed the king's caresses.
Náš slon byl svědkem králova pohlazení.
And she scampered off to the woods.
A rozběhla se pryč do lesa.
She ran as fast as her legs could carry her.
Běžela tak rychle, jak jen jí nohy stačily.
As she ran, she thought within herself;
Zatímco běžela, pomyslela si v duchu;
"I have experienced many different lives"
„Zažil jsem mnoho různých životů"
"And I have experienced different happiness"
„A zažil jsem jiné štěstí"
"But those lives cannot be compared"
„Ale ty životy se nedají srovnávat"
"A queen is the happiest creature of all"
„Královna je nejšťastnější tvor ze všech"
"Of what infinite regard is she the object of!"
„Jaké nekonečné úcty si jí vážíme!"
"The king lifted her off the ground"
„Král ji zvedl ze země"
"And he carefully took her in his arms"
„A opatrně ji vzal do náruče"

"He made many tender inquiries to her"
„Klamal jí mnoho něžných otázek"
"And he wiped off the dust from her clothes"
„A setřel jí prach z šatů"
"And he kissed her a hundred times!"
„ A políbil ji stokrát!"
"Oh, the happiness of being a queen!"
„Ach, to štěstí být královnou!"
"I must ask the Rishi to make me a queen!"
„Musím požádat rišiho, aby mě učinil královnou!"

The sun was just about to set.
Slunce se právě chystalo zapadat.
Our elephant made it back to the hut.
Náš slon se dostal zpátky do chatrče.
The Rishi had just finished his devotions.
Riši právě dokončil své pobožnosti.
She fell on the ground at his feet.
Padla na zem k jeho nohám.
She was still the little mouse.
Pořád byla ta malá myška.
And he was still the holy sage.
A stále byl svatým mudrcem.
"What's the news?" inquired the Rishi.
„Co je nového?" zeptal se Riši.
"Why have you left the king's palace!"
„Proč jsi opustil královský palác!"
Our elephant thought about her words.
Naše slonice se nad svými slovy zamyslela.
"What shall I say to your reverence!"
„Co mám říct Vaší cti!"
"You have been very kind to me"
„Byl jsi ke mně velmi laskavý"
"You have granted every wish of mine"
„Splnil jsi každé mé přání"
"I was a mouse and you gave me speech"
„Byl jsem myš a ty jsi mi dal řeč"

"But as a mouse my life was in danger"
„Ale jako myš byl můj život v nebezpečí"
"You saved me by turning me into a cat"
„Zachránil jsi mě tím, že jsi mě proměnil v kočku"
"But as a cat my life was no safer"
„Ale jako kočka můj život nebyl o nic bezpečnější."
"And you helped me become a dog"
„A ty jsi mi pomohl stát se psem"
"But as a dog I had not enough to eat"
„Ale jako pes jsem neměl dost jídla"
"You provided for me again"
„Zase jsi se o mě postaral/a"
"And you turned my into a monkey"
„A ty jsi ze mě udělal/a opici"
"I had all I could wish to eat"
„Snědl jsem, co jsem si mohl přát"
"But I had no way of cooling my body"
„Ale neměl jsem jak si ochladit tělo."
"You helped me with this too"
„S tímhle jsi mi taky pomohl/a"
"And you turned me into a wild boar"
„A ty jsi ze mě udělal divočáka."
"Wild boars have a comfortable life"
„Divoká prasata mají pohodlný život"
"But they don't live without danger"
„Ale nežijí bez nebezpečí"
"And again you protected me"
„A zase jsi mě ochránil"
"And you turned me into an elephant"
„A ty jsi ze mě udělal/a slona"
"Being an elephant has increased my bulk"
„To, že jsem slon, mi zvětšilo objem"
"But being an elephant has not increased my happiness"
„Ale to, že jsem slon, mi štěstí nezvýšilo."
"I have one more boon to ask of you"
„Ještě o jednu věc tě žádám."
"It will be the last boon I ask for"

„Bude to poslední požehnání, o které budu žádat"
"I see now who the happiest creature is"
„Teď už vidím, kdo je nejšťastnější tvor."
"A queen is the happiest in the world"
„Královna je nejšťastnější na světě"
"Holy father, please make me a queen"
„Svatý otče, prosím, udělej ze mě královnu"
"Silly child," answered the Rishi.
„Hloupé dítě," odpověděl Riši.
"How can I make you a queen!"
„Jak z tebe můžu udělat královnu!"
"Where can I get a kingdom for you!"
„Kde pro tebe můžu sehnat království!"
"Where would I find a royal husband!"
„Kde bych našla královského manžela!"
But the Rishi was still patient.
Ale Riši byl stále trpělivý.
"There is one thing I can do for you"
„Jedna věc je pro tebe můžu udělat"
"I can change you into a beautiful girl"
„Můžu tě proměnit v krásnou dívku"
"You will be as beautiful as a queen"
„Budeš krásná jako královna"
"You will possess all the charms you need"
„Budeš mít všechna kouzla, která potřebuješ"
"Your charms can captivate a prince's heart"
„Tvé kouzlo dokáže uchvátit srdce prince"
"But you must wait for what the gods decide"
„Ale musíš počkat, co rozhodnou bohové."
"They will grant you an interview"
„Dovolí vám pohovor"
"Tou will have your chance with a prince!"
„S princem budeš mít šanci!"
Our elephant agreed to the change.
Náš slon se změnou souhlasil.
The beast was transformed by the Rishi.
Bestie byla proměněna Rišim.

And now she was a beautiful young lady.
A teď z ní byla krásná mladá dáma.
The holy sage named her Postomani.
Svatý mudrc ji pojmenoval Postomani.
Her name meant 'the poppy-seed lady'.
Její jméno znamenalo „dáma s mákem".

Postomani lived in the Rishi's hut.
Postomani žil v chýši Rišiho.
She spent her time tending the flowers.
Trávila čas péčí o květiny.
And she watered the plants in the garden.
A zalévala rostliny na zahradě.
One day she was sitting at the hut.
Jednoho dne seděla v chatrči.
The Rishi was at the holy Ganges.
Riši byl u svaté Ganzy.
A richly dressed man came towards the cottage.
K chalupě přišel bohatě oblečený muž.
She stood up to welcome the man.
Vstala, aby muže přivítala.
And she asked the stranger who he was.
A zeptala se cizince, kdo to je.
"What have you come for?" she asked.
„Pro co jsi přišel?" zeptala se.
"I have been on a hunt"
„Byl jsem na lovu"
"But we chased the deer in vain"
„Ale jelena jsme honili marně"
"Now I am thirsty from the heat"
„Teď mám žízeň z horka"
"I thought that a Rishi lives here"
„Myslel jsem, že tu bydlí Riši."
"I had come to ask him for water"
„Přišel jsem ho požádat o vodu"
"But now I see you live here"
„Ale teď tě vidím bydlet tady."

Postomani answered the stranger.
Postomani odpověděl cizinci.
"Look upon this hut as your own"
„Považuj tuto chatrč za svou vlastní"
"I am sorry, but we are poor"
„Je mi líto, ale jsme chudí"
"We cannot offer you any entertainment"
„Nemůžeme vám nabídnout žádnou zábavu"
"But let me make your visit comfortable"
„Ale dovolte mi, abych vám návštěvu zpříjemnil."
"Because, I believe you are a king"
„Protože věřím, že jsi král."
"If I am not mistaken," she added.
„Pokud se nemýlím," dodala.
The stranger smiled in recognition.
Cizinec se na znamení poznání usmál.

Postomani then brought a pot of water.
Postomani pak přinesl hrnec vody.
She went to wash her royal guest's feet.
Šla umýt nohy svému královskému hostovi.
But the visitor did not let her do this.
Návštěvník jí to ale nedovolil.
"Holy maid, do not touch my feet"
„Svatá panno, nedotýkej se mých nohou"
"I am only a Kshatriya," he confessed.
„Jsem jen kšatrija," přiznal.
"And you are the daughter of a holy sage"
„A ty jsi dcera svatého mudrce."
"Noble sir;" Postomani begun to confess.
„Vážený pane," začal se Postomani zpovídat.
"I am not the daughter of the Rishi"
„Nejsem dcera Rišiho"
"And am I not a Brahmani girl either"
„A nejsem taky bráhmánská dívka?"
"There is no harm in me touching your feet"
„Není nic špatného na tom, když se dotknu tvých nohou."

"Besides, you are my guest"

„Kromě toho jsi můj host."

"And I am bound to wash your feet"

„A já vám umyji nohy."

"Forgive my impertinence," the king wished.

„Odpusťte mi mou drzost," přál si král.

"What caste do you belong to?" he asked.

„Do jaké kasty patříš?" zeptal se.

"I only know what the sage told me"

„Vím jen to, co mi řekl mudrc."

"I heard my parents were Kshatriyas"

„Slyšel jsem, že moji rodiče byli kšatrijové."

The stranger wanted to know more.

Cizinec chtěl vědět víc.

"May I ask whether your father was a king!"

„Mohu se zeptat, jestli byl váš otec král?"

"You have an uncommon beauty," he said.

„Máš neobvyklou krásu," řekl.

"And you possess a stately demeanor"

„A máte vznešené vystupování."

"These qualities cannot be worked for"

„Tyto vlastnosti se nedají získat prací "

"It shows that you were born a princess"

„Ukazuje to, že ses narodila jako princezna."

Postomani avoided answering the question.

Postomani se odpovědi na otázku vyhnul.

Instead she went inside the hut.

Místo toho vešla do chatrče.

She brought out a tray of delicious fruits.

Přinesla tác plný lahodného ovoce.

And she set the fruits before the king.

A položila ovoce před krále.

The king, however, did not touch the fruits.

Král se však ovoce nedotkl.

He waited until his question was answered.

Čekal, až se na jeho otázku dostane odpovědi.

"I only know what the holy sage says"

„Vím jen to, co říká svatý mudrc"

"He says that my father was a king"

„Říká, že můj otec byl král."

"But he was overcome in a battle"

„Ale byl v bitvě poražen"

"So he, with my mother, fled into the woods"

„Tak on s mou matkou uprchl do lesa."

"My poor father was eaten by a tiger"

„Mého ubohého otce sežral tygr"

"My mother closed her eyes as I opened mine"

„Moje matka zavřela oči, když jsem je otevřel."

"There was a bee-hive on the tree"

„Na stromě byl včelí úl"

"I lay at the foot of that tree"

„Ležel jsem u paty toho stromu"

"Drops of honey fell into my mouth"

„Kapky medu mi padaly do úst"

"The honey maintained the spark inside me"

„Med ve mně udržoval jiskru"

"And then the kind Rishi found me"

„A pak mě našel ten laskavý Rishi"

"The holy sage brought me into his hut"

„Svatý mudrc mě uvedl do své chýše"

"This is the simple story of this wretched girl"

„Toto je prostý příběh této ubohé dívky"

"The girl who now stands before the king"

„Dívka, která nyní stojí před králem"

"Call not yourself wretched," replied the king.

„Neříkej si, že jsi ubohý," odpověděl král.

"You are the most beautiful of women"

„Jsi nejkrásnější ze žen"

"And you are the loveliest of women"

„A ty jsi nejkrásnější ze žen"

"You would adorn the grandest palaces"

„Zdobil bys ty nejvelkolepější paláce"

Postomani had gotten her interview.

Postomaniová dostala rozhovor.
She fell in love with the king.
Zamilovala se do krále.
And the king fell in love with her.
A král se do ní zamiloval.
The Rishi joined them in marriage.
Riši je sňatkem spojil.
Postomani became the king's favourite queen.
Postomani se stala královou oblíbenou královnou.
And the former queen was in disgrace.
A bývalá královna byla v nemilosti.
But Postomani's happiness was short-lived.
Postomaniho štěstí ale netrvalo dlouho.
One day as she was standing by a well.
Jednoho dne, když stála u studny.
She was overcome by a moment of giddiness.
Na okamžik se jí zatočila hlava.
Fortune had her fall into the water.
Štěstí ji nechalo spadnout do vody.
And she died in the water of the well.
A zemřela ve vodě ze studny.
The Rishi then came to the king.
Riši pak přišel ke králi.
"O king, grieve not over the past"
„Králi, netruchli nad minulostí"
"What is fixed by fate must come to pass"
„Co osud určí, musí se stát."
"The queen drowned in your well"
„Královna se utopila ve vaší studni"
"But she was not of royal blood"
„Ale ona nebyla z královské krve."
"She was born to a family of mice"
„Narodila se do rodiny myší"
"Each evening she came to my hut"
„Každý večer chodila do mé chatrče"
"And I gave her the power of speech"
„A dal jsem jí moc řeči"

"With speech she could express her wishes"
„Řečí mohla vyjádřit svá přání"
"I changed her according to her wishes"
„Změnil jsem ji podle jejího přání"
"As a mouse she feared the cat"
„Jako myš se bála kočky"
"And so I changed her into a cat"
„A tak jsem ji proměnil v kočku"
"As a cat she feared the dogs"
„Jako kočka se bála psů"
"And so I changed her into a dog"
„A tak jsem ji proměnil v psa ."
"As a dog she had not enough to eat"
„Jako pes neměla dost jídla"
"And so I changed her into a monkey"
„A tak jsem ji proměnil v opici"
"As a monkey she couldn't bear the heat"
„Jako opice nesnesla horko"
"And so I changed her into a wild boar"
„A tak jsem ji proměnil v divočáka."
"As a boar her life was not safe"
„Jako kanec její život nebyl bezpečný"
"And so I changed her into an elephant"
„A tak jsem ji proměnil ve slona"
"That was the elephant you caught"
„To byl ten slon, co jsi chytil."
"But as an elephant she was not loved"
„Ale jako slon nebyla milována"
"And so I changed her one last time"
„A tak jsem ji naposledy změnil"
"I changed her into a beautiful girl"
„Změnil jsem ji v krásnou dívku"
"That is the girl that you married"
„To je ta dívka, kterou sis vzal."
"And that is the girl that drowned"
„A to je ta dívka, co se utopila"
"Take into favor your former queen"

„Vezměte si přízeň své bývalé královny"
"And don't worry for my daughter"
„A nebojte se o mou dceru."
"I will make her name immortal"
„Učiním její jméno nesmrtelným"
"Let her body remain in the well"
„Ať její tělo zůstane ve studni"
"Fill the well up with earth"
„Naplňte studnu zemí"
"In her flesh there is a seed"
„V jejím těle je semeno"
"From her bones a tree will grow"
„Z jejích kostí vyroste strom"
"We will name this tree after her"
„Pojmenujeme tento strom po ní."
"The tree shall be called 'Posto'"
„Strom se bude jmenovat ‚Posto'"
"This means 'the Poppy tree'"
„To znamená ‚mák'"
"From this tree there will come a drug"
„Z tohoto stromu vzejde droga"
"This drug will be called opium"
„Tato droga se bude jmenovat opium"
"Opium will be a powerful medicine"
„Opium bude silný lék"
"People will consume opium in every epoch"
„Lidé budou konzumovat opium v každé epoše"
"Opium will either be swallowed or smoked"
„Opium se buď polyká, nebo kouří"
"And opium will be a wonderful narcotic"
„A opium bude skvělým narkotikem."
"Opium will be used till the end of time"
„Opium bude používáno až do konce věků"
"You will recognize the opium smoker"
„Poznáte kuřáka opia"
"He will have many different qualities"
„Bude mít mnoho různých vlastností"

"One quality for each of the animals"
„Jedna vlastnost pro každé zvíře"
"The animals which Postomani had lived as"
„Zvířata, jako která Postomani žil"
"He will be mischievous, like a mouse"
„Bude zlomyslný jako myš."
"He will be fond of milk, like a cat"
„Bude mít rád mléko jako kočka."
"He will be quarrelsome, like a dog"
„Bude hádavý jako pes"
"He will be filthy, like a monkey"
„Bude špinavý jako opice"
"He will be savage, like a boar"
„Bude divoký jako kanec"
"He will be confident, like an elephant"
„Bude sebevědomý jako slon"
"And he will be high-tempered, like a queen"
„A bude vznětlivý jako královna"

Strike, but Listen First
Stávkuj, ale nejdřív poslouchej

There was once a king who had three sons.
Byl jednou jeden král, který měl tři syny.
His royal subjects came to him one day and said;
Jednoho dne k němu přišli jeho královští poddaní a řekli:
"Oh incarnation of justice! hear our plea"
„Ó, vtělení spravedlnosti! Vyslyš naši prosbu!"
"The kingdom is infested with thieves and robbers"
„Království je zamořeno zloději a lupiči"
"Our property is not safe from their thievery"
„Náš majetek není v bezpečí před jejich krádeží"
"We pray your majesty to catch hold of these thieves"
„Modlíme se k Vaší Veličenstvu, abyste tyto zloděje dopadli."
"We beg you punish them to the full extent of the law"
„Žádáme vás, abyste je potrestali v plném rozsahu zákona."
The king said to his sons, "Oh, my sons, I am old"
Král řekl svým synům: „Ach, synové moji, jsem starý."
"But you are all in the prime of manhood"
„Ale vy všichni jste v rozkvětu mužnosti."
"How is it that my kingdom is full of thieves?"
„Jak je možné, že je moje království plné zlodějů?"
"I look to you to catch hold of these thieves"
„Očekávám, že ty zloděje chytíš."
The three princes then made up their minds.
Tři princové se pak rozhodli.
They were going to patrol the city every night.
Každou noc měli hlídkovat ve městě.
They set up a watch out in the outskirts of the city.
Postavili hlídku na okraji města.
The early part of the night had arrived.
Nastala začátek noci.
So the eldest prince took on his duties.
Nejstarší princ se tedy ujal svých povinností.
He rode upon his horse through the whole city.
Projel na svém koni celým městem.

But did not see a single thief anywhere he looked.

Ale kam se podíval, neviděl jediného zloděje.

He came back to the policing station.

Vrátil se na policejní stanici.

The middle part of the night had arrived.

Nastala polovina noci.

So the second prince took on his duties.

Druhý princ se tedy ujal svých povinností.

And he too rode through every part of the city.

A také projel všemi částmi města.

But he did not see or hear of a single thief.

Ale neviděl ani neslyšel o jediném zloději.

He came also back to the policing station.

Také se vrátil na policejní stanici.

The latter part of the night had arrived.

Nastala druhá polovina noci.

So the youngest prince took on his duties.

Nejmladší princ se tedy ujal svých povinností.

He went near the gate of his father's palace.

Přiblížil se k bráně otcova paláce.

There he saw a beautiful woman leaving the palace.

Tam uviděl krásnou ženu, jak odchází z paláce.

The prince asked the woman, "who are you?"

Princ se ženy zeptal: „Kdo jsi?“

"Where are you going at this hour of the night?"

„Kam jdeš v tuto noční hodinu?“

The woman answered the young prince.

Žena odpověděla mladému princi.

"I am Rajlakshmi, the guardian deity of this palace"

„Jsem Rajlakshmi, strážné božstvo tohoto paláce.“

"The king will be killed this night"

„Král bude zabit dnes v noci“

"I am therefore not needed here"

„Proto tu nejsem potřeba“

"And that is why I am going away"

„A proto odcházím“

The prince did not know what to make of this message.

Princ nevěděl, co si s touto zprávou má myslet.
After a moment's reflection he said to the goddess;
Po chvilce přemýšlení řekl bohyni:
"But, suppose the king is not killed tonight"
„Ale co kdyby král nebyl dnes večer zabit?"
"Have you any objection to return to the palace?"
„Máte nějaké námitky proti návratu do paláce?"
"I have no objection," replied the goddess.
„Nemám žádné námitky," odpověděla bohyně.
The prince then begged the goddess to go back.
Princ pak prosil bohyni, aby se vrátila.
And he promised to do his best to protect the king.
A slíbil, že udělá vše pro to, aby krále ochránil.
Then the goddess entered the palace again.
Pak bohyně znovu vstoupila do paláce.
Within a moment she disappeared into the palace.
Během chvilky zmizela v paláci.

The prince went straight into the palace too.
Princ také šel rovnou do paláce.
And he went into the bedroom of his royal father.
A vešel do ložnice svého královského otce.
There his father lay immersed in deep sleep.
Tam ležel jeho otec ponořený do hlubokého spánku.
The king had a second, younger wife.
Král měl druhou, mladší manželku.
This woman was the stepmother of our prince.
Tato žena byla nevlastní matkou našeho prince.
She was sleeping in another bed in the room.
Spala v jiné posteli v pokoji.
There was a light that was burning dimly.
Slabě tam hořelo světlo.
But then the prince saw something that surprised him!
Ale pak princ uviděl něco, co ho překvapilo!
A huge cobra going round and round the golden bedstead.
Obrovská kobra obíhala dokola zlatý rám postele.
The bedstead on which his father was sleeping.

Postel, na které spal jeho otec.
The prince with his sword cut the serpent in two.
Princ svým mečem rozsekl hada vedví.
But he was not satisfied with killing the cobra.
Ale nebyl spokojený se zabitím kobry.
So he cut the cobra up into a hundred pieces.
Tak rozsekal kobru na sto kusů.
And he put the pieces of the cobra inside a pan.
A dal kousky kobry do pánve.
But while cutting the cobra a misfortune happened.
Ale při řezání kobry se stalo neštěstí.
A drop of blood fell on the breast of his stepmother.
Kapka krve dopadla na prsa jeho nevlastní matky.
The prince was in great distress by what had happened.
Princ byl z toho, co se stalo, velmi znepokojen.
"I have saved my father, but killed my stepmother"
„Zachránil jsem otce, ale zabil jsem nevlastní matku"
How could he remove the drop of blood from her breast?
Jak mohl odstranit tu kapku krve z jejího prsu?
He wrapped round his tongue a piece of cloth sevenfold.
Omotal si kolem jazyka kus látky sedmkrát.
And with the cloth he licked up the drop of blood.
A hadříkem olízl kapku krve.
But his stepmother's sleep was not so deep.
Ale spánek jeho nevlastní matky nebyl tak hluboký.
And in his attempt to save her he awoke her.
A ve snaze ji zachránit ji probudil.
When opening her eyes she saw it was her stepson.
Když otevřela oči, uviděla, že je to její nevlastní syn.
The young prince rushed out of the room.
Mladý princ vyběhl z místnosti.
The queen, hated her stepson, the youngest prince.
Královna nenáviděla svého nevlastního syna, nejmladšího prince.
And she had every intention to ruin his reputation.
A měla v úmyslu zničit jeho pověst.
She called out to her husband, "My lord, my lord"

Volala na svého manžela: „Pane můj, pane můj!“
"Are you awake? are you awake? Rouse yourself up"
„Jsi vzhůru? Jsi vzhůru? Probuď se.“
"Here is a nice piece of news for you"
„Tady je pro vás dobrá zpráva“
The king on awaking inquired what the matter was.
Král se po probuzení zeptal, co se děje.
"What the matter is, my lord, let me tell you"
„Co se děje, můj pane, dovolte mi vám to povědět.“
"Your worthy son was just here in this room"
„Váš ctihodný syn byl právě tady v této místnosti.“
"The youngest prince, of whom you speak so highly"
„Nejmladší princ, o kterém tak chválíte“
"I caught him in the act of touching my breast"
„Přistihla jsem ho, jak se mi dotýká prsu“
"I don't doubt he came with wicked intents"
„Nepochybuji, že přišel se zlými úmysly“
The king was horror-struck by what he heard.
Král byl zděšen tím, co slyšel.
The prince went back to where his brothers kept watch.
Princ se vrátil tam, kde jeho bratři hlídali.
But he told them nothing of what had happened.
Ale neřekl jim nic o tom, co se stalo.

Early in the morning the king called his eldest son.
Brzy ráno zavolal král svého nejstaršího syna.
"I entrust my life and my honor to men"
„Svěřuji svůj život a svou čest lidem“
"But what if one of these men prove faithless?
„Ale co když se jeden z těchto mužů ukáže jako nevěrný?“
"How should such a man be punished?"
„Jak by měl být takový muž potrestán?“
The eldest prince replied to his father, the king.
Nejstarší princ odpověděl svému otci, králi.
"Doubtless such a man's head should be cut off"
„Takovému muži by bezpochyby měla být useknuta hlava.“
"But first you should establish the facts"

„Ale nejdříve byste si měli zjistit fakta“
"You must see whether the man is really faithless"
„Musíte zjistit, zda je ten muž skutečně nevěrný.“
"What do you mean?" inquired the king.
„Co tím myslíš?“ zeptal se král.
"Let your majesty be pleased to listen"
„Ať Vaše Veličenstvo s potěšením vyslechne“
Once upon on a time there lived a goldsmith.
Kdysi dávno žil jeden zlatník.
This goldsmith had a son who had a wife.
Tento zlatník měl syna, který měl manželku.
His wife had the rare faculty of understanding beasts.
Jeho žena měla vzácnou schopnost rozumět zvířatům.
But she never told anyone about her uncommon gift.
Ale o svém neobvyklém daru nikdy nikomu neřekla.
Not even her husband knew she could understand animals.
Ani její manžel nevěděl, že rozumí zvířatům.
One night she was lying in bed beside her husband.
Jednou v noci ležela v posteli vedle svého manžela.
From the river by their house she heard a jackal howl.
Od řeky u jejich domu uslyšela šakalí výtí.
"There goes a carcass floating on the river"
„Po řece pluje mršina“
"There's a diamond ring on the dead man's finger"
„Na prstu mrtvého muže je diamantový prsten“
"Will anyone take the ring and give me the corpse?"
„Vezme si někdo prsten a dá mi mrtvolu?“
The woman understood the jackal's language.
Žena rozuměla šakalí řeči.
She got up from bed and went to the river-side.
Vstala z postele a šla k řece.
The husband had not been in deep sleep.
Manžel nespal hlubokým spánkem.
So with his wife's movements he woke up too.
Takže s pohyby své ženy se probudil i on.
And he followed his wife to see where she went.
A šel za svou ženou, aby viděl, kam šla.

But he kept his distance, so that he could observe her.
Ale držel si odstup, aby ji mohl pozorovat.
The woman went into the water next to their house.
Žena skočila do vody vedle jejich domu.
She tugged the floating corpse towards the shore.
Táhla plovoucí mrtvolu ke břehu.
And she saw the diamond ring on the finger.
A uviděla na prstu diamantový prsten.
She was unable to loosen the ring with her hand.
Nedokázala si prsten povolit rukou.
Because the fingers of the dead body had swelled.
Protože prsty mrtvého těla otekly.
So she bit off the finger with her teeth.
Tak si ukousla prst zuby.
And she put the dead body upon land, for the jackal.
A položila mrtvé tělo na zem pro šakala.
Then she returned to bed, where her husband already was.
Pak se vrátila do postele, kde už ležel její manžel.
The young goldsmith lay almost petrified with fear.
Mladý zlatník ležel téměř zkamenělý strachy.
He was convinced he was lying next to a Rakshasi.
Byl přesvědčený, že leží vedle Rákšásího.
He spent the rest of the night tossing in his bed.
Zbytek noci se převaloval v posteli.
And early in the morning spoke to his father.
A brzy ráno promluvil se svým otcem.
"The woman thou hast given me is not a real woman"
„Žena, kterou jsi mi dal, není skutečná žena."
"The woman thou hast given me to wife is a Rakshasi"
„Žena, kterou jsi mi dal za manželku, je Rákšasí."
"Last night I was lying in bed with her"
„Včera v noci jsem s ní ležel v posteli"
"By the river I heard the howl of a jackal"
„U řeky jsem slyšel vytí šakala"
"My wife too, heard the howl of the jackal"
„I moje žena slyšela vytí šakala."
"Thinking I was asleep; she went towards the howl"

„Myslela si, že spím, a tak šla směrem k vytí."
"I was surprised to see her go out of bed alone"
„Překvapilo mě, že jsem ji viděla vstávat z postele sama."
"Suspecting some sort of evil, I followed her outside"
„S podezřením na nějaké zlo jsem ji sledoval ven."
"But she could not see that I had followed her"
„Ale neviděla, že jsem ji sledoval."
"What did she do, do you think? O horror of horrors!"
„Co myslíš, že udělala? Ó hrůza hrůz!"
"From the stream she dragged a dead body out"
„Z potoka vytáhla mrtvé tělo"
"And what do you think she did with the dead body?"
„A co myslíš, že udělala s tou mrtvou?"
"She wasted no time devouring the dead man!"
„Neztrácela čas a pohltila mrtvého muže!"
"All this I had the misfortune to see with my own eyes"
„To všechno jsem měl tu smůlu vidět na vlastní oči"
"While she feasted on the carcass I went back to bed"
„Zatímco ona hodovala na zdechlině, šel jsem zpátky do postele."
"In a few minutes she also returned to bed"
„Za pár minut se také vrátila do postele"
"She bolted the door shut, and lay beside me"
„Zavřela dveře na závoru a lehla si vedle mě."
"Oh my father, how can I live with a Rakshasi?"
„Otče můj, jak můžu žít s Rakšasínem?"
"She will certainly kill me and eat me up one night"
„Jednou v noci mě určitě zabije a sežere."
You can imagine the shock of the old goldsmith.
Dokážete si představit šok starého zlatníka.
Both father and son agreed about what should be done.
Otec i syn se shodli na tom, co by se mělo dělat.
The woman should be taken deep into the forest.
Žena by měla být odvedena hluboko do lesa.
And she should be left for wild beasts to devoured.
A měla by být ponechána na sežrání divokou zvěří.
Accordingly, the young goldsmith spoke to his wife.

Mladý zlatník proto promluvil se svou ženou.
"My dear love," he said to his wife.
„Má drahá lásko," řekl své ženě.
"You had better not cook much this morning"
„Radši dnes ráno moc nevař."
"Boil a little rice and burn a brinjal"
„Uvařte trochu rýže a opečte brinjal"
"Because today we are going to see your parents"
„Protože dnes jdeme navštívit tvé rodiče."
"Your mother and father are dying to see you"
„Tvoji rodiče tě umírají touhou vidět."
The woman was full of joy at the unexpected news.
Žena byla z nečekané zprávy plná radosti.
She loved returning to her father's house.
Milovala návrat do otcova domu.
And she finished the cooking in no time.
A vaření dokončila během chvilky.
The husband and wife snatched a hasty breakfast.
Manžel a manželka si spěšně dali snídani.
And soon after breakfast they started their journey.
A brzy po snídani se vydali na cestu.
The way to her father's house was through dense jungle.
Cesta k otcovu domu vedla hustou džunglí.
It was the perfect place to abandon his wife.
Bylo to ideální místo, kde opustit svou ženu.
She was bound to be eaten up by wild beasts there.
Tam ji musely sežrat divoké zvěře.
But while they were walking the woman heard a snake.
Ale když šli, žena uslyšela hada.
"Oh passer-by, in yonder hole there is a frog"
„Ach, kolemjdoucí, v támhle díře je žába."
"How thankful I would be if you caught the frog"
„Jak bych ti byl vděčný, kdybys chytil tu žábu."
"And the hole is full of gold and precious stones"
„A díra je plná zlata a drahých kamenů"
"Give me the frog, and take the treasure for yourself"
„Dej mi žábu a poklad si vezmi pro sebe."

The woman forthwith went to the frog's hole.
Žena se ihned vydala k žabí noře.
And she began digging the hole with a stick.
A začala kopat díru klackem.
The young goldsmith was now quaking with fear.
Mladý zlatník se teď třásl strachy.
He thought his Rakshasi-wife was about to kill him.
Myslel si, že ho jeho rákšásínská žena zabije.
And then his wife called for him to help her.
A pak ho jeho žena zavolala, aby jí pomohl.
"Take all this gold and these precious stones"
„Vezměte si všechno to zlato a tyto drahé kameny“
The goldsmith did not understand her request.
Zlatník její žádosti nerozuměl.
Timidly he went to where she had dug the hole.
Plaše šel k místu, kde vykopala díru.
But he was infinitely surprised by what he saw.
Ale to, co viděl, ho nekonečně překvapilo.
The hole was full of gold and precious stones.
Díra byla plná zlata a drahých kamenů.
"How did you know there was a treasure here?"
„Jak jsi věděl/a, že se tu skrývá poklad?“
And finally his wife told him of her gift.
A nakonec mu jeho žena pověděla o svém daru.
"I can understand all the beasts in the forest"
„Rozumím všem zvířatům v lese“
"Just over there, there is a snake coiled up"
„Támhle je stočený had.“
"She had told me there was a treasure here"
„Řekla mi, že se tu skrývá poklad.“
The husband now felt very blessed with his wife.
Manžel se nyní cítil se svou ženou velmi požehnaný.
"My love, it has gotten very late today"
„Lásko moje, dnes je už hodně pozdě.“
"I don't think we will reach your father's house"
„Myslím, že se k domu tvého otce nedostaneme.“
"Nightfall will catch us before we get there"

„Soumrak nás zastihne dřív, než se tam dostaneme“
"If we stay we might be devoured by wild beasts"
„Pokud zůstaneme, mohli by nás sežrat divoká zvířata“
"I propose therefore that we both return home"
„Navrhuji proto, abychom se oba vrátili domů.“
You can imagine the wife's disappointment.
Dokážete si představit zklamání manželky.
But she agreed with her husband's assessment.
Ale souhlasila s hodnocením svého manžela.
It took them a long time to reach home.
Trvalo jim dlouho, než se dostali domů.
They were laden with a large quantity of gold.
Byli naloženi velkým množstvím zlata.
And they were carrying many precious stones.
A nesli mnoho drahých kamenů.
But eventually the got close to their home.
Nakonec se ale přiblížili k jejich domovu.
"My dear, go by the back door," said the goldsmith.
„Drahá, jdi zadními dveřmi,“ řekl zlatník.
"I will go by the front door and see my father"
„Půjdu hlavními dveřmi a uvidím svého otce.“
"And I will show him all this treasure"
„A ukážu mu všechny tyto poklady.“
So she entered the house by the back door.
Vešla tedy do domu zadními dveřmi.
But the old goldsmith had reason to be there too.
Ale starý zlatník měl taky důvod tam být.
He had gone there to collect a hammer.
Šel si tam vyzvednout kladivo.
The old goldsmith saw his Rakshasi daughter-in-law.
Starý zlatník uviděl svou rakšáskou snachu.
He concluded she had swallowed up his son.
Došel k závěru, že spolkla jeho syna.
And he therefore struck her with the hammer.
A proto ji udeřil kladivem.
The blow immediately killed his daughter-in-law.
Rána okamžitě zabila jeho snachu.

At that moment the son came into the house.
V tu chvíli vešel do domu syn.
But it was too late for him to explain.
Ale na vysvětlení už bylo příliš pozdě.
And so the eldest prince's story concluded.
A tak se příběh nejstaršího prince skončil.
"You might have to cut a man's head off"
„Možná budeš muset někomu useknout hlavu."
"But first you should establish the facts"
„Ale nejdříve byste si měli zjistit fakta"
"You must see whether the man is really faithless"
„Musíte zjistit, zda je ten muž skutečně nevěrný."

The king then called his second son to him.
Král si pak zavolal svého druhého syna.
"I entrust my life and my honor to men"
„Svěřuji svůj život a svou čest lidem"
"But what if one of these men prove faithless?
„Ale co když se jeden z těchto mužů ukáže jako nevěrný?"
"How should such a man be punished?"
„Jak by měl být takový muž potrestán?"
The second prince replied to his father, the king.
Druhý princ odpověděl svému otci, králi.
"Doubtless such a man's head should be cut off"
„Takovému muži by bezpochyby měla být useknuta hlava."
"But first you should establish the facts"
„Ale nejdříve byste si měli zjistit fakta"
"What do you mean?" inquired the king.
„Co tím myslíš?" zeptal se král.
"Let your majesty be pleased to listen"
„Ať Vaše Veličenstvo s potěšením vyslechne"
Once upon a time there reigned a king.
Kdysi dávno vládl jeden král.
This king was very fond of going out hunting.
Tento král velmi rád chodil na lov.
One day his horse took him into a dense forest.
Jednoho dne ho jeho kůň zavedl do hustého lesa.

He went far from his followers, deep into the woods.
Odešel daleko od svých následovníků, hluboko do lesů.
He rode on and on through the endless, quiet forest.
Jel dál a dál nekonečným, tichým lesem.
He saw neither villages nor towns, only trees.
Neviděl ani vesnice, ani města, jen stromy.
On the long, lonely journey he became very thirsty.
Na dlouhé, osamělé cestě dostal velkou žízeň.
He could see no pond, nor lake, nor stream.
Neviděl žádný rybník, ani jezero, ani potok.
But then he saw something dripping from a tree.
Ale pak uviděl něco kapat ze stromu.
He concluded it was rainwater resting in a cavity.
Došel k závěru, že se jedná o dešťovou vodu zadržovanou v dutině.
He stood on horseback beneath the tree, cup in hand.
Stál na koni pod stromem s pohárem v ruce.
He caught the drops slowly dripping into the small cup.
Zachytil kapky pomalu stékající do malého hrnečku.
The water, however, was not rain from the sky.
Voda však nebyla déšť z nebe.
A huge cobra sat on top of the tall tree.
Na vrcholu vysokého stromu seděla obrovská kobra.
The snake had struck the tree in rage with its sharp fangs.
Had v vzteku udeřil do stromu svými ostrými tesáky.
The snake's poison came out and fell downward in heavy drops.
Hadí jed vytekl a padal dolů v těžkých kapkách.
The king thought the falling liquid was simple rainwater.
Král si myslel, že padající tekutina je obyčejná dešťová voda.
The horse sensed the danger and tried to warn him.
Kůň vycítil nebezpečí a snažil se ho varovat.
The cup was nearly filled with the deadly snake-poison.
Pohár byl téměř naplněn smrtícím hadím jedem.
The king raised the cup and prepared to drink.
Král zvedl pohár a připravil se k pití.
But the horse moved wildly, with the king on its back.

Ale kůň se divoce hnal a na jeho hřbetě seděl král.
The cup fell from his hand, and the poison spilled.
Pohár mu vypadl z ruky a jed se rozlil.
The king became angry and struck the horse's neck.
Král se rozzlobil a udeřil koně do krku.
The blow from the sword immediately killed his horse.
Rána meče okamžitě zabila jeho koně.
And so the second prince's story concluded.
A tak příběh druhého prince skončil.
"You might have to cut a man's head off"
„Možná budeš muset někomu useknout hlavu.“
"But first you should establish the facts"
„Ale nejdříve byste si měli zjistit fakta“
"You must see whether the man is really faithless"
„Musíte zjistit, zda je ten muž skutečně nevěrný.“

The king then called to him his third youngest son.
Král si tehdy zavolal svého třetího nejmladšího syna.
"I entrust my life and my honor to men"
„Svěřuji svůj život a svou čest lidem“
"But what if one of these men prove faithless?
„Ale co když se jeden z těchto mužů ukáže jako nevěrný?“
"How should such a man be punished?"
„Jak by měl být takový muž potrestán?“
"Doubtless such a man's head should be cut off"
„Takovému muži by bezpochyby měla být useknuta hlava.“
"But first you should establish the facts"
„Ale nejdříve byste si měli zjistit fakta“
"What do you mean?" inquired the king.
„Co tím myslíš?“ zeptal se král.
"Let your majesty be pleased to listen"
„Ať Vaše Veličenstvo s potěšením vyslechne“
Once long ago there reigned a wise and noble king.
Kdysi dávno vládl moudrý a ušlechtilý král.
In his palace he kept a bird of Suka species.
Ve svém paláci choval ptáka druhu Suka.
One day the bird went out flying into the fields.

Jednoho dne pták odletěl do polí.
There he saw his father and mother calling from above.
Tam uviděl otce a matku, jak ho volají shora.
They asked him to come visit them in their nest.
Požádali ho, aby je přišel navštívit do jejich hnízda.
The nest was far away in a distant hidden land.
Hnízdo bylo daleko ve vzdálené skryté zemi.
The Suka said, "I'll come if I get king's leave"
Suka řekl: „Přijdu, pokud dostanu královo svolení.“
"I'll speak to the king today and return tomorrow"
„Dnes promluvím s králem a zítra se vrátím .“
"Please wait at this same spot in the morning"
„Prosím, počkejte ráno na stejném místě.“
That very day, Suka spoke with the gentle, kind king.
Toho samého dne Suka hovořil s laskavým a mírným králem.
The king gave permission for the bird to leave.
Král dal ptákovi povolení odletět.
Although he was sad to part with his bird.
I když se se svým ptákem loučil smutně.
The next morning, Suka met his parents again.
Druhý den ráno se Suka znovu setkal se svými rodiči.
He flew with them to their nest on a tall tree
Letěl s nimi do jejich hnízda na vysokém stromě.
The three birds lived together happily in peaceful joy.
Ti tři ptáci žili šťastně a v mírumilovné radosti.
They stayed like this for a fortnight of lovely days.
Takhle zůstali dva týdny krásných dnů.
But even those quiet and pleasant days had to end.
Ale i ty klidné a příjemné dny musely skončit.
Suka said, "Beloved parents, the king gave me two weeks"
Suka řekl: „Milí rodiče, král mi dal dva týdny.“
"That time is now over, so I must return tomorrow"
„Ta doba už skončila, takže se musím zítra vrátit.“
His father and mother agreed and blessed his decision.
Jeho otec a matka souhlasili a jeho rozhodnutí požehnali.
They told him to carry a gift for the king.
Řekli mu, aby přinesl králi dar.

After some talk, they chose some fruit as a gift.
Po krátkém rozhovoru si vybrali jako dárek nějaké ovoce.
The fruit had grown from the Immortality Tree.
Ovoce vyrostlo ze Stromu nesmrtelnosti.
Early the next morning, Suka went to the tree.
Brzy ráno následujícího dne šel Suka ke stromu.
And he plucked a magical glowing fruit.
A utrhl kouzelné zářící ovoce.
He held the fruit gently in his beak, full of care.
Jemně držel ovoce v zobáku, plný péče.
The fruit was heavy and slowed his swift flying pace.
Ovoce bylo těžké a zpomalovalo jeho rychlý let.
He could not reach the city before night arrived.
Nemohl se dostat do města dříve, než přišla noc.
Suka stopped to rest in a tree along the way.
Suka se cestou zastavil na stromě, aby si odpočinul.
He feared the fruit might drop while he slept.
Bál se, že by mu ovoce mohlo spadnout, zatímco by spal.
If he kept the fruit in his beak, it could fall.
Pokud by si ovoce uchoval v zobáku, mohlo by spadnout.
But he saw a hole in the trunk of the tree.
Ale uviděl díru v kmeni stromu.
He placed the fruit safely inside the dark tree.
Ovoce bezpečně uložil do tmavého stromu.
But inside the hole, there lived a poisonous black snake.
Ale uvnitř díry žil jedovatý černý had.
In the night, the snake bit the fruit with venom.
V noci had kousl do ovoce jedem.
And the fruit became smeared with deadly poison.
A ovoce se potřísnilo smrtícím jedem.
At dawn Suka took the fruit back in his beak.
Za úsvitu Suka vzal ovoce zpět do zobáku.
He flew again on his journey to the king's palace.
Znovu letěl na svou cestu do královského paláce.
As he reached the palace the king was sitting with ministers.
Když dorazil do paláce, král seděl s ministry.
The king was overjoyed to see Suka return once more.

Král měl velkou radost, když viděl Suku znovu se vrátit.
He greatly admired the beautiful, shining fruit gift.
Velmi obdivoval krásný, zářící ovocný dar.
The fruit was lovely to look at and admire.
Ovoce bylo krásné na pohled a obdiv.
It was the finest fruit found across the earth.
Bylo to nejkrásnější ovoce, jaké se nacházelo na celé zemi.
And anyone who ate the fruit was granted immortality.
A každý, kdo snědl ovoce, získal nesmrtelnost.
The king was about to eat the beautiful fruit.
Král se chystal sníst to krásné ovoce.
But his ministers warned him the fruit might be poisoned"
Jeho ministři ho ale varovali, že ovoce by mohlo být
otrávené."
"It would be better to test the fruit before you eat it"
„Bylo by lepší ovoce ochutnat, než ho sníte."
He threw the fruit to a crow sitting on the wall.
Hodil ovoce vráně sedící na zdi.
The crow ate from the fruit, and dropped dead instantly.
Vrána se snědla z ovoce a okamžitě zemřela.
The king, thinking Suka tried to kill him, grew furious.
Král, který si myslel, že se ho Suka pokusil zabít, se rozzuřil.
He seized the bird and killed him with his bare hands.
Chytil ptáka a zabil ho holýma rukama.
He ordered the seed to be planted outside the city.
Nařídil, aby semena byla zaseta za městem.
The seed became a tree with the same glowing fruit.
Ze semínka se stal strom se stejným zářícím ovocem.
The king feared the fruit would bring more death.
Král se obával, že ovoce přinese další smrt.
So he had the tree fenced off and guarded.
Takže nechal strom ohradit plotem a hlídat.

There lived in that city an old, poor Brahman man.
V tom městě žil starý, chudý bráhman.
He and his wife survived only on the town's charity.
On a jeho žena přežili pouze z městské charity.

One day the Brahman mourned his long, miserable, life.
Jednoho dne Brahman oplakával svůj dlouhý a ubohý život.
He said, "Instead of begging, I will eat poison fruit."
Řekl: „Místo žebrání budu jíst jedovaté ovoce."
"I'll end my life beneath that deadly tree in silence."
„Svůj život skončím v tichosti pod tím smrtícím stromem."
That very night, he rose quietly and left his home.
Téže noci tiše vstal a odešel z domu.
His wife suspected and followed behind in silence.
Jeho žena ho podezřívala a mlčky ho následovala.
She had decided to die too, alongside her sad husband.
Rozhodla se také zemřít, po boku svého smutného manžela.
She loved him deeply and didn't wish to stay behind.
Hluboce ho milovala a nechtěla zůstat pozadu.
The palace guard was asleep that night, unaware of visitors.
Palácová stráž tu noc spala a netušila o návštěvnících.
The Brahman reached the garden and plucked a hanging
fruit.
Brahman dorazil do zahrady a utrhl visící ovoce.
He looked at it once and ate the entire fruit.
Podíval se na to jednou a snědl celé ovoce.
His wife cried, "If you die, my life becomes nothing"
Jeho žena křičela: „Jestli zemřeš, můj život se stane ničím."
"I will also eat and die here with you now"
„Také budu jíst a zemřít tady s tebou teď"
So saying she plucked a fruit and ate it.
S těmito slovy utrhla ovoce a snědla ho.
They thought the poison would act slowly through the
night.
Mysleli si, že jed bude působit pomalu přes noc.
So they both went home and quietly lay down in bed.
Tak oba šli domů a tiše si lehli do postele.
They believed they would never again rise from sleep.
Věřili, že se už nikdy neprobudí ze spánku.
To their surprise, they woke up feeling full of life.
K jejich překvapení se probudili plní života.
Not only were they alive, but they were young again.

Nejenže byli naživu, ale byli zase mladí.
And they were strong and had new found energy.
A byli silní a měli nově nabytou energii.
Neighbors hardly recognized them, so changed they looked.
Sousedé je sotva poznali, tak změněně vypadali.
The old Brahman was now handsome and full of youth.
Starý bráhman byl nyní pohledný a plný mládí.
His grey hair vanished, and had colour again.
Jeho šedivé vlasy zmizely a zase nabyly barvy.
His wrinkled cheeks turned smooth, and his skin shone.
Jeho vrásčité tváře se vyhladily a jeho pleť se rozzářila.
And as for his wife, she became extremely beautiful.
A co se týče jeho ženy, ta se stala nesmírně krásnou.
She looked as beautiful as any lady of the kingdom.
Vypadala krásně jako kterákoli jiná dáma v království.
The king heard of their miraculous transformation.
Král se doslechl o jejich zázračné proměně.
He asked his guards to send the Brahman to him.
Požádal své stráže, aby mu poslali Brahmana.
And he asked the Brahman the source of his youth.
A zeptal se bráhmana na zdroj svého mládí.
The Brahman told the king every detail of the story.
Brahman králi vyprávěl každý detail příběhu.
The king then wept for his poor, loyal pet bird.
Král pak plakal pro svého ubohého, věrného ptáka.
He deeply regretted killing his faithful bird.
Hluboce litoval zabití svého věrného ptáka.
And he wished he had known the bird's loyalty.
A přál si, aby poznal ptačí věrnost.
And so the second prince's story concluded.
A tak příběh druhého prince skončil.
"You might have to cut a man's head off"
„Možná budeš muset někomu useknout hlavu."
"But first you should establish the facts"
„Ale nejdříve byste si měli zjistit fakta"
"You must see whether the man is really faithless"
„Musíte zjistit, zda je ten muž skutečně nevěrný."

"I know Your Majesty suspects me of evil last night"
„Vím, že Vaše Veličenstvo mě včera v noci podezřívá ze zla."
"Please allow me to explain myself before punishing me"
„Dovolte mi prosím, abych se vysvětlil, než mě potrestáte."
"While making rounds I saw a woman leave the palace"
„Když jsem obcházel palác, viděl jsem ženu, jak odchází."
"I stopped her, and she said her name was Rajlakshmi"
„Zastavil jsem ji a ona řekla, že se jmenuje Rajlakshmi."
"She claimed to be the guardian deity of the palace"
„Tvrdila, že je strážnou božstvem paláce"
"She said she was leaving because death was near"
„Řekla, že odchází, protože se blíží smrt."
"The king," she said, "would be killed later that night"
„Král," řekla, „bude později té noci zabit."
"I begged her to go back into the palace"
„Prosil jsem ji, aby se vrátila do paláce"
"And I promised to do my best to protect you."
„A slíbil jsem, že se ze všech sil budu snažit tě ochránit."
"I ran quickly into Your Majesty's chamber without delay."
„Bez prodlení jsem rychle vběhl do komnaty Vašeho
Veličenstva."
"There I saw a cobra circling your golden bedstead."
„Tam jsem viděl kobru, jak krouží kolem tvé zlaté postele."
"I fought the snake and killed it with my blade."
„Bojoval jsem s hadem a zabil ho svou čepelí."
"I chopped the body into many exactly one hundred pieces."
„Rosekal jsem tělo na mnoho, přesně sto kusů."
"I placed those pieces inside the pan for proof."
„Vložil jsem ty kousky do pánve jako důkaz."
"But something occurred as I was cutting up the snake."
„Ale něco se stalo, když jsem řezal hada."
"A drop of blood fell onto the breast of your wife."
„ Kapka krve dopadla na prsa vaší ženy."
"I feared I had saved my father, but killed my stepmother."
„Bál jsem se, že jsem zachránil otce, ale zabil jsem nevlastní
matku."
"I wrapped my tongue tightly with cloth seven times."

„Sedmkrát jsem si pevně omotal jazyk látkou.“

"Then I licked up the drop of venomous blood."

„Pak jsem olízl kapku jedovaté krve.“

"While I was licking the blood, my stepmother awoke."

„Zatímco jsem olizoval krev, probudila se moje nevlastní matka.“

"She saw me and opened her eyes with confusion."

„Uviděla mě a zmateně otevřela oči.“

"This is the truth of what I did last night."

„Tohle je pravda o tom, co jsem včera v noci udělal.“

"If Your Majesty commands, then cut off my head now."

„Jestli Vaše Veličenstvo rozkáže, tak mi teď usekněte hlavu.“

The king, full of love and joy, embraced his son.

Král, plný lásky a radosti, objal svého syna.

From that moment, he loved him more than ever before.

Od té chvíle ho miloval víc než kdy dřív.